AF110368

www.ingramcontent.com/pod-product-compliance
Lightning Source LLC
LaVergne TN
LVHW021228080526
838199LV00089B/5873

9789369081264

خدانخواستہ

(طنزیہ و مزاحیہ ناول)

شوکت تھانوی

© Shaukat Thanvi

Khudaa-na-Khvaasta *(Humorous Novel)*
by: Shaukat Thanvi
Edition: February '2025
Publisher :
Taemeer Publications LLC (Michigan, USA / Hyderabad, India)

ISBN 978-93-6908-126-4

9 789369 081264

مصنف یاناشر کی پیشگی اجازت کے بغیر اس کتاب کا کوئی بھی حصہ کسی بھی شکل میں بشمول ویب سائٹ پر اَپ لوڈنگ کے لیے استعمال نہ کیا جائے۔ نیز اس کتاب پر کسی بھی قسم کے تنازع کو نمٹانے کا اختیار صرف حیدرآباد (تلنگانہ) کی عدلیہ کو ہو گا۔

© شوکت تھانوی

کتاب	:	**خدانخواستہ** (مزاحیہ ناول)
مصنف	:	**شوکت تھانوی**
صنف	:	فکشن
ناشر	:	تعمیر پبلی کیشنز (حیدرآباد، انڈیا)
سالِ اشاعت	:	۲۰۲۵ء
صفحات	:	۱۰۶
سرورق ڈیزائن	:	تعمیر ویب ڈیزائن

ہماری کشتی ایک ہچکولے کے ساتھ جیسے کسی چٹان سے ٹکرا سی گئی اور ہم دونوں میاں بیوی کلمہ شہادت پڑھتے ہوئے ایک دم گڑبڑا کر اٹھ بیٹھے، دیکھا تو کشتی ساحل سے لگی ہوئی تھی اور خواتین کا ایک مجمع ہمارے خیر مقدم کے لیے موجود تھا۔ مگر کس طرح؟ کسی کی نگاہوں میں شعلے تھے۔ کسی کے ابرو تنے ہوئے اور کسی کی جبیں پر سمندر کی موجوں سے کہیں زیادہ خوف ناک شکنیں تھیں۔ دل کو یقین ہو گیا کہ کشتی ڈوب چکی ہے اور ہم مرنے کے بعد عدم آباد پہنچ چکے ہیں۔ اپنے گناہوں سے توبہ کرنے کا ارادہ ہی کر رہے تھے کہ اس مجمع کی ایک خاتون نے غصہ سے بھرائی ہوئی آواز کے ساتھ کہا:

''قانون شکنی اور بے حیائی کی حد کر دی ان دونوں نے' گرفتار کر لو ان دونوں کو اور صبح میرے سامنے پیش کرو۔''

یہ سننا تھا کہ چند خواتین ہماری کشتی میں پھاند پڑیں۔ ان میں سے ایک خاتون نے میری بیوی کا برقعہ نوچ کر مجھے پہنا دیا اور پھر ہم دونوں کو کشتی سے اتار کر ایک بند موٹر پر بٹھایا گیا۔ یہ موٹر نہایت تیزی سے کشادہ اور صاف سڑکوں سے گزر کر ایک وسیع عمارت کے سامنے روکا گیا۔ جس کا انداز کچھ جیل خانے کا سا تھا۔ سلاخوں دار بڑے سے پھاٹک کے سامنے ایک نازک اندام ساڑی باندھے کندھے پر بندوق رکھے پہرہ دے رہی تھی۔ موٹر کے ٹھہرتے ہی اس خاتون نے پھاٹک کھول دیا اور ہم دونوں موٹر سے اتار کر اس عمارت کے اندر اس شان سے لائے گئے کہ میں برقعہ میں لپٹا ہوا تھا۔ بیگم بے پردہ تھیں اور ہم دونوں کو چند خواتین بندوقیں کندھوں پر رکھے گھیرے ہوئے تھیں۔ اس عمارت میں پہنچا کر ہم دونوں کو ایک اور سلاخوں دار کمرے میں بند کر کے مقفل کر دیا گیا اور صرف ایک خاتون کمرے کے دروازہ پر بندوق لیے پہرہ دیتی رہی باقی سب چلی گئیں۔''

ہم حیران تھے کہ یہ بیداری ہے یا خواب یہ دنیا ہے یا عقبیٰ کچھ سمجھ میں نہ آ رہا تھا۔ بس اتنا یاد پڑتا تھا کہ کشتی جب طوفان میں گھر چکی تھی تو بھوک اور پیاس سے نڈھال ہو کر بادبانوں کی طرف سے مایوس ہو جانے کے بعد ہم نے اپنے کو موت کے سپرد کر دیا اور موت ہی کے انتظار میں خدا جانے کس وقت ہم دونوں غنودگی کے شکار ہو گئے اور پھر جو آنکھ کھلی تو اپنے کو اس عالم میں پایا جس کے متعلق اب تک یہ سمجھ میں نہ آ رہا تھا کہ یہ عالم ہستی ہے یا عالم بالا۔ حیرت کا یہ عالم تھا کہ ہم دونوں آپس میں کوئی بات نہ کر سکتے تھے۔ اپنی اپنی جگہ پر بیٹھے سوچ رہے تھے کہ یکا یک ہمارے کمرے کا دروازہ کھلا اور ایک خاتون نے ایک کشتی لا کر ہم دونوں کے سامنے

رکھ دی۔ جس میں کچھ بسکٹ' کچھ خشک میوہ اور گرم کافی تھی۔

بھوک کا یہ عالم تھا کہ ہم دونوں ٹوٹ پڑے ان چیزوں پر اور تمام سامان تھوڑی ہی دیر میں صاف کر دیا گیا پیٹ بھر جانے کے بعد اب یہ فکر اور بھی پریشان کرنے لگی کہ آخر ہم دونوں کو کیا ہو گیا ہے اور ہم دونوں ہیں کہاں' جو عورتیں ساحل پر ملی تھیں یا اس کے بعد جن عورتوں کو دیکھا ان سب کی شکل انسانی تھی۔ بالکل ویسی ہی عورتیں جیسی ہماری دنیا بلکہ ہمارے ملک میں ہوتی ہیں۔ نہایت شستہ اردو بولتی ہیں البتہ ذرا سا فرق یہ تھا کہ ہمارے یہاں عورتیں اس قدر چست و چالاک اور اتنی ذمہ دار نہیں ہوا کرتیں جس قدر یہاں محسوس ہو رہی تھیں۔ عورت اور بندوق' عورت اور گرفتاری' عورت اور پہریداری عجیب معمے تھے یہ' ہم سے زیادہ بیگم پر حیرت طاری تھی۔ وہ گم سم ایک ایک چیز کو آنکھیں پھاڑے ہوئے دیکھ رہی تھی کہ یکا یک ہمارے کمرے کا درواز پھر کھولا گیا اور دو تین خواتین نے جو خاکی رنگ کی ساری باندھے کمر میں چمڑے کی کانسٹیبلوں کی سی پیٹی میں ڈنڈے لگائے ہوئے تھیں' اندر آ کر کہا ''اٹھو کچہری کا وقت آ گیا اے مردودے برقعہ پہن کر چل بے حیا کہیں کا یہ مرد ذات اور یہ بے حیائی۔''

ہم نے چپکے سے برقعہ پہن لیا اور خاموشی کے ساتھ ان کے ساتھ ہو لیے ہم دونوں کو پھر اسی موٹر میں بٹھا دیا گیا اور یہ موٹر کشادہ سڑکوں اور بارونق بازاروں میں سے گزرنے لگی۔ ہم نے اس بدحواسی کے عالم میں بھی کم سے کم یہ تو دیکھ ہی لیا کہ ہم کو کہیں راستہ میں کوئی ایک مرد بھی نظر نہ آیا۔ چوراہوں پر سفید رنگ کی ساریاں باندھے ہوئے عورتیں بالکل اسی طرح کھڑی ٹریفک کو کنٹرول کر رہی تھیں۔ جس طرح ہم نے اب تک ٹریفک کانسٹیبل دیکھے تھے۔ دکانوں پر عورتیں ہی عورتیں نظر آئیں دکان دار بھی وہی اور گاہک بھی وہی کہیں کہیں ایک آدھ برقعہ بھی نظر آیا مگر ہم کو فوراً یہ خیال آ گیا کہ اس میں ہماری ہی طرح کا کوئی مرد ہو گا۔ یہ موٹر اس قسم کے بازاروں سے گزر کر ایک نہایت سرسبز اور شاداب قسم کے پارک میں داخل ہوا اور تھوڑی دور جا کر ایک شان دار عمارت کے پورٹیکو میں روک دیا گیا۔ جہاں ایک نہایت تن درست قسم کی خاتون سنگین لیے ٹہل ٹہل کر پہرہ دے رہی تھیں۔ ہماری نگراں عورتوں نے ہم کو موٹر سے اتار کر اسی عمارت کے ایک کشادہ ہال میں پہنچا دیا۔ جہاں اجلاس کا سا نقشہ تھا سامنے ہی جنگلہ سے گھرے ہوئے ایک پلیٹ فارم پر میز کے گرد کرسیاں بچھائے ہوئے چند معزز خواتین بیٹھی تھیں اور جنگلہ کے اس طرف بہت سی عورتیں کھڑی تھیں۔ میز پر بیٹھی ہوئی عورتوں میں سے درمیانی خاتون چشمہ لگائے نہایت غور سے وہ بیان سن رہی تھیں۔ جو جنگلہ کے اس طرف کھڑی ہوئی ایک عورت نہایت روانی کے ساتھ پیش کر رہی تھی۔ ہماری نگاہوں کے سامنے بالکل کچہری کا نقشہ پھر گیا اور قرینہ سے سمجھ میں بھی یہی آیا کہ یہ عدالت ہے وکیل بحث میں مصروف ہے اور عدالت سماعت کر رہی ہے ملزم کے کٹہرے میں ایک خاتون سر جھکائے کھڑی تھیں۔ کچھ

خواتین مسلسل لکھتی جاتی تھیں۔ کچھ دیر کے بعد وکیل نے اپنی بحث ختم کر دی عدالت نے چشمہ درست کر کے کچھ لکھا اور سب جنگلہ کے سامنے سے ہٹ گئے تو وہ خاتون جورات کو ساحل پر موجود تھیں اور جن کے حکم سے ہم گرفتار ہوئے تھے۔ آگے بڑھیں اور ایک کاغذ عدالت کے سامنے پیش کر دیا عورت نے اس کاغذ کو غور سے دیکھنے کے بعد پیچھے کھڑی ہوئی ایک عورت کو اشارہ کیا وہ عورت عصا لے کر آگے بڑھی اور آواز دی:

''ملزمین ساحل عدالت انصاف کے روبرو آئیں۔''

ہماری نگران خواتین ہم دونوں کو لے کر آگے بڑھیں اور ہم دونوں کو ملزم کے کٹہرے میں کھڑا کر دیا گیا۔ کرسی عدالت پر بیٹھی ہوئی معمر خاتون نے غور سے ہم دونوں کو دیکھا اور ان کے پہلو میں بیٹھی ہوئی ایک ادھیڑ عمر کی خاتون نے بیگم سے پوچھا۔

''تمہارا نام''

بیگم نے کہا''سعیدہ خاتون۔''

ان خاتون نے نام لکھتے ہوئے کہا۔''ماں کا نام''

بیگم نے کہا۔''حبیب فاطمہ۔''

ان خاتون نے لکھ کر پوچھا''قوم''

بیگم نے کہا''مسلم۔ شیخ صدیقی۔''

ان خاتون نے کہا۔''کہو اماں حوا کی قسم جو کچھ کہوں گی سچ کہوں گی''

بیگم نے کہا۔''اماں حوا کی قسم جو کچھ کہوں گی سچ کہوں گی۔''

اب ان معمر خاتون نے نہایت پر وقار لہجہ میں فرمایا۔''تم پر الزام یہ ہے کہ تم اس قلمرو کے قوانین کے خلاف ایک مرد کو بے پردہ لیے ہوئے کشتی پر سیر کر رہی تھیں۔ یہ جرم اس قلمرو کے سنگین ترین جرائم میں سے ایک ہے اور اس قسم کے جرائم سے چشم پوشی کرنے کے معنی یہ ہیں کہ ہم اپنے نظم ونسق کو تمہاری ایسی باغی خواتین کے لیے تہ و بالا کر دیں تم نے نہ صرف مردوں کو حیا سوزی کی ترغیب دی ہے بلکہ حکومت کے قوانین کی بے حرمتی بھی کی ہے۔ اس سلسلہ میں تم کو کیا کہنا ہے۔''

بیگم نے کہا''حضور عالیہ! ہم اس جگہ کے لیے بالکل اجنبی ہیں ہم کو دراصل یہ بھی نہیں معلوم کہ ہم یکا یک کس دنیا میں آ گئے ہیں۔ آج سے بیس دن پہلے ہم دونوں میاں بیوی نے------''

عدالت نے ٹوکا۔ "بیوی میاں کہو' میاں مقدم نہیں ہوسکتا۔ بیان جاری رہے۔"

بیگم نے کہا۔"حضور عالیہ آج سے بیس دن پہلے ہم دونوں بیوی میاں نے اپنے عزیزوں' دوستوں اور رشتہ داروں سے تنگ آکر مفلسی کی حالت میں اپنوں کی بے گانگیاں دیکھ کر اس دنیا اور اس زندگی سے منہ موڑ لینا چاہا اور خودکشی کی یہ ترقی یافتہ صورت نکال کر تن بہ تقدیر ایک معمولی سی کشتی پر ساحل بمبئی سے روانہ ہو گئے نہ ہماری کوئی منزل تھی اور نہ ہم کو کہیں پہنچنا تھا ہوا کا رخ جس جس طرف ہوا اسی طرف ہماری کشتی بہا کی طوفانوں کے تھپیڑے کھائے موت آ آ کر ٹلی مگر ہم تو خود ہی ہر وقت موت کا خیر مقدم کرنے کو تیار تھے۔ مگر سخت جان اس قدر نکلے کہ کوئی طوفان ہماری کشتی نہ ڈبو سکا اور ہم کو تجربہ یہ ہوا کہ موت صرف ان ہی کو آتی ہے جو زندگی کی تمنا کرتے ہیں۔ دس بارہ روز تک ہمارے پاس خوراک کا جو ذخیرہ تھا وہ چلتا رہا۔ پھر ہم دونوں نے ایک وقت کھانا اور ترس کر میٹھا پانی پینا شروع کیا آخر وہ بھی ختم ہو گیا اور آج چار روز کے بعد ہم کو اس سرزمین پر چند بسکٹ کچھ میوہ اور کافی میسر آ سکی۔ ہمارے ہندوستان میں عورتیں پردہ کرتی ہیں اور مرد بے پردہ رہتے ہیں اس دستور کے مطابق میں برقعہ میں تھی اور "میرا شوہر بے پردہ" کہ اچانک ہم گرفتار کر لیے گئے اس سرزمین کے قوانین کا تو ہم کو اب تک علم نہیں' یہ بھی نہیں معلوم کہ یہ کون سی جگہ ہے اس کا کیا نام ہے اور یہاں کے کیا دستور ہیں۔"

عدالت نے بیگم کا تمام بیان غور سے سنا اور کچھ لکھنے کے بعد سوال کیا:

"تمہارے ملک میں کیا یہ کسی کو نہیں معلوم کہ بحیرۂ عرب میں ایک عالم نسواں بھی ہے۔ جہاں ہندوستان اور آس پاس کے ممالک سے وہ خواتین آ کر آباد ہو گئی ہیں جو مردوں کی زیادتیوں' خود غرضیوں اور خود بینیوں سے عاجز آ چکی تھیں مگر اپنی خودداریوں کو اب تک دفن نہ کر سکی تھیں۔"

بیگم نے کہا "حضور عالیہ! یہ بات میں آج سن رہی ہوں ورنہ اب تک تو میں یہ سمجھ رہی تھی کہ یا تو یہ خواب ہے ورنہ ہماری کشتی ڈوب چکی ہے اور ہم عالم بالا میں پہنچ کر اپنے دنیاوی اعمال کی سزا و جزا کے لیے حاضر ہوئے ہیں۔"

عدالت نے مسکرا کر کہا۔"خوب، خوب اچھا ہم تم کو عدم واقفیت کی وجہ سے کوئی سزا نہیں دیتے مگر تم دونوں سرکاری تربیت گاہ میں چھ مہینے تک نظر بند رہو گے اور اس عرصہ میں تم کو اس قلمرو میں بود و باش اختیار کرنے کے طریقے آ جائیں گے۔ تربیت گاہ کے قوانین کی پوری پابندی کی جائے وہاں تمہاری آسائش کی تمام چیزیں مہیا رہیں گی اور اگر تم کو کوئی ضرورت کسی قسم کی ہو تو سیکرٹری صاحبہ وہاں ہر وقت موجود رہتی ہیں ان سے تم مدد لے سکتی ہو اپنے شوہر سے کہہ دو کہ اب ہندوستان کی ہوا بھول جائیں یہاں ان کو شریف بیٹوں اور

داماددوں کی طرح شرم وحیاء کا لحاظ رکھ کر پردے میں رہنا پڑے گا اور یہ آٹھ سال کی عمر سے زیادہ کسی لڑکی کے سامنے نہ ہو سکیں گے۔ باقی تمام قواعد وضوابط اور تمام طور طریقے تربیت گاہ کی منتظم خود ہی سکھا پڑھا دیں گی۔"

عدالت نے یہ فیصلہ سنا کر فیصلہ کی ایک نقل ان صاحبہ کو دے دی۔ جنہوں نے یہ مقدمہ پیش کیا تھا اور وہی صاحبہ ہم دونوں کو اسی موٹر پر لے کر روانہ ہوگئیں۔ موٹر نہایت صاف ستھری اور کشادہ سڑکوں سے گزر کر تھوڑی دیر میں ایک کوٹھی کے سامنے آ کر رکا اور ہماری نگران صاحبہ نے ہم دونوں کو اس کوٹھی کے ایک کمرہ میں بٹھا کر انتظار کرنے کی ہدایت کی اور خود کھٹ پٹ کرتی روانہ ہوگئیں۔

تھوڑی ہی دیر میں وہ اپنے ساتھ ایک نہایت خوش پوشاک حسین وجمیل نوعمر سی لڑکی کو لے کر آئیں اور بیگم سے کہا۔

"یہ سیکرٹری صاحبہ ہیں اس تربیت گاہ کی اور اب آپ ان ہی کی مہمان رہیں گی۔ آپ کو اگر کسی قسم کی کوئی تکلیف ہو تو ان ہی سے کہہ دیجئے گا۔"

سیکرٹری صاحبہ نے نہایت شیریں انداز کے ساتھ کہا۔"میں آپ کے لیے کسی ایسے حصے کا انتظام کیے دیتی ہوں کہ آپ کو بھی تکلیف نہ ہو اور آپ کے مستور بھی آرام سے رہ سکیں اب آپ اسی کو اپنا گھر سمجھئے اچھا کوتوالنی صاحبہ اب آپ جا سکتی ہیں۔ تسلیم!"

ہماری نگران صاحبہ جن کے متعلق اب یہ معلوم ہوا کہ کوتوالنی ہیں سیکرٹری صاحبہ سے ہاتھ ملا کر کھٹ پٹ کرتی ہوئی روانہ ہوگئیں اور سیکرٹری صاحبہ ہمارے قیام کے انتظام میں معروف ہوگئیں۔

تربیت گاہ میں جو حصہ ہم کو رہنے کے لیے دیا گیا تھا وہ بجائے خود دو حصوں پر مشتمل تھا۔ اندر مردانہ باہر زنانہ' مردانہ حصہ میں پردے کا خاص انتظام تھا۔ گھر میں کام کرنے کے لیے دو مرد تھے اور باہر زنانہ کے لیے دو عورتیں ملی تھیں تربیت گاہ کی طرف سے آرام آسائش کا نہایت اعلیٰ پیمانہ پر انتظام تھا مگر کھانا گھر پر پکتا تھا اور تمام انتظام بھی گھر میں ہم کو اور باہر بیگم کو خود ہی کرنا پڑتا تھا۔ دراصل حکومت کی طرف سے چھ ماہ تک پانچ سو روپیہ ماہوار کا ایک وظیفہ بیگم کے نام مقرر ہو گیا تھا۔ کہ اسی میں اپنا خرچ چلاؤ۔ ملازموں کی تنخواہ دو اور جو چاہو کرو۔ چنانچہ سیکرٹری صاحبہ کے مشوروں سے بیگم تمام انتظامات کرتی تھیں مہینہ بھر کی جنس لا کر گھر میں بھر دی گئی تھی۔ گوشت' دودھ' مکھن' ڈبل روٹی' انڈوں اور ترکاریوں کے راتب مقرر ہو گئے تھے اور مصیبت یہ تھی کہ گھر چلانا تھا ہم کو' کھانے پکانے کے لیے جو نوکر گھر میں تھا وہ پکاتا تو بہت اچھا تھا مگر اس کے فرائض میں یہ بھی تھا کہ وہ ہم کو کھانا پکانا سکھائے اور سیکرٹری صاحبہ کی بھی خاص ہدایت تھی کہ ایک مہینہ کی اس ٹریننگ کے بعد ہمارا کھانے پکانے کا امتحان ہوگا۔ چنانچہ صبح سے اٹھ کر چولہا ہانڈی کی فکر ہوتی تھی۔ ہم کو بھلا چولہا ہانڈی سے کیا مطلب' اب سے پہلے کبھی باورچی خانہ کا رخ بھی نہ کیا تھا۔ بہت سے مردوں کو کھانا

پکانے کا شوق ہوتا ہے خود ہمارے بہت سے دوست اپنے ہاتھ سے اچھی اچھی چیزیں پکا لیا کرتے تھے مگر ہم اس سلسلہ میں بالکل کورے تھے نہ کبھی یہ شوق ہوا اور نہ اب تک ایسی افتاد پڑی تھی کہ خود کھانا پکاتے مگر اب ہم مجبور تھے کہ باورچی خانہ میں دھوئیں سے آنکھیں پھوڑیں اور چولھے کے سامنے اپنا منہ جھلسا کریں ہمارے باورچی نے جو باورچی ہونے سے زیادہ ہمارا گویا استاد تھا ہم کو سب سے پہلے آٹا گوندھنا سکھایا۔ کچھ نہ پوچھیے کہ کس قدر الجھن ہوتی تھی۔ جس وقت گیلا آٹا دونوں ہاتھوں میں لتھڑ کر رہ جاتا تھا۔ آٹا گوندھنے کی تعلیم کے بعد پیڑے بنانے کا سبق یاد کرایا گیا اور پھر روٹی پکانے کی تعلیم دی جانے لگی۔ اللہ محفوظ رکھے' ہمارے خیال میں دنیا کا سب سے زیادہ مشکل کام یہی روٹی پکانا ہے۔ شروع شروع میں تو چپاتیاں توے پر عجیب عجیب نقشے بنایا کرتی تھیں کوئی چپاتی ہوتی تھی۔ بالکل سیلون کے نقشہ کی' کوئی چپاتی ادھر سے ادھر پھٹ کر آسٹریلیا کا نقشہ بن جایا کرتی تھی کوئی چپاتی آدھی ہاتھ میں چپک کر رہ جاتی تھی۔ آدھی چولھے میں اور توا بالکل صاف' خیر یہ تو نوشتی تھی مگر توے کے اوپر چپاتی ڈال کر پھر اس کو پلٹنا بس قیامت کا سامنا ہوتا تھا۔ کبھی انگلیاں توے سے چپک گئیں' کبھی روتی جل کر رہ گئی سچ پوچھیے تو ہم عاجز آ چکے تھے اس زندگی سے' بیگم سے اگر کبھی اس مصیبت کا ذکر کیا تو وہ ہنس کر کہہ دیا کرتی تھیں کہ ''ذرا سے گھریلو کاموں میں گھبرا گئے آپ پڑ جائے گی عادت رفتہ رفتہ۔'' سوال یہ تھا کہ آخر کس کس بات کی عادت ڈالی جاتی۔ زندگی ہی کچھ عجیب ہو کر رہ گئی تھی۔ وہ شخص جس کا گھر میں کبھی پتہ ہی نہ چلتا ہو اب گویا قید ہو کر رہ گیا تھا گھر سے باہر جانے کی نوبت ہی نہ آتی اور گھر کا کام اتنا کہ کسی وقت دم لینے کی مہلت نہ تھی۔ صبح اٹھتے ہی چائے اور ناشتہ کے انتظام کے لیے باورچی خانے میں سر کھپانا پڑتا تھا۔ چائے اور ناشتہ ختم ہوتے ہی دن کے کھانے کا انتظام شروع ہو جاتا تھا۔ ایک بجے دن اس سے فرصت پائی۔ تو دوسرا ملازم گھر کی صفائی وغیرہ کی ٹریننگ دینے کے علاوہ سینے پرونے کی تعلیم دیا کرتا تھا وہی ہم تھے کہ قمیض کا ایک ایک بٹن بیگم سے ٹکوایا کرتے تھے۔ سوئی تک پکڑنے کی تمیز نہ تھی اور اب ہمارے لیے سنگر مشین الگ تھی۔ سینے پرونے کی بقچی الگ' تلے دانی الگ' قینچی الگ' دن بھر کپڑوں کا ڈھیر لگائے کچھ نہ کچھ سیا کرتے تھے خدا بخش یعنی ہمارا وہ ملازم جو سینے پرونے کی تعلیم دیا کرتا تھا۔ ہم سے برابر کہا کرتا تھا کہ یہ بڑی معیوب بات ہے کہ مردانے کپڑے بھی بازار میں درزی سئیں آپ کو تو چاہیے کہ بیگم صاحب کے کپڑے بھی سینا سیکھ لیں اور جب ہم نے یہ کہا کہ ان کو خود سینا آتا ہے تو اس نے بڑے تعجب سے کہا کہ جب تو اور بھی شرم کی بات ہے کہ وہ عورت ذات ہو کر سینا پرونا جانیں اور آپ مرد ہو کر جن کا کام ہی ہے سینا پرونا سوئی تک نہ پکڑ سکیں۔ اس سے ہم کو یہ بھی معلوم ہو چکا تھا کہ بیگم صاحب لاکھ سینا پرونا جانیں مگر اب ان کو ان کاموں کی فرصت ہی نہ ملے گی۔ وہ چار پیسے کمانے کی فکر کریں گی یا گھریلو کام لے کر بیٹھیں گی اور واقعی بیگم کی بیرونی مصروفیتیں اس قدر بڑھی ہوئی تھیں کہ گھر میں ان کا پتہ ہی نہ چلتا

تھا۔ بس ہم کو اتنا ہی معلوم تھا کہ ان کو پولیس ٹریننگ اسکول میں داخل کر دیا گیا ہے چنانچہ دن بھر وہ اسکول میں رہتی تھیں اور شام کو وہاں سے واپس آ کر باہر زنانہ ہی میں ان کی بہت سی سہیلیاں آ جاتی تھیں جن سے بیٹھی باتیں بنایا کرتی تھیں اور ہم اندر سے خاصدان پر خاصدان' پان بنا بنا کر بھیجا کرتے تھے۔ کبھی کبھی شبراتن باہر کی ملازمہ ڈیوڑھی میں آ کر آواز دیتی کہ بیگم صاحب چائے منگوا رہی ہیں اور ہم کو چائے تیار کر کے نہایت سلیقہ کے ساتھ معہ ناشتے کے باہر بھیجنا پڑتی تھی۔ کبھی معلوم ہوتا کہ باہر زنانہ میں تاش کھیلے جا رہے ہیں اور ہم دل ہی دل اپنی ایسی مجلسیں یاد کر کے تڑپ جایا کرتے تھے۔ کبھی معلوم یہ ہوتا کہ بیگم آباد کی کوئی مشہور شاعرہ آئی ہوئی ہیں۔ ان کا کلام سنا جا رہا ہے اور ہم اپنی ادبی محفلیں یاد کر کے رہ جاتے تھے۔ کبھی خدا بخش سے کہا ذرا جھانک کر دیکھو تو باہر کیا ہو رہا ہے اور معلوم یہ ہوا کہ سیکرٹری صاحبہ سے کیرم کھیل رہی ہیں' بیگم صاحب' مختصر یہ کہ ان کا دل بہلنے اور ان کی دلچسپیوں کے تو نت نئے سامان تھے۔ مگر ہم قید ہو کر رہ گئے تھے گھر میں' اگر بیگم ہی گھر میں رہا کرتیں تو ان سے بات کر کے دل بہلتا مگر ان کو اپنی بیرونی دلچسپیوں ہی سے فرصت نہ تھی اور اگر ہم نے کبھی اس سلسلہ میں شکایت بھی کی تو جواب یہ ملتا تھا کہ تم تو ہو بیوقوف تمہارے لیے تفریحات کی کیا ضرورت ہے۔ دماغی کام کرتی ہوں سر کھپاتی ہوں دن بھر ٹریننگ اسکول میں محنت کرتی ہوں۔ اگر شام کو ذرا تفریح نہ کروں تو دماغ کو سکون کیوں کر حاصل ہو تم گھر داری کرتے ہو' جس میں دماغ کو کام میں لانے کی کوئی ضرورت ہی نہیں ہے۔ بس گوشت بھون لیا۔ تم ہی بتاؤ اس میں دماغ کی کیا ضرورت پڑی' دال بگھارنے روٹی پکانے اور تھوڑا بہت سینے پرونے کے علاوہ اور تمہارا کام ہی کیا ہے۔ میں دن بھر کی تھکی ہاری اس لیے تو گھر میں نہیں آتی کہ تم یہ دکھڑے رونے بیٹھ جاؤ عورت اس لیے گھر میں آیا کرتی ہے کہ مرد اس کی تمام کلفت دور کر دے گا۔ اس کی دل دہی کرے گا۔ اس سے خوش گوار باتیں کرے گا۔ مگر تمہارا تو عجیب طریقہ ہے کہ میں نے گھر میں قدم رکھا اور تم شکایت کے دفتر لے کر بیٹھ گئے میں اس کو سخت ناپسند کرتی ہوں اور ان کے باہر جانے کے بعد خدا بخش اور باورچی عبدالکریم بھی ہم کو سمجھاتے تھے کہ یہ آپ کی غلطی ہے بیگم کا دل ہاتھ میں رکھئے ان کے دم سے آپ کی ساری خوشی ہے ان ہی سے آپ کا سہاگ قائم ہے عورت ذات کو اگر کبھی آپ کی باتوں پر غصہ بھی آ جائے تو صبر شکر کر لیجئے گا۔ جب وہ گھر میں آئیں تو آپ خود اٹھ کر ان کے سب کام کیا کیجئے۔ ہاتھ منہ دھونے کا پانی رکھ دیجئے گھر میں پہننے والی ساری دے کر باہر والی ساری احتیاط سے رکھ دیجئے جوتا اتروا کر سلیپر رکھ دیجئے۔ جب وہ کھانا کھانے بیٹھیں تو ذرا پنکھا لے کر بیٹھ جایا کیجئے وہ خود آپ سے یہ خدمتیں نہ لیں گی۔ مگر عورت کا دل موہنے کے لیے مردوں کو یہ کرنا ہی پڑتا ہے اب سیکرٹری صاحبہ کے میاں کو دیکھئے کہ بچوں کی پرورش الگ۔''

عبدالکریم نے حیرت سے کہا۔ ''اس میں تعجب کی کیا بات ہے۔ سب ہی مرد بچوں کی پرورش کرتے ہیں اور نہیں تو کیا عورتیں

پرورش کرنے کے لیے گھر میں بیٹھی رہتی ہیں۔''

ہم نے نہایت وحشت سے کہا۔''مگر بچے تو عورت ہی کے پیٹ سے ہوتے ہیں یاوہ بھی۔''

خدابخش نے ہنس کر کہا۔''آپ کی بھی کیا باتیں ہی مرد کے پیٹ سے بچے کیوں کر ہو سکتا ہے مگر پیدائش کے بعد ہی سے ساری ذمہ داری تو مرد کی ہوتی ہے۔''

ہم نے اس سلسلہ میں پوری معلومات حاصل کرنے کے لیے کہا۔''عورت کے بچے کی ذمہ داری مرد کیوں کر لے سکتا ہے؟''

عبدالکریم نے کہا جس طرح آپ کے دیس میں مرد کے بچے کی ذمہ داری عورت لے لیا کرتی ہے۔''

ہم نے کہا۔''مگر ہمارے دیس میں بھی بچہ مرد کے پیٹ سے خدانخواستہ نہیں ہوتا۔''

خدابخش نے سمجھاتے ہوئے کہا۔ دیکھئے اس کو یوں سمجھئے کہ عورت کے سر ایک تو روزی کمانے کی ذمہ داری ہے دوسرے جب بچہ پیٹ میں ہوتا ہے تو چھٹے مہینے کے بعد سے اس کو ساڑھے چار مہینے کی رخصت حمل پوری تنخواہ پر دی جاتی ہے اور وہ بڑا چلہ نہا کر پھر اپنے باہر کے کاموں میں لگ جاتی ہے اور اب بچے کی پوری نگہداشت مرد کو کرنا پڑتی ہے اس کو دودھ بنا کر پلانا' اس کا نہلانا' اس کو صاف رکھنا' اس کو بہلانا' اس کو سلانا مطلب یہ کہ سب ہی کچھ مرد کرتے ہیں۔ عبدالکریم نے کہا'' یہی تو میں ذکر کر رہا تھا کہ سیکرٹری صاحب کے گھر والے کا حال یہ ہے کہ ایک تو بے چارے پوری گھر داری کرتے ہیں اور اس پر سے ماشاءاللہ تین چھوٹے چھوٹے بچے ہیں۔ ان کی دیکھ بھال الگ پھر یہ کہ ذرا بھی چھٹی ملی اور وہ بننے کی تیلیاں یا کروشیا لے کر بیٹھ گئے۔ کبھی کسی بچے کا سویٹر بن رہے ہیں۔ کبھی کسی کنٹوپ اور کچھ نہیں تو میز پوش اور تکیہ کے غلافوں پر پھول ہی کاڑھا کرتے ہیں گھر کی صفائی کا یہ حال ہے کہ آئینہ بنا رکھا ہے گھر کو' بہت کم مردوں میں ایسا سلیقہ ہوتا ہوگا۔ جو ان میں ہے ایسی دست کاری کے نمونے تو دیکھنے میں بھی مشکل سے آتے ہوں گے۔ اب آپ کروشیا اور تیلیوں کی بنائی شروع کر دیجئے۔

ہم نے الجھتے ہوئے کہا۔''تم لوگوں کو کیا معلوم کہ میں جو کچھ کر رہا ہوں وہ بھی اپنے دل پر کیسا جبر کر کے کر رہا ہوں ان کاموں سے بھلا ہم مردوں کو کیا تعلق یہ تو سب عورتوں کے کام ہیں۔''

خدابخش نے ہونٹ پر انگلی رکھ کر خاموش رہنے کا اشارہ کرتے ہوئے کہا۔''ارے کیا غضب کرتے ہیں آپ' خدا کے واسطے ایسی بات بھی زبان سے نہ نکالئے گا۔ یہ باتیں باغیانہ ہیں اور ان کی سزا نہایت سخت ہے یہاں یہی باتیں مردوں کے فرائض میں داخل ہیں اور ہر شریف مرد کا فرض ہے کہ وہ عزت آبرو کے ساتھ گھر بیٹھ کر اپنی بیوی اور بچوں کی ہر ممکن خدمت کرے اور اپنے سلیقے

سے گھر کو بنائے رکھے۔

ہم نے جز بز ہوتے ہوئے کہا۔ ''اب تو سب کچھ کرنا ہی پڑے گا اور کر ہی رہا ہوں جس طرح ہو سکتا ہے۔ صبح سے اٹھ کر یہ وقت آ گیا ہے اور اب تک اتنی مہلت بھی نہیں ملی کہ شیو ہی کر لیتا۔''

عبدالکریم نے کانوں پر ہاتھ رکھ کر کہا۔ ''خدا کے واسطے یہ بدشگونی آئندہ کبھی نہ کیجئے گا۔ بیگم صاحبہ کو اللہ سلامت رکھے آپ سب سے پہلے صبح اٹھ کر شیو کر لیا کیجئے۔

ہم نے کچھ نہ سمجھتے ہوئے کہا۔ ''اس میں بدشگونی کی کیا بات ہے اور بیگم صاحب کی سلامتی کا اس سے کیا تعلق؟''

خدا بخش نے تعجب سے کہا۔ ''آپ کو نہیں معلوم؟''

عبدالکریم نے خدا بخش سے کہا۔ ''ارے بیچارے کیا جانیں تم ان کو سمجھا دو۔'' خدا بخش نے سمجھاتے ہوئے کہا۔ ''ہمارے اس ملک میں مرد کے سہاگ کی نشانی یہی ہے کہ اس کی داڑھی منڈھی ہوئی ہو۔ یہاں صرف وہی مرد داڑھی رکھتے ہیں جن کی بیویاں مر جاتی ہیں۔ اس لیے یہاں کے مرد ہر حالت میں داڑھی منڈھنے کا خیال سب سے مقدم رکھتے ہیں مہربانی کر کے آپ ابھی جایئے اور شیو کر ڈالیے۔ مجھے تو خدا جانے کیا کیا ہول آنے لگے ہیں؟''

عبدالکریم نے کہا۔ ''آپ کے ملک میں بھی تو سہاگ کی کوئی نہ کوئی علامت ہوتی ہوگی؟''

ہم نے کہا۔ ''وہاں مرد کا سہاگ ہی کب ہوتا ہے جو اس کی علامت ہو وہاں تو مرد کے دم سے عورت کا سہاگ قائم رہتا ہے اور سہاگن عورتوں کی علامتیں مختلف ہوتی ہیں مثلاً ان کے ہاتھوں میں چوڑیاں ہوتی ہیں اور وہ رنگین لباس پہنتی ہیں چوڑیوں کا ٹوٹنا اور سہاگنوں کا سفید لباس پہننا بدشگونی سمجھی جاتی ہے۔''

خدا بخش نے کہا۔ ''بالکل الٹی بات بہرحال جس طرح وہاں چوڑیوں کا ٹوٹنا بدشگونی ہے اسی طرح یہاں داڑھی کا بڑھنا بدشگونی ہے۔ یہاں تو بہت سے گھرانوں میں رنڈوے مردوں کا سر بھی مونڈ دیا جاتا ہے اور داڑھی چھوڑ وادی جاتی ہے مگر یہ سب خاندانوں میں نہیں ہے البتہ داڑھی تو کوئی رنڈوا قانوناً رکھ ہی نہیں سکتا۔''

ہم نے حیرت سے یہ قاعدہ سن کر کہا۔ ''مجھے کبھی تو ہنسی آتی ہے اور کبھی اپنی اس زندگی پر غصہ آتا ہے کہ میں کس عذاب میں آ کر پھنس گیا اس سے تو واقعی ہماری کشتی ڈوب جاتی تو اچھا تھا۔ اچھا یہ بتاؤ کہ یہاں سے ہم کو کبھی چھٹکارا بھی نصیب ہوگا؟''

خدا بخش نے کہا۔ ''بیگم صاحب جب چاہیں آپ کو لے کر جا سکتی ہیں آپ تنہا نہیں جا سکتے اور نہ بغیر ان کی رضامندی کے جا سکتے

ہیں۔ یہ تربیت کے چھ مہینے گزار کر بیگم صاحبہ بالکل آزاد ہوں گی کہ وہ جو جی چاہے کریں۔''

عبدالکریم نے کہا۔'' مگر بیگم صاحبہ بھلا کیوں جانے لگیں اس دیس میں جہاں سنا ہے کہ عورتوں کے ساتھ وہی سلوک ہوتا ہے جو یہاں مردوں کے ساتھ ہوتا ہے کون عورت اس کو پسند کرے گی کہ وہ اپنی یہ آزادی اور یہ حکومت چھوڑ کر قید اور غلامی لے لے۔ اچھا یہ باتیں تو پھر ہوسکتی ہیں مجھے وحشت ہو رہی ہے آپ سب سے پہلے شیو کر لیجیے۔

ہم بجھے ہوئے دل کے ساتھ اٹھے اور آئینہ کے سامنے شیو کرنے کے لیے بیٹھ گئے۔

آج ہمارے یہاں سیکرٹری صاحبہ کے گھر سے آنے والے تھے۔ بیگم نے ہم کو خاص ہدایتیں دے رکھی تھیں کہ گھر اچھی طرح صاف ستھرا رہے اور ان کی پوری خاطر مدارات ہو اس کے علاوہ یہ بھی کہہ دیا تھا کہ باہر زنانہ میں سیکرٹری صاحبہ بھی کھانا کھائیں گی۔ چنانچہ دعوت کا انتظام تھا۔ ہم کو اب خدا کے فضل و کرم سے معمولی روزمرہ کا کھانا پکانا تو خیر آ گیا تھا۔ مگر ابھی پر تکلف اور دعوتی کھانے پکانے نہیں آتے تھے۔ عبدالکریم نے اس دعوت کا انتظام خود ہی کیا اور ہم نے خدا بخش کی مدد سے تمام گھر کی صفائی کی' خود بھی نیا سوٹ نکال کر پہنا اور باہر بھیجنے کے لیے پان بنانے لگے کہ عین اسی وقت ڈیوڑھی سے آواز آئی:

''سواری اتروالو۔''

خدا بخش نے کہا۔'' لیجیے وہ آ گئے سیکرٹری صاحبہ کے گھر والے۔''

اور ہم نے ڈیوڑھی تک جا کر ان کا خیر مقدم کیا وہ ڈولی میں بھی برقعہ پہن کر بیٹھے تھے حالاں کہ چار قدم آنا تھا ان کو' مگر اس قدر شدید پردہ تھا کہ تو بہ' ڈولی سے اتر کر پہلا سوال یہی کیا کہ'' کوئی عورت تو نہیں ہے گھر میں'' اور جب ہم نے یقین دلایا کہ کوئی نہیں ہے تو وہ تشریف لائے اندر اور کمرے میں پہنچ کر برقعہ اتارنے کے بعد اپنی ٹائی درست کی' ہم نے گفتگو کا سلسلہ چھیڑنے کے لیے کہا۔

'' آپ سے ملنے کی ایسی تمنا تھا کہ میں کیا کہوں مگر میں یہاں اجنبی اور آپ نے کبھی زحمت نہیں فرمائی۔''

سیکرٹری صاحبہ کے شوہر نے خالص گھریلو انداز میں کہا۔'' کیا بتاؤں میں' خود میرا کس قدر جی چاہتا تھا آپ سے ملنے کو گھر کے جھگڑے مہلت ہی نہیں دیتے۔ چھوٹے بچے کی آنکھیں دکھ رہی تھیں' اس سے بڑے بچے کو کھانسی ایسی ہے کہ جب دورہ پڑ جاتا ہے پیٹ میں سانس نہیں سماتی۔ ڈاکٹر کا علاج مہینہ بھر تک ہوا جب کوئی فائدہ نہ دیکھا تو میں نے ان سے کہا کہ کسی طبیبہ کو دکھا دیں اب احمدی خانم صاحبہ کا طبیبہ کا علاج ہو رہا ہے اور خدا کے فضل سے فائدہ بھی ہے۔ ان کو اپنے سرکاری کاموں سے فرصت نہیں ملی دن بھر باہر ہی رہتی ہیں اور فرصت ملے بھی تو میں اس کو پسند نہیں کرتا کہ میرے ہوتے مردانہ کام یعنی بچوں کی دیکھ بھال اور گھر داری وہ

خدانخواستہ (مزاحیہ ناول) 15 شوکت تھانوی

عورت ہو کر کریں۔"

سیکرٹری صاحبہ کے یہ شوہر یوں تو نہایت شان دار مرد تھے۔ اچھے خاصے قد اور ہاتھ پاؤں کے آدمی' کھلتا ہوا گورا رنگ' بڑی تاؤ دار مونچھیں' داڑھی منڈھی ہوئی اس لیے کہ اللہ رکھے سہاگ قائم تھا ان کا' نہایت فیشن ایبل سوٹ پہنے قیمتی ٹائی باندھے۔ سر پر بڑے بڑے انگریزی بال جو ہندوستانی بیوہ عورتوں کی طرح بالکل الٹے ہوئے' یعنی مانگ سے بے نیاز' اچھا خاصا رعب دار چہرہ مگر باتیں ایسی کہ معلوم ہوتا کہ یہ باتیں وہ کر ہی نہیں رہے ہیں' ہم نے تعجب سے ان کی باتیں سن کر کہا۔

"مگر کمال ہے کہ آپ گھرداری بھی کرتے ہیں اور بچوں کی دیکھ بھال بھی۔"

انہوں نے مونچھوں کو ٹھیک کرتے ہوئے کہا۔" تو پھر کیا کروں عزیزوں میں کوئی اور مرد ایسا نہیں جو بیگم صاحبہ کے سامنے آسکے اور نوکروں پر اتنا بھروسہ مجھے نہیں کہ گھر ان پر چھوڑ دیا جائے' البتہ آپ تو نسبتاً آزاد ہیں۔ ابھی کم سے کم بچوں ہی کے جھگڑے میں گرفتار نہیں ہوئے ہیں۔"

ہم نے کہا۔" ارے صاحب جس قدر پابندیاں بچوں کے میرے سر ہیں میرے لیے تو یہی ناقابل برداشت ہیں میں تو زندگی بھر اس تمام عذاب سے آزاد رہا میرے وطن میں بھلا مردوں کو گھرداری' چولہا ہانڈی' سینے پرونے سے کیا تعلق۔"

وہ گھبرا کر بولے" ارے؟ تو پھر کون کرتا ہے گھر کا سارا انتظام؟"

ہم نے کہا۔" وہاں عورتیں یہ سب کچھ کرتی ہیں۔"

وہ بولے۔" اور مرد بیٹھے دیکھا کرتے ہیں؟"

ہم نے کہا" جی نہیں مرد اپنے کاروباری اور معاشی دھندے دیکھتے ہیں نوکری چاکری اور روزی کمانے کے دوسرے مشاغل ان کے لیے ہوتے ہیں۔"

سیکرٹری صاحب کے شوہر نے حیرت سے کہا۔" لاحول والاقوۃ ______ اور عورتیں ایسی غیرت دار ہوتی ہیں کہ مردوں کی کمائی کھاتی ہیں۔"

ہم نے کہا۔" اس میں غیرت داری کا کیا سوال' وہاں عورت ہوتی ہی ہے مرد کی دست نگر۔"

وہ بہ دستور حیرت سے بولے" عجیب ملک ہے آپ کا اور عجب دستور ہے وہاں کا' یہاں تو عورت کے لیے یہ مرجانے کا مقام ہے کہ وہ اپنی زندگی میں مرد کو باہر نکالے' کمائی کرنے کے لیے اور خود گھر میں بیٹھ کر مرد کی کمائی کھائے اور مرد بھی وہاں کے اچھے ہیں جو

باہر نکلتے ہی کمائی کرنے کے لیے تو کیا وہاں پردہ بالکل ہی نہیں ہے؟''

وہ ایک دم اس بری طرح ہنسے ہیں۔ جیسے کوئی نہایت زبردست لطیفہ کسی نے سنا دیا ہو اور ہنسی کو بہ مشکل قابو میں لا کر بولے۔''کیا واقعی عورتیں پردہ کرتی ہیں اور مرد بے پردہ رہتے ہیں۔ یعنی آپ کا مطلب یہ ہوا کہ عورتیں گویا برقعہ پہنتی ہوں گی اور ڈولی میں نکلتی ہوں گی باہر۔''

ہم نے ان کی اس ہنسی پر تعجب کرتے ہوئے کہا۔''جی ہاں عورتیں برقعہ پہنتی ہیں اور عورتیں ہی ڈولیوں میں یا پردہ دار گاڑیوں میں نکلا کرتی ہیں' عورتوں کے لیے تھیٹر اور سینما میں یہاں تک کہ ریل گاڑیوں میں بھی زنانے درجے الگ ہوتے ہیں۔''

وہ بولے''خیر زنانے درجے تو یہاں بھی الگ ہوتے ہیں ہر جگہ مگر وہ بہت بڑے ہوتے ہیں اور ان ہی میں سے ایک طرف پردہ دار درجہ ہوتا ہے مردانہ' جس میں پردے کا خاص خیال رکھا جاتا ہے ہم شریف بیٹوں دامادوں کے لیے' میں تو آپ کی باتوں کو اس طرح تعجب سے سن رہا ہوں۔ جیسے کوئی خواب دیکھ رہا ہوں اور ہنسی آ رہی ہے۔ اس بات پر کہ کیسی عجیب بات معلوم ہوتی ہوگی یہ کہ عورت ڈولی میں چلی جا رہی ہے برقعہ پہنے' تو کیا آپ کی بیگم صاحبہ بھی اسی طرح برقعہ پہنا کرتی تھیں۔''

ہم نے کہا۔''جی ہاں بالکل پردہ میں رہتی تھیں بس اسی طرح جس طرح یہاں آ کر مجھ پر مصیبت نازل ہوئی ہے۔''

انہوں نے گویا بڑے استعجاب سے پوچھا۔''تو بتایئے کہ خود آپ بے پردہ کیسے نکلتے ہوں گے۔ مجھے تو کوئی اگر بغیر برقعہ کے سڑک پر چھوڑ دے تو میں وہیں پر بیٹھ جاؤں اپنے کوٹ سے منہ چھپا کر ایک قدم تو مجھ سے چلا نہ جائے ابھی میں ڈولی پر آیا ہوں تو جب تک کہاریاں ڈیوڑھی سے باہر نہیں چلی گئیں میں نے ڈولی کے باہر قدم نہیں رکھا۔''

ہم نے حیرت سے کہا''جی کیا فرمایا کہاریاں! یعنی عورتیں آپ کی ڈولی لائیں ہیں؟''

وہ ہم سے بھی زیادہ تعجب سے بولے۔''اور نہیں تو کیا مرد ڈولی اٹھاتے ہیں؟

ہم نے کہا'' آپ کے یہاں کی تو دنیا ہی نرالی ہے عورتیں ڈولی میں بیٹھتی ہیں مرد ڈولی اٹھاتے ہیں۔ یہاں تو یہ تصور ہی ایسا عجیب معلوم ہوتا ہے کہ ہنسی بھی آ رہی ہے اور حیرت بھی ہے۔''

ہم کچھ کہنے ہی والے تھے کہ باہر سے بیگم کی آواز آئی۔''ارے میں نے کہا سنتے ہو بھائی صاحب سے میرا سلام کہہ دو۔''

سیکرٹری صاحبہ کے شوہر نے اشارے سے کہا کہ میرا بھی سلام کہہ دو چنانچہ ہم نے ڈیوڑھی کے پاس جا کر کہا۔

''وہ بھی تم کو سلام کہہ رہے ہیں۔''

بیگم نے گویا ڈانٹتے ہوئے کہا۔ "اس قدر زور سے تو نہ بولو معلوم ہے کہ باہر غیر عورتیں بیٹھی ہیں کیا کہیں گی۔ وہ بھی اپنے دل میں کہیں گی کہ کیسا کلے دراز مرد ہے ذرا تو تم کو خیال ہونا چاہیے۔ اپنا نہیں تو کم سے کم میرا خیال کیا کرو کہ باہر اس عورت کی جو تھوڑی بہت عزت ہے اس میں بٹہ نہ لگے۔ ایک ان کو دیکھو سیکرٹری صاحبہ کے شوہر کر آخر وہ بھی تو مرد ہیں میں نے سلام کہلوایا تو اس کا جواب بھی انہوں نے تم سے کہلوایا ہے اور ایک تم ہو کر بنکار رہے ہو ڈیوڑھی میں کھڑے ہوئے۔"

ہم نقش حیرت بنے ہوئے جو کچھ خدا سنوار رہا تھا ان بیگم سے یہ سب کچھ سن رہے تھے جن سے کبھی ہم خود اسی قسم کی باتیں کیا کرتے تھے سب پوچھیے تو ہمارا یہ ضبط قابل داد تھا۔ جس مرد نے ہمیشہ حکومت کی ہو جس نے کبھی کسی کی آدھی بات نہ سنی ہو جو ہمیشہ سرتاج اور مجازی خدا بن کر رہا ہو جو صحیح معنوں میں مرد ہو عورت نہ ہو جس سے بیوی نے ہمیشہ یہ کہا ہو کہ میں تمہاری ادنیٰ کنیز ہوں جس کی خفگی پر بیوی کے پاس سوائے رونے اور آنسوے بہانے کے کوئی چارہ ہی نہ ہو وہ آج خود بیوی سے یہ باتیں سنے خدا کی شان نظر آ رہی تھی ہم کو اور مہر بہ لب تھے ہم، آخر بیگم صاحبہ نے ڈیوڑھی میں کھڑے ہی کھڑے ہماری اچھی طرح گت بنانے کے بعد کہا۔ "خدا کے واسطے اب کوئی ایسی بات نہ کر گزرنا کہ میں کہیں منہ دکھانے کے قابل نہ رہ جاؤں ٹریننگ کی مدت ختم ہونے والی ہے اور اب ہم کو خود مختارانہ زندگی بسر کرنا ہے میرا خیال یہ ہے کہ سیکرٹری صاحبہ کے گھر میں سے اسی لیے آئے ہیں کہ وہ تمہارے جو طور طریقے دیکھ کر حکومت میں رپورٹ بھجوائیں کہ ہم نے اس قلمرو کی معاشرت کا اپنے کو کس حد تک عادی بنالیا ہے باہر میرے متعلق تو رپورٹ بہت اچھی ہے مگر خدا بچائے تم ناقص العقل مردوں سے نہ معلوم کہاں لٹیا ڈبودو۔"

باہر سے سیکرٹری صاحبہ کی کھنکتی ہوئی آواز آئی۔ "سعیدہ بہن یہ کیا ڈیوڑھی میں راز و نیاز ہو رہے ہیں جو کسی طرح ختم ہونے کو نہیں آتے معلوم ہوتا ہے کہ ہمارے بھائی صاحب نے دامن پکڑ رکھا ہے اور میرا سلام بھی کہہ دیا تھا۔"

بیگم نے بلند آواز سے کہا "بہن وہ خود تم کو سلام کہہ رہے ہیں اور اتنی دیر سے یہی کہہ رہی ہوں کہ آخر خود کیوں نہیں سلام کہہ دیتے مگر بے چارے شرمائے ہی جاتے ہیں حالاں کہ میں نے ان کو سمجھا دیا ہے کہ میرے اور بہن جمال آراء "سیکرٹری صاحبہ" کے تعلقات ایسے ہی ہیں کہ اگر تمہاری آواز ان کے کانوں تک پہنچ جائے تو کوئی مضائقہ نہیں ہے۔ مگر وہ گونگوں کی طرح کھڑے اشارے کر رہے ہیں۔

جمال آرا نے کہا۔ "ٹھیک ہے میں تو بہت خوش ہوں کہ بھائی صاحب نے اس سرزمین کے شریف اور گھریلو مردوں کے طریقوں اور تہذیب کو بہت جلد اپنالیا؟"

بیگم نے ہماری طرف سے بغیر کچھ کہے ہوئے کہا" وہ آپ کا شکر یہ ادا کر رہے ہیں اور کہہ رہے ہیں کہ خدا کرے آپ نے میری حوصلہ افزائی نہ کی ہو بلکہ واقعی یہی ہو اور یہ شکایت کر رہے ہیں کہ آپ نے اپنے شوہر نامدار کو ایسا چھپا کر رکھا ہے کہ اتنے دنوں کے بعد آج زیارت نصیب ہوئی ہے!"

جمال آرا نے اپنی اسی دلربا آواز میں کہا۔" ارے بہن ان سے کہہ دو کہ جب تک گود خالی ہے جتنا چاہے بڑھ چڑھ کر باتیں بنا لیں میرے شوہر کی طرح جب بچوں کے جھمیلوں میں پھنس گے۔ اس وقت پتہ چلے گا کہ فرصت کس چڑیا کا نام ہے اور اب تو دونوں میں ملاقات ہو ہی چکی ہے۔ اب بھائی صاحب سے کہہ دو کہ وہ خود غریب خانہ پر تشریف لائیں کسی دن۔"

بیگم نے ہماری ترجمانی خود ہی کرتے ہوئے کہا" کہہ رہے ہیں کہ انشاء اللہ ضرور حاضر ہوں گا مگر اس تربیت گاہ سے تو نکل جانے دیجئے۔

جمال آرا نے کہا۔" آخر آپ لوگ بلاوجہ تربیت گاہ کو جیل کیوں سمجھے ہوئے ہیں یہاں تو حکومت کے معزز ترین مہمان ٹھہرائے جاتے ہیں اور آپ لوگوں کے علاوہ اب تک تو یہاں صرف وہ ماہرات فن بلا کر رکھی جاتی تھیں۔ جن کی فنی اعانت کی اس حکومت کو ضرورت ہوا کرتی تھی۔ اور جو بیرون" نازکستان" سے آکر اس تربیت گاہ میں نازکستان کے طور طریقے اور یہاں کی معاشرت کی تعلیم حاصل کرتی تھیں۔ ان میں سے اکثر کے ساتھ مرد بھی ہوتے تھے۔ جن کو خانہ داری اور تمام مردانہ فرائض کی تربیت دی جاتی تھی تاکہ وہ نازکستان سے باہر کے طور طریقے یہاں نہ پھیلا سکیں۔ آپ لوگوں کے ساتھ تو حکومت نے خاص رعایت کی ہے کہ بغیر کسی فن کی مہارت کے اور بغیر باہر سے بلائے ہوئے آپ کو وہی درجہ دیا گیا۔ جو خواندہ مہمانوں کو دیا جاتا ہے اب بہت جلد آپ یہاں کی خود مختار اور ذمہ دارانہ زندگی بسر کرنے کا حق حاصل کر لیں گی اور مٹھائی کھلایئے تو ایک خوشخبری اور بھی سنا دوں۔"

بیگم نے بے تاب ہو کر کہا تم کو میری قسم جمال آراء خوش خبری سنا دو پھر جتنی چاہے مٹھائی کھا لینا۔"

جمال آرا نے کہا۔" وزارت پولیس کا ایک مراسلہ آج ہی آگیا ہے اور تم کو صوبہ زیب النساء کے پایہ تخت رادھا نگر میں شہر کوتوالنی بنا یا گیا ہے اور یکم جنوری کو صدر ایوان خواتین علیا حضرت فخر النساء بیگم صاحبہ کے سامنے تم کو پیش کیا جائے گا۔ جہاں تم خانم بہادرنی کے خطاب سے سرفراز کی جاؤ گی۔"

بیگم نے خوشی سے ایک جست باہر زنانہ کی طرف لگائی اور ہم نے جھانک کر دیکھا کہ وہ فرط مسرت سے جاتے ہی جمال آراء کے لپٹ گئیں مگر ہم یہ غور کرتے ہوئے اپنے مہمان کے پاس واپس آگئے کہ یا الٰہی یہ خانم بہادرنی کیا بلا ہے مگر فوراً ہی سمجھ میں آگیا کہ یہ

خان بہادر کے قسم کی کوئی چیز ہوگی۔

یکم جنوری کی صبح ہماری اس زندگی کے ایک اور انقلاب کو ساتھ لائی۔ آج تربیت گاہ میں صبح ہی سے چہل پہل تھی۔ دراصل آج بیگم کو صدر ایوان خواتین علیا حضرت فخر النساء بیگم صاحبہ کے یہاں باریاب ہو کر اپنے عہدے کا چارج بھی لینا تھا اور وہ "خانم بہادرنی" کے معزز خطاب کو بھی حاصل کرنے والی تھیں مگر تربیت گاہ میں چہل پہل اس لیے تھی کہ جمال آرا نے اس خطاب کی خوشی میں اور بیگم کو الوداع کہنے کی غرض سے ایک رخصتی پارٹی دی تھی اور بیگم نے ہم کو بتا یا دیا تھا کہ دو ایک بیگمات کے شوہر بھی اندر مردانہ میں تم سے ملنے اور تم کو مبارک باد دینے آئیں گے۔ لہٰذا ہم نے بھی گھر میں معقول انتظار کر رکھا تھا۔ اب ہم خدا کے فضل سے رنگروٹ تو تھے نہیں کہ انتظام اور مہمان داری سے گھبرا جائیں اب تو ایک سے ایک کھانا ہم پکا لیتے تھے۔ ایک سے ایک کپڑا ہم سی لیتے تھے بیگم آج کل ہمارے ہی ہاتھ کا بنا ہوا سویٹر پہنے پھر رہی تھیں اور ہم خود اپنا سیا ہوا کوٹ پہنتے تھے۔ بیگم کے کپڑے البتہ درزنوں کے کارخانوں میں سلتے تھے اس لیے کہ وہ ٹھہریں ہر طرف آنے جانے والے ان کی جمپر کی وضع قطع میں ہاتھ کی جو صفائی چاہیے تھی۔ وہ ہم کو اب تک حاصل نہ ہوئی تھی۔ پھر بھی اب ہمارے حسن انتظام کی طرف سے بیگم کو "اطمینان" تھا اور ہم خوش تھے کہ ہمارے سرتاج اپنے اس ادنیٰ غلام سے اب مطمئن ہیں۔ آج بیگم بہت خوش تھیں اور ہونا بھی چاہیے تھا۔ ان کو اتنا بڑا عہدہ اور اتنا بڑا اعزاز حاصل ہونے والا تھا۔ ان کی خوشی دیکھ دیکھ کر ہم بھی پھولے نہ ساتے تھے۔ اس لیے کہ ہماری خوشی جس سے وابستہ تھی وہ خوش تھیں اور ہونا بھی چاہیے تھا۔ ان کا اتنا بڑا عہدہ اور اتنا بڑا اعزاز حاصل ہونے والا تھا۔ ان کی خوشی دیکھ دیکھ کر ہم بھی پھولے نہ ساتے تھے۔ اس لیے کہ ہماری خوشی جس سے وابستہ تھی وہ خوش تھی تو ہم کیوں کر خوش نہ ہوتے دل سے دعا نکل رہی تھی کہ الٰہی تو میری اس وارثہ کو رہتی دنیا تک سلامت رکھ یہ اپنے ہاتھوں مجھ کو سپرد خاک کر آئے تو میں سمجھوں گا کہ میں خوش نصیب ہوں۔ آج میں نے مقررہ نمازوں کے علاوہ دو رکعت نماز شکرانہ بھی ادا کی تھی۔ جی ہاں اب میں نماز بھی پڑھنے لگا تھا۔ اس لیے کہ خدا کو یاد کرنے کے لیے اب وقت مل جایا کرتا تھا۔ البتہ بیگم جو پہلے کسی وقت کی نماز قضا نہ کرتی تھیں اب بہ مشکل تمام نماز کے لیے وقت نکال سکتی تھیں۔

آج بیگم صبح ہی سے صدر ایوان خواتین کی پیشی میں جانے کی تیاریاں کر رہی تھیں۔ چنانچہ صبح اٹھتے ہی انہوں نے ہاتھ پیروں میں مہندی لگائی آج کے لیے وہ ڈھونڈ کر نہایت قیمتی لپ اسٹک اور نہایت اعلیٰ درجہ کا سینٹ لائی تھیں مگر ہم حیران تھے۔ ہم کو کسی خاص لباس کے متعلق کوئی ہدایت نہیں دی ہے کہ یہ ہی ساری نکال دینا' یہ جمپر ہو اس قسم کا جوتا ہو یہ موزے ہوں۔ آخر ہم نے ان کی خواب گاہ میں جا کر پوچھا۔

''آپ نے یہ نہیں بتایا کہ کپڑے کون سے نکال دوں''

بیگم نے بڑے پیار سے ہم کو دیکھتے ہوئے کہا۔''نہیں ڈارلنگ تم کپڑے نکالنے کی تکلیف نہ کرو۔ میری وردی آتی ہی ہوگی میں وہی پہن کر جاسکتی ہوں۔''

ہم نے کہا۔''اور زیور؟''

بیگم نے کہا۔''معلوم نہیں میری وردی میں کون کون سا زیور شامل ہوگا۔ بہر حال وہ بھی وردی کے ساتھ آئے گا۔ سرکاری معاملہ ہے گھریلو زیور تو میں پہن ہی نہیں سکتی۔''

بیگم یہ کہہ رہی تھیں کہ باہر کی ملازمہ نفیسہ نے آواز دی۔''خدا بخش یہ وردی لے جاؤ سرکاری اور اس کاغذ پر دستخط کرادو۔''

خدا بخش نے دوڑ کر نفیسہ سے دروازہ کی آڑ ہی میں سے ایک سوٹ کیس لے لیا اور ایک کاغذ ہم نے وہ کاغذ بیگم کے سامنے پیش کر دیا۔ بیگم ہاتھوں کی مہندی چھوڑا رہی تھیں۔ ہم سے قلم مانگتے ہوئے کہا۔''رسید دیتا ہے وردی کی ذرا سوٹ کیس کھول کر ہر چیز ملاتو اس فہرست سے میں بولی جاتی ہوں۔''ایک ایک چیز۔''

بیگم نے فہرست پڑھنا شروع کی''ساری سلک ایک عدد' جمپر بروکیڈ ایک عدد' بنیائن سلک ایک عدد' محرم سلک ایک عدد' چینی کوٹ سلک ایک عدد' انڈر ویئر سوتی ایک عدد' موزے سلک ایک جوڑا' ہائی ہل شو ایک عدد' پرس ایک عدد۔''

ہم نے کہا۔''ٹھیک ہے سب' ساری بہت ہی اچھی ہے۔''

بیگم نے کہا۔''اچھا اب پرس کے اندر کی چیزیں ملالو۔ پاؤڈر پف ایک عدد پاؤڈر کیس ایک عدد' لپ اسٹک ایک کارمچ' کنگھا ایک عدد' آئینہ ایک عدد' دستی رومال ایک عدد۔''

ہم نے کہا۔''جی ہاں یہ بھی ٹھیک ہے اور سب سامان بہت قیمتی ہے۔''

بیگم نے کہا۔''اب اس جیولری باکس کو کھول کر زیورات ملالیجئے۔ چوڑیاں طلائی آٹھ عدد' انگشتری طلائی نگ ہیرا ایک عدد' انگشتری طلائی نگ یاقوت ایک عدد' نیکلس جڑاؤ ہیرا چار دانہ' یاقوت آٹھ دانہ' ٹیکہ طلائی معہ نشان سرکاری طلائی ایک عدد' چینی نقرئی معہ مہر طلائی ایک عدد۔''

بیگم نے کہا۔''ہاں ہاں وردی ہی میں تو شامل ہے اور نہیں تو کیا میں بنواتی اچھا اور دیکھئے پستول ایک عدد' کٹار ایک عدد' کارتوس پستول یک صد' سیٹی ایک عدد۔''

ہم نے کہا" جی ہاں یہ بھی سب ٹھیک ہے۔"

بیگم نے رسید کے کاغذ پر دستخط کرتے ہوئے کہا" لیجئے یہ باہر نفیسہ کو بھجوا دیجئے اور اس سے کہہ دیجئے کہ میں ابھی غسل کرنے آ رہی ہوں سامان درست رکھئے اور آپ اس سوٹ کیس کو احتیاط سے بند کر دیجئے گا۔"

ہم نے بیگم کی تمام ہدایات پر عمل کیا اور اس عرصہ میں بیگم نے اپنے ہاتھوں اور پیروں کی مہندی چھوڑ کر غسل خانہ جانے کی تیاریاں شروع کر دیں۔ یہ سوٹ کیس بھی باہر ہی چلا گیا۔ جب بیگم باہر جانے لگیں تو ہم نے بڑی خوشامد سے کہا۔" ذرا وردی پہن کر سدھارنے سے پہلے مجھے بھی ایک نظر اپنے کو دکھا جانا۔"

بیگم نے بڑی مستعدی سے کہا" ہاں ہاں ضرور بھلا تم ہی نہ دیکھو گے تو کون دیکھ کر خوش ہوگا۔"

بیگم کے جانے کے بعد ہم نے ان کا کمرہ خود درست کیا اور جلدی جلدی ان کے لیے ناشتہ کا انتظام کر دیا تاکہ وہ یوں ہی نہ چلی جائیں بغیر کچھ کھائے پیئے ناشتہ تیار ہو ہی چکا تھا کہ بیگم اپنی کوتوالنی کی وردی میں جگمگ کرتی اندر آ گئیں اور ہم نے واقعی ان کو دیکھ کر تاب نظارہ نہ پاتے ہوئے بے ساختگی میں بڑھ کر ان کی بلائیں لے لیں اور فوراً ان پر سے کچھ چاندی اتار کر مسکینوں کو دینے کے لیے رکھ لی۔ بیگم نے جلدی جلدی ناشتہ کیا پھر جلدی جلدی لپ اسٹک سے اپنے لب ہائے رنگین کو اور بھی میکان بنایا اور باہر جانے لگیں تو ہم نے کہا" بیگم خدا حافظ بیگم" بیگم نے ایک غارت گر انداز سے ہم کو دیکھا اور کمر کی پیٹی سے بندھے ہوئے ریوالور یا اس پیٹی میں لگی ہوئی نازک سی کٹار سے نہیں بلکہ نگاہوں کے تیر اور ابرو کے اس خنجر سے جو ہر عورت کی قدرتی وردی کے اسلحہ ہیں۔ ہم کو بے موت مارتی ہوئی ایک چھلاوے کی طرح باہر زنانہ میں چلی گئیں جہاں موٹر ان کو صدر ایوان خواتین کے محل لے جانے کے تیار کھڑا تھا۔

بیگم کے جانے کے تھوڑے ہی دیر بعد صدیق بھائی یعنی جمال آرا صاحبہ کے گھر میں سے آ گئے اور ہمارے ساتھ گھر کے انتظامات میں گھر والوں کی طرح شریک ہو گئے ہم نے پاندان ان کے حوالے کر دیا کہ لو بھائی باہر زنانہ کے لیے اور مردانہ کے لیے پانوں کا انتظام تمہارے ہی سپرد ہے مگر انہوں نے بتایا کہ یہاں کا جشن چوں کہ خود ان کی بیگم صاحبہ اور ان کے اسٹاف کی طرف سے ہے لہٰذا وہ خود پانوں کا انتظام کر کے آئے ہیں مرد مہمان آئیں گے ضرور اسی گھر میں مگر ان کی تواضع بھی ہماری طرف سے نہیں بلکہ تربیت گاہ کے عملہ کی طرف سے ہوگی۔ ہم لوگ یہ گفتگو کر ہی رہے تھے کہ باہر سے آواز آئی۔

"سواری اتروالو۔"

اور صدیق بھائی نے ڈیوڑھی تک جا کر خیر مقدم کیا ڈولی کا پردہ اٹھا تو فلٹ ہیٹ لگائے کلین شیو کئے خالص انگریزی وضع کے

ایک نوجوان برآمد ہوئے بھائی صدیق نے بڑی گرم جوشی سے ان کا خیر مقدم کرتے ہوئے ان کا تعارف ہم سے کرایا۔ آپ ہیں مسٹر رفیع الدین' خانم صاحبہ سروری بیگم انسپکٹرس حلقہ پولیس کے شوہر اور رفیع بھائی یہ ہیں۔ خانم بہادرنی سعیدہ خاتون صاحبہ کے شوہر۔''

رفیع صاحب نے بڑی گرم جوشی سے ہاتھ ملایا اور ہم دونوں باتیں کرتے ہوئے اس کمرے تک آئے جہاں نشست کا انتظام تھا اور جہاں سے پردے کے ساتھ باہر زنانہ کی سیر ہم لوگ کر سکتے تھے۔ ابھی ہم کمرے تک پہنچے ہی تھے۔ کہ پھر آواز آئی۔ ''سواری اتروالو' صدیق بھائی پھر خیر مقدم کے لیے دوڑے اور اس مرتبہ ڈولی سے ایک صاحب کو لائے جو محض دھوتی اور کرتے میں تھے۔ صدیق صاحب نے ان کا تعارف کراتے ہوئے پہلے ہماری تعریف ان سے کی اور پھر ہم سے کہا'' آپ دیوی بہادرنی لاجونتی سکسینہ کے پتی مسٹر راجکشور ہیں آپ کی شریمتی جی یہاں کی بہت مشہور وکیلہ ہیں اور عنقریب ہائیکورٹ کی ججن ہونے والی ہیں۔

ان کے تعارف کے بعد ہی پھر کسی کی سواری آئی باہر پردے مانگے گئے اس لیے کہ سواری موٹر میں تھی پردے کے بعد موٹر سے جو صاحب اترے وہ ترکی ٹوپی اور شیروانی میں تھے۔ صدیق بھائی نے بڑھ کر ان سے ہاتھ ملایا اور ہم کو ان سے ملاتے ہوئے پہلے تو ہماری تعریف کی اس کے بعد ہم کو بتایا کہ'' آپ ہیں سر محمد امین لیڈی آمنہ خاتون مشیرہ مال حکومت نازکستان کے شوہر۔''

ہم نے تعجب سے کہا۔'' آپ پہلے صاحب ہیں جن کے نام کے ساتھ سر کا خطاب ہے ورنہ میں نے یہاں مردوں کے خطاب سنے ہی نہیں۔''

وہ تو مسکرا دیئے مگر صدیق بھائی نے کہا۔'' مگر سر بجائے خود تو کوئی خطاب نہیں ہے بلکہ اصل خطاب تو لیڈی ہے جو آپ کی اہلیہ محترمہ کو ملا تھا اور یہاں کا طریقہ یہ ہے کہ جس کسی خاتون کو لیڈی کا خطاب ملتا ہے اس کے شوہر کو سر کہا جاتا ہے'' ہم فوراً اس سر کا مفہوم بھی سمجھ گئے کہ جس طرح ہمارے یہاں سر کی بیوی لیڈی ہوا کرتی تھیں۔ اس طرح یہاں لیڈی کا میاں سر ہوتا ہے۔ مختصر یہ کہ اسی طرح کے بہت سے خطاب یافتہ بیویوں کے میاں بہت سے معزز عہدیدار خواتین کے شوہر بہت سی تعلقدارنیوں کے گھر والے ہمارے یہاں جمع ہو گئے اور ادھر باہر زنانہ میں معزز خواتین جمع ہوتی رہیں جن کی تعداد سینکڑوں کے قریب تھی۔ کوئی خاتون سگریٹ پی رہی تھی۔ کسی کے ہاتھ میں سگار تھا جو اسی طرح بے تکا معلوم ہو رہا تھا۔ جس طرح عورتوں کا ڈنڈا ہاتھ میں لے کر چہل قدمی کرنا مگر باہر زنانے میں تو بہت سی نازک اندام عورتیں بڑے موٹے موٹے ڈنڈے لیے ہوئے تھیں ہماری بیگم اپنی اسی وردی میں خانم بہادرنی کا تمغہ گلے میں پہنے معزز خواتین سے مل رہی تھیں یا ملائی جارہی تھیں۔ آخر تھوڑی دیر کے بعد تالیوں کی گونج میں ایک صوفہ سے جمال آرا یعنی تربیت گاہ کی سیکرٹری صاحبہ اٹھیں اور انہوں نے اپنی شیریں آواز میں ایک مختصر تقریر کر کے ہماری بیگم کی قابلیت اور صلاحیت

کو سراہتے ہوئے کہا۔"

"مجھے فخر ہے کہ اس تربیت گاہ میں آج سے چھ ماہ قبل آپ ایک نوگرفتار کی حیثیت سے آئی تھیں جن کو پہلے ملزمہ کی حیثیت سے ہر لیڈی مہر آراہ چیف ججی کی عدالت میں پیش کیا گیا تھا۔ مگر ہر لیڈی شپ نے آپ کے اندر چھپی ہوئی صلاحیتوں کو دیکھ کر آپ کو اس تربیت گاہ میں بہ حیثیت مہمان کے بھیجا اور آج یہ ملزمہ اس حکومت کی ایک ذمہ داری عہدیدار ہو کر حکومت سے ایک باعث افتخار خطاب حاصل کر کے اپنی خودمختارانہ اور ذمہ دارانہ زندگی بسر کرنے کے لیے میدان عمل میں آرہی ہیں۔ میں ان کی ان کامیابیوں پر مسرور ہوں مگر ان کی اس یک جائی کے بعد جدائی کا جو صدمہ مجھ کو ہے وہ میری خوشی کو دبائے دیتا ہے میری ایک آنکھ ہنس رہی ہے اور ایک آنکھ آنسو بہا رہی ہے مگر میں خودغرضی سے کام نہ لیتے ہوئے اپنے اس رنج کو ان کی خوشی پر قربان کر کے ان کو خوشی سے الوداع کہتی ہوں۔

جمال آرا کی اس تقریر کے بعد بیگم نے بھی ایک مختصر تقریر میں حکومت نازکستان کی اس غریب نوازی کو سراہا اور کھلے ہوئے الفاظ میں خود اپنے وطن کی لعنتی پابندیوں پر ملامت کرتے ہوئے کہا کہ "وہ میرا وطن سہی مگر اس کے جہنم ہونے سے انکار نہیں کیا جا سکتا۔ یہ غربت میرے لیے جنت سے کم نہیں اور میں اس جنت کو چھوڑ کر پھر اس جہنم کی طرف جانے کو بھی تیار نہیں ہو سکتی۔" وہاں تو تالیاں بجنے لگیں اور ہم بیگم کے منہ سے یہ سن کر کہ وہ کبھی ہم کو اس قید سے آزاد نہ ہونے دیں گی نڈھال ہو کر اپنی کرسی پر پڑے رہ گئے۔

رادھانگر جہاں بیگم بہ حیثیت کوتوالنی شہر کے تعینات ہوئی تھیں۔ نہایت بارونق شہر تھا۔ بیگم گنج سے کسی طرح کم بارونق نہیں کہا جا سکتا حالاں کہ بیگم گنج دراصل تمام نازکستان کا پایہ تخت ہے اور بیگم گنج میں چھ ماہ تک رہ کر ہم وہاں کے لیے بڑی حد تک اجنبی نہ رہے تھے۔ خیر ہمارے لیے تو یہاں بھی قید تھی اور وہاں بھی مگر وہاں صدیق بھائی کی وجہ سے ذرا دل بہل جایا کرتا تھا وہ تو کہئے کہ بیگم گنج سے چلنے کے وقت عبدالکریم اور خدابخش دونوں گھریلو ملازم ہمارے ساتھ ہی آئے تھے اور باہر کی ملازموں میں نفیسہ اور گلشن بھی ساتھ آئی تھیں ان کے علاوہ کوتوالی کی تمام کانسٹیبلنیاں حولدارنیاں اور تھانیدارنیاں ہر وقت گویا خدمت کے لیے موجود تھیں مگر گھر میں سوائے ان دو ملازموں کے اور کوئی نہ تھا بیگم بھی اپنی سرکاری ذمہ داریوں کی وجہ سے گھر میں بہت ہی کم رہتی تھیں۔ آج اس تفتیش میں جا رہی ہیں تو کل اس تحقیقات میں آج شہر کا گشت ہے تو کل کسی قومی جلسہ میں امن قائم رکھنے کے لیے پولیس کی جمات کے ساتھ چلی جا رہی ہیں۔ کبھی موٹر پر روانگی ہو رہی ہے تو کبھی گھوڑے پر ہم کو تعجب تو یہ تھا کہ بیگم نے اپنے کو کیا بدل لیا تھا یہ وہی بیگم تھیں جن کا پیر ذرا اونچا نیچا پڑا اور موچ آئی ذرا سی کوئی وزنی چیز اٹھائی اور کلائی میں ورم موجود۔ ذرا سی کسی میں لڑائی ہوئی اور ان کو اختلاج شروع ہوا۔

کسی نے گولہ یا بندوق داغی اور یہ اوئی کہہ کر اچھل پڑیں۔ کوئی برساتی کیڑا اڑ کر ان پر آ بیٹھا اور یہ تمام صحن میں ڈوپٹہ جھاڑتی پھرتی ہیں بدحواسی کے ساتھ۔ رات کو چوہوں نے کوٹھری میں ذرا کھڑبڑ مچائی اور انہوں نے اپنے پلنگ سے آواز دی۔ "آپ سو رہے ہیں؟ میں نے کہا ذرا ہوشیار ہو جایئے کچھ کھٹکا معلوم ہوتا ہے ایک مرتبہ تو بلی نے دودھ کی پتیلی جو گرائی تو ان کی گھگی بندھ گئی اور اب وہی بیگم اعلیٰ درجہ کی شہسوار تھیں' نہایت مشتاق نشانہ باز ہر بات میں نہایت چست و چالاک آدھی آدھی رات کو گشت کرنے نکل جاتی تھیں کہیں سے ڈاکہ کی خبر آئی اور یہ ڈکیتوں کی گرفتاری کے لیے روانہ ہو گئیں کہیں سے قتل کی خبر آئی اور انہوں نے چھاپہ مارا' میلوں پیدل چلوا لیجئے۔ دیواریں پھندوا لیجئے۔ پھر یہ کہ ہر کام میں تیزی خیر یہ سب باتیں تو بہت اچھی تھیں البتہ مزاج بہت خراب ہو گیا تھا بات بات پر غصہ آتا تھا اور غصہ میں آپے سے باہر ہو جایا کرتی تھیں۔ خیر باہر تو اپنا رعب قائم کرنے کے لیے غصہ انتظاماً بھی ضروری تھا۔ مگر جب گھر میں ہم پر غصہ کرتی تھیں تو سخت تکلیف ہوتی تھی۔ کیا مجال کہ کوئی بات ان کی زبان سے نکلے اور فوراً پوری نہ ہو جائے کسی کام میں ذرا سی بھی دیر ہو جائے پھر دیکھ لیجئے ان کا غصہ' یہ چیز پھینکی جا رہی ہے وہ چیز توڑی جا رہی ہے چیخ چیخ کر گھر سر پر اٹھائے لیتی ہے۔ ایک ایک کی شامت آ رہی ہے جو سامنے آیا اسی پر ابل پڑتی ہیں۔ ان کا حلم تو مشہور تھا۔ ان کو تو غصہ آتا ہی نہ تھا۔ بلکہ ہمارا غصہ ہر طرف مشہور تھا۔ خود ہم نے اپنی بے زبان بیگم پر ایسا ایسا غصہ کیا تھا کہ ان کا دل ہی خوب جانتا ہوگا غصہ آ گیا ہے اور گھر میں ایک قیامت برپا ہے۔ ہفتوں روٹھے ہوئے گھر کے باہر پڑے ہیں اور وہ بے چاری خوشامدیں کر رہی ہیں منا رہی ہیں' باہر سے بلوا رہی ہیں' معافیوں مانگ رہی ہیں' کھانا پینا چھوڑے ہوئے ہیں۔ راتوں کی نیند حرام کیے ہوئے ہیں۔ دن کا آرام تج دیا ہے اور اب یہی حال ان کا تھا ہم کو ان پر بھی تعجب تھا اور ان سے زیادہ خود اپنے اوپر حیرت کہ ہمارا غصہ کیا ہوا اور ہم میں یہ قوت برداشت کہاں سے پیدا ہو گئی ہے۔

اب بھلا یہ بھی کوئی غصہ کی بات ہے کہ آپ نے رات کو یہ کہہ دیا تھا کہ صبح اٹھ کر میری جارجٹ کی ساری میں وہ فیتہ ٹانک دینا جو بنارسی ساری میں ٹنکا ہوا ہے۔ صبح اٹھ کر آدمی تو آدمی ہے دماغ سے یہ بات نکل گئی۔ اور خود آپ بھی بھول گئیں اچھی خاصی خوش مزاج سو کر اٹھیں ناشتہ کیا چائے پی سنگار میز پر بنا سنورا کیں۔ اب ایک دم جو مجھ سے ساری مانگی تو مجھے بھی یاد آیا۔ پیروں تلے کی زمین نکل گئی۔ ڈرتے ڈرتے میں نے کہا کہ میں فیتہ ٹانکنا بھول گیا تھا۔ ابھی ٹانکے دیتا ہوں غلطی ہوئی مجھ سے بس جناب اللہ دے اور بندہ لے معلوم ہوا کہ جیسے بارود کے قلعہ میں کسی نے دیا سلائی دکھا دی غصہ میں جو کچھ منہ میں آیا کہتی چلی گئیں۔ میز پر جتنی چیزیں تھیں سب الٹ دیں کنگھا اور شیشہ صحن میں اچھال دیا گیا سینٹ کی شیشی دیوار سے ٹکرا کر پاش پاش ہو گئی۔ پاؤڈر کا ڈبہ نالی میں جا گرا نیل پالش

کا بکس تخت کے نیچے گیا مختصر یہ کہ سنگار میز کا تمام سامان تتر بتر ہو کر رہ گیا ہم سہمے ہوئے ایک کونے میں کھڑے کانپ رہے تھے اور وہ آتش بازی کی چرخی کی طرح چھوٹتی ہی چلی جاتی تھیں۔ آخر انہوں نے بکتے بکتے یہاں تک کہہ دیا کہ "تم کو میری پروا نہیں ہے تو تم بھی میری جوتی کی نوک پر ہو تم نے آخر اپنا دماغ کیوں خراب کر رکھا ہے میں پوچھتی ہوں کہ آخر تم کو غرور کس بات کا ہے میں ہی ہوں کہ تمہارے ساتھ دن رات سر کھپاتی ہوں۔ کوئی اور عورت ہوتی میری جگہ تو ایک منٹ تمہارے ساتھ نباہ نہ کر سکتی۔ ہزار مرتبہ کہہ دیا کہ اب وہ دن گئے جب تمہاری زبردستیاں چلا کرتی تھیں اب شریف گھرانوں کے مردوں کی طرح آدمی بن کر رہو۔ سلیقہ سیکھو مگر میں تو جیسے کیتا ہوں بھونکا کرتی ہوں تمہارے کان پر جوں بھی نہیں رینگتی سارے زمانے کے مردوں کی خوش سلیقگی دیکھتی ہوں اور آہ کر کے رہ جاتی ہوں۔ کیا حیثیت ہے نجم النساء کی سوا سو روپیہ پانے والی معمولی سی تھانیدارنی ہے مگر اس کا گھر جا کر دیکھو تو آنکھیں کھل جائیں آئینہ بنا رکھا ہے اس کے شوہر نے اپنے سلیقہ سے اور ایک تم ہو کہ کل میرے سبز رنگ کے جمپر میں بٹن ٹانک دیا۔ سفید دھاگے سے جی تو چاہا تھا کہ جمپر لا کر تمہارے منہ پر ماروں مگر خون کے گھونٹ پی کر رہ گئی اگر تم یہ چاہتے ہو کہ میں اس گھر میں آگ لگا دوں تو صاف صاف کہہ دو نہ کہ بیوی تمہاری قسمت میں اس گھر کا آرام نہیں ہے قسم لے لو جو پھر ادھر کا رخ بھی کروں۔ اب آج سے میرے کسی کام میں جو تم نے ہاتھ لگایا تو مجھ سے بری کوئی نہ ہوگی تمہارا جو جی چاہے کرو جو خدمت مجھ سے ہو سکے گی وہ کرتی رہوں گی مگر اب اس گھر سے مجھے کوئی مطلب نہیں ہے اور یہ سب کچھ زبانی ہی نہیں کیا کہا بلکہ واقعی وہ باہر زنانہ ہی میں رہنے لگیں۔ ہم نے معافی نامے لکھ لکھ کر بھیجے سب چاک کر دیئے گئے۔ نوکروں سے کہلوایا تو ان کو ڈانٹ پڑی۔ کھانا بھیجا تو واپس کر دیا گیا پان تک قبول نہ کیے ادھر گھر میں ہم بھوکے پیاسے پڑے ہوئے تھے اور واقعی کھاتے پیتے کیوں کر جب وہی ہم سے خفا تھیں جن سے ہماری زندگی تھی جب وہی روٹھ گئی۔

جو ہماری مالکہ تھیں تو ہم کس دل سے کچھ کھاتے پیتے دن رات منہ لپیٹے پڑے رویا کرتے تھے اپنے نصیب کو خدا بخش اور عبدالکریم دونوں سمجھاتے تھے کہ سرکار خدا کا شکر ادا کیجئے مرد کمبخت کی قسمت میں ہی یہ لکھا ہے کہ وہ اسی طرح عورتوں کی جا بے جا سنے اور ضبط کرے اب بیگم صاحبہ تو باہر اچھی طرح کھا پی رہی ہیں اور آپ پڑے ہوئے سوکھ رہے ہیں۔ آخر کب تک اس طرح ہلکان ہوں گے رو رو کے آپ نے اپنا یہ حال کر رکھا ہے اگر خدانخواستہ بیمار پڑ گئے تو اور مصیبت ہے مگر ملازموں کے اس سمجھانے بجھانے کے باوجود ہمارا دل رو رہا تھا اور ہم زمانے کے اس انقلاب کو دیکھ رہے تھے کہ یہ وہی بیگم ہیں جو ہم کو ایک وقت بھی بھوکا پیاسا نہ دیکھ سکتی تھیں اور اب ان کو خبر ہے کہ ہم پڑے ہوئے سوکھ رہے ہیں ہماری آنکھوں کے آنسو اب تک نہیں رکے ہیں اور ہمارا دل خون ہو

چکا ہے مگر ان کو ذرا بھی پروانہ تھی۔ خود ان کے کھانے پینے کا سامان باہر ہی زنانہ میں ہو جاتا تھا اور گھر سے واقعی ان کو جیسے کوئی مطلب ہی نہ تھا۔ آخر کہاں تک ہم سخت جان واقع ہوتے۔ نتیجہ یہ ہوا کہ بیمار پڑ گئے۔ خیر شکر ہے کہ بیماری کی خبر سن کر اور ایک آدھ تھانیدارنی کی خوشامد سے آپ اندر تشریف لائیں تو ہم بخار کی شدت کے باوجود جذبات سے مغلوب ہو کر لڑکھڑاتے ہوئے پہلے تو تعظیم کے لیے اٹھے اور پھر ضبط نہ ہو سکا۔ تو ان کے قدموں پر گر پڑے بیگم نے بہ مشکل تمام ہم کو اٹھا کر بٹھایا مگر ہم نے ان سے یہی کہا کہ جب تک آپ دل سے مجھے معاف نہ کر دیں گی میں نہ کچھ کھاؤں گا نہ دوا پیوں گا اگر آپ ہی نے مجھ سے منہ موڑ لیا ہے تو مجھ کو بھی زندگی سے منہ موڑ لینے دیجئے۔

اتنے دنوں کے بھوکے پھر بخار کی تیزی' کمزوری الگ نتیجہ یہ ہوا کہ اس اٹھنے کی وجہ سے ایک دم کچھ غشی سے طاری ہو گئی اور پھر ہم کو خبر نہیں کہ کیا ہوا بہت دیر کے بعد آنکھ کھلی تو معلوم ہوا کہ ہم ہر طرف سے ایک چادر لپیٹے ہوئے پڑے ہیں صرف ہمارا ایک بازو چادر کے باہر ہے جس میں "ڈاکٹر انجکشن لگا رہی ہے ہم نے چادر الٹنا چاہی تو بیگم نے گھبرا کر کہا" ارے ارے ڈاکٹرنی صاحبہ بیٹھی ہیں" لہٰذا ہم نے فوراً اپنے کو اور بھی چادر میں لپیٹ لیا۔

ڈاکٹرنی نے کہا۔ "اب یہ ٹھیک ہو جائیں گے دراصل عام کمزوری کے علاوہ دل بہت کمزور معلوم ہوتا ہے ایک دوا لکھ رہی ہوں یہ دیجئے اور فوراً ان کو پھلوں کا عرق دلوایئے بہ ظاہر تو کوئی مردانہ مرض معلوم نہیں ہوتا کہ آپ مرد ڈاکٹر کو بلائیں میرا خیال ہے کہ اسی دوا سے ٹھیک ہو جائیں گے۔ کل صبح ٹیلیفون پر حال کہلوا دیجئے گا۔ ان کو مقوی غذاؤں کی بے حد ضرورت ہے اس طرف سے غفلت نہ برتی جائے۔ پھلوں کا عرق' دودھ' یخنی وغیرہ ان کو خوب پلایئے۔ اچھا اب میں اجازت چاہتی ہوں۔ آداب عرض۔"

ڈاکٹرنی کے جانے کے بعد ہم پردے سے نکلے تو دیکھا کہ ہمارے بستر سے کرسی ملائے ہوئے بیگم سرنگوں بیٹھی ہیں۔ عبدالکریم اور خدا بخش ہمارے لیے پھلوں کا عرق نکال رہے تھے ہم نے نہایت کم زور آواز میں کہا "تم لوگ ادھر جا کر کام کرو۔"

اور جب وہ دونوں چلے گئے تو ہم نے اپنے ہاتھ میں بیگم کا ہاتھ لے کر کہا" آپ نے معاف کر دیا مجھے یا۔"

بیگم نے نہایت پیار سے کہا۔" میں خود شرمندہ ہوں۔"

ہم نے آب دیدہ ہو کر کہا" یہ نہ کہیے یہ میرا حصہ ہے۔ میری سرتاج میں آپ کا غلام ہوں آپ کو شرمندہ ہونے کی ضرورت نہیں مجھے معاف کر دیجئے۔

بیگم نے ہمارا سر سہلاتے ہوئے کہا۔" میں خوش ہوں کہ تم میرے اس سلوک کے بعد بھی مجھ سے یہ کہہ رہے ہو اب آئندہ میں

غصہ نہ کروں گی حالاں کہ یہ تو سوچو کہ میں تم پر غصہ نہ کروں گی۔تو کس پر کروں گی اور تم ہی نہ سہو گی میرا غصہ تو کون سہے گا۔''

ہم نے کہا۔''مگر میں شکائت تونہیں کر رہا ہوں آپ میری مالکہ ہیں مجھے تو سوائے آپ کی خوشی کے اور کچھ نہیں چاہیے انسان ہوں غلطی ہو ہی جاتی ہے اپنی غلطی کی سزا بھگتنا ہی پڑتی ہے۔مگر اس کے بعد اگر آپ معاف کر دیا کریں تو مجھے کوئی شکایت نہیں۔''

بیگم نے کہا''اچھا خیر اب اس ذکر کو چھوڑو میں نے معاف کیا میرے خدا نے معاف کیا تم بھی تو آخر معاف کر دیا کرتے تھے مجھے؟''

ہم نے کہا''غلطیوں کا امکان اسی لیے تو اور بھی زیادہ ہے کہ زندگی بھر کی پڑی ہوئی عادتیں چھوٹتے ہی چھوٹتے تو چھوٹ سکتی ہیں آپ خود انصاف کیجئے کہ میں نے اپنی پچھلی زندگی کو بھلانے کی کس قدر کوشش کی ہے ایک دو باتیں تو ہر ایک بھول سکتا ہے۔مگر یہاں تو کایا پلٹ ہی ہے معلوم ہوتا ہے کہ جیسے دنیا قلا بازی کھا گئی زندگی کی زندگی یکسر منقلب ہو کر رہ گئی ہے پھر بھی میں کوشش کرتا ہوں کہ اس زندگی کو بالکل ہی بھول جاؤں۔''

بیگم نے کہا۔''بے شک تم نے کوشش کی ہے۔مگر اس کوشش میں تم مجھ سے زیادہ کامیاب نہیں ہو حالاں کہ تمہاری دنیا میں عورتوں کو ناقص العقل کہا جاتا ہے وہ کودن اور بیوقوف سمجھی جاتی ہیں۔وہ کسی ذمہ داری کی اہل نہیں ہوتیں مگر اب تم دیکھ رہے ہو کہ میں ذمہ دارانہ فرائض سرانجام دے رہی ہوں اور میری ہی طرح کی دوسری عورتیں حکومت چلا رہی ہیں ہماری اس دنیا میں تمہاری دنیا سے کہیں زیادہ امن وسکون ہے بداخلاقیاں اور حیا سوزیاں بھی یہاں نہ ہونے کے برابر ہیں۔پولیس فوج کے ایسے محکمے تک عورتیں ہی چلاتی ہیں۔ریلیں عورتیں چلاتی ہیں۔ہوائی جہاز عورتیں اڑاتی ہیں مختصر یہ کہ دنیا کے سارے کاروبار عورتیں ہی تو کرتی ہیں جن کو تمہاری دنیا میں بے کار محض سمجھا جاتا ہے۔''

ہم نے کہا۔''خیر اس دنیا کا طعنہ اب کیوں دے رہی ہو نہ وہ دنیا رہی نہ اس دنیا کے کارخانے اب تو دنیا ہی بدل گئی ہے۔لہذا ہم کو بھی بدلنا ہی پڑے گا اور بدل ہی رہے ہیں تم نے تیزی کے ساتھ اپنے کو اس لیے بدل لیا ہے کہ تم کو وہ حقوق مل گئے جو تمہارے خواب وخیال میں بھی نہ ہوں گے اور میرے لیے تو یہ انقلاب مصیبت ہی مصیبت ہے۔''

بیگم نے بے پروائی سے کہا۔''کیوں مصیبت کیوں ہے نہ کوئی ذمہ داری نہ کوئی فکر گھر کے راجہ بنے بیٹھے رہو۔اچھے سے اچھا کھاؤ۔اچھے سے اچھا پہنو آج میں تمہارے لیے تاوان جنگ کے طور پر جلی کا سیفٹی ریز رلاؤں گی کہو اب تو خوش ہو۔''

ہم نے ٹھنڈی سانس بھر کر کہا۔''دل کی خوشی چاہیے۔مجھے میری مالکہ میں صرف آپ کی محبت کا بھوکا ہوں۔

خدا بخش پھلوں کا عرق نکال کر لے آیا بیگم نے فوراً اٹھ کر اس عرق میں گلوکوز اپنے ہاتھ سے ملا دیا اور اپنے ہی ہاتھ سے ہم کو عرق پلاتی رہیں۔ پھر ملازم کو ہدایت کی کہ مرغی کے چوزے میں منگائے دیتی ہوں۔ ان کی یخنی تھوڑی دیر کے بعد صاحب کو ملنی چاہیے اور پھلوں کا عرق ہر وقت تیار رہے جس وقت مانگیں فوراً دیا جائے ہم کو عرق پلا کر بیگم نے اپنے کمرے میں جا کر جلدی جلدی وردی پہنی اور وردی پہن کر کلائی کی گھڑی دیکھتی ہوئی گھبرائی ہوئی باہر آئیں اور ہم سے یہ کہتی ہوئی نکل گئیں کہ'' مجھے ایک سیاسی جلسہ کی ممانعت کے لیے فوراً چوڑی باغ پہنچنا ہے۔''

بیگم کے جانے کے بعد خدا بخش اور عبدالکریم نے آ کر ہم کر پھر گھیر لیا۔ تین دن کے بعد ہم کو پھلوں کا عرق ملا تھا معلوم ہوتا تھا کہ جیسے نشہ سا طاری ہے اور یہ لوگ اپنی اڑا رہے تھے کہ عورتوں کا یہی حال ہے چوہیا کو مار کر گو برسنگھانا عورت سے سیکھے۔

بیگم نے ایک دن ہم کو بتایا کہ ایک تھانیدارنی کے لڑکے کی شادی ہے۔ لڑکی اچھی خاصی مل گئی ہے گریجویٹ ہونے کے علاوہ حال ہی میں اس کا انتخاب بحیثیت مصنفہ کے ہوا ہے۔ تھانیدارنی یہ چاہتی ہے کہ تم بھی شادی کے دن ان کے یہاں چلے جاؤ خود ان کے شوہر کو بھی بہت اصرار ہے میں ان سے وعدہ کر چکی ہوں لہٰذا تم چلے جانا اب تک تم نے بھی یہاں کی شادیاں نہ دیکھی ہوں گی۔ کل صبح ان کے یہاں سے سواری آئے گی تھانیدارنی کہہ گئی ہیں تم تیار رہنا۔

چنانچہ دوسرے دن ہم تھانیدارنی کے یہاں جو پہنچے تو ان کے شوہر ان کے خسر اور ان کے والد نے ہمارا ڈیوڑھی میں خیر مقدم کیا یوں تو سارے گھر میں مہمان بھرے ہوئے تھے۔ مگر چوں کہ ہم تو کوتوالنی صاحبہ کے شوہر تھے لہٰذا ہماری آؤ بھگت زیادہ تھی اور ہم کو خاص طور پر اسی کمرے میں لے جا کر بٹھایا گیا۔ جہاں دولہا مانجھے بیٹھا ہوا تھا ہم کو دیکھ کر وہ غریب اور بھی شرما گیا اور اس نے گھٹنے کے اوپر ہاتھ رکھ کر اپنا منہ چھپا لیا۔ ہمارے لیے یہ عجیب و غریب منظر تھا کہ لڑکا مانجھے بیٹھے اور اس طرح شرمائے۔ تھانیدارنی کے شوہر نے پان بنا کر خاصدان میں ہمارے سامنے رکھے اور ایک ملازم کو حکم دیا کہ کوتوال صاحب کو پنکھا جھلتا رہے گویا ہم کو توالنی صاحبہ کے شوہر ہونے کی وجہ سے کوتوال صاحب کہلائے لہٰذا ہم نے بھی تھانیدارنی کے شوہر سے کہا۔'' تھانے دار صاحب یہ تکلفات چھوڑ کر آپ صاحب زادے سے کہیے کہ وہ ڈھنگ سے بیٹھیں۔ اس طرح گردن جھکائے جھکائے گردن میں درد ہونے لگے گا۔''

تھانے دار صاحب نے ہنس کر فرمایا۔'' جی نہیں ان کو اس کی عادت ہونا چاہیے۔ آج تو خیر اپنے گھر میں ہیں۔ اب ان کو پرائے گھر جانا ہے نہ جانے کیسے لوگ ہوں لڑکے ذات میں اگر شرم و حیا ہی نہ ہو تو کس کام کا لڑکا مگر خدا کا شکر ہے کہ میرے دونوں لڑکے بڑے شرمیلے ہیں خیر چھوٹے کی ابھی عمر ہی کیا ہے بارہواں سال ہے مگر اس عمر میں اس نے اپنے بڑے بھائی کے جہیز کی ایک ایک چیز

خود ہی ہے تمام جوڑے اسی کے ہاتھ کے سلے ہوئے ہیں اور آپ کی دعا سے گھر کا سارا انتظام وہی کرتا ہے سینے پرونے کے علاوہ کھانا پکانے میں بھی بڑا تیز ہے۔"

ہم نے کہا۔"ماشاءاللہ مگر ان برخوردار کو جب تک یہ اپنے گھر پر ہیں تھوڑا بہت آرام تو مل جانا چاہیے۔اگر یہ میری وجہ سے اس طرح بیٹھے ہوں تو ان کو بتا دیجئے نہ کہ میں ان کے میکے ہی کا ہوں۔"

تھانے دار صاحب نے کہا"جی ہاں یہ تو وہ جانتا ہے کہ آپ کوتوال صاحب ہیں مگر آج تو وہ ہر ایک سے شرمائے گا خواہ کوئی میکے کا ہو یا سسرال کا آج تو آج اس کا تو یہ حال ہے کہ ایک ہفتے سے اسی کونے میں بالکل اسی طرح بیٹھا ہے اب تو خیر برات آنے کا وقت قریب ہے ان کو غسل کرا کر دولہا بنایا جائے گا۔اب بھلا یہ سر کیا اٹھائیں گے۔"

ہم نے گھڑی دیکھتے ہوئے کہا۔"کس وقت آئے گی برات؟ چار بجے سنا تھا اور اب تین بجنے والے ہیں۔"

تھانے دار صاحب نے ایک دم چونک کر کہا"ارے تین؟ افوہ اب تو واقعی غسل جلد ہونا چاہیے۔"

یہ کہہ کر وہ بوکھلائے ہوئے کمرے کے باہر چلے گئے اور تھوڑی دیر میں ایک اور صاحب نے آ کر دولہا کو گود میں اٹھا کر اس کمرے سے ملے ہوئے غسل خانہ میں پہنچا دیا اور ان کا غسل شروع ہو گیا۔غسل سے فراغت کے بعد ایک شور برپا ہو گیا کہ دولہا کے کپڑے لاؤ۔چنانچہ ایک کشتی میں دولہا کے کپڑے لائے گئے اور اسی غسل خانہ میں دولہا کو کپڑے پہنا کر باہر لایا گیا۔ابھی دولہا کو لایا ہی گیا تھا کہ باہر سے ڈھول تاشوں کی آواز آنے لگی اور جب مرد مختلف دروازوں سے جھانک کر برات کا تماشا دیکھنے لگے۔ہم کو بھی تھانے دار صاحب نے ایک کھڑکی کے نزدیک لا کر کھڑا کر دیا برات کا جلوس ویسا ہی تھا جیسے جلوس ہم نے ہزاروں دیکھے ہوں گے۔بس فرق اتنا تھا کہ اس جلوس میں ایک مرد کا بھی پتہ نہ تھا باجہ بجانے والی بھی عورتیں تھیں۔گاڑیاں ہنکانے والی بھی عورتیں دلہن کا ہاتھی تک عورت ہی چلا رہی تھیں۔برات کا خیر مقدم تھانے دارنی صاحبہ نے کیا اور سب براتنیں جگمگاتی ہوئی ساریوں' شلواروں' غراروں' چوڑی دار اور کھڑے پائچوں کے پاجاموں میں اور ان ہی کی مناسبت سے ڈوپٹوں اور فراکوں میں اتریں اور دلہن کو اتارا گیا جوار غوانی زربفت کی ساری میں لپٹی سہرا باندھے منہ پر رومال رکھے ہوئے خراماں خراماں آگے بڑھی ساس کو ادب سے سلام کیا اور حاضرات محفل سے گزر کر اس کارچوبی شامیانے کے نیچے آ گئیں جو دلہن کے لیے خاص طور پر آراستہ تھا۔ان کے بیٹھتے ہی ایک معمر سی خاتون سفید لباس پہنے سامنے آئیں اور تین دیگر خواتین کو دیر تک کچھ سمجھاتی رہیں۔اس کے بعد وہ تین خواتین مردانہ کی طرف بڑھیں اور یہاں مردانہ میں ایک ہڑبونگ مچ گئی کہ پردہ کر دو وکیل اور گواہ آ رہے ہیں پوچھنے کو۔دولہا جہاں بیٹھا تھا وہاں ایک پردہ تان دیا گیا

اور ادھر ادھر کمروں میں گھسنے کے علاوہ بہت سے مرد اسی پردہ کی آڑ میں ہو گئے تو باہر سے تینوں خواتین پردے کے باہر آ گئیں جن میں سے ایک وکیلہ تھیں اور گویا گواہ ان خاتون نے جو وکیلہ تھیں پردے کے پاس آ کر کہا۔ سنو بیٹے ظفر علی۔ تمہارا عقد میری وکالت اور سیدہ رحمت النساء صاحبہ وار جمند بانو صاحبہ کی گواہی میں فرخندہ سلطانہ صاحبہ بنت رخشندہ سلطانہ صاحبہ کے ساتھ بہ عوض پانچ ہزار روپیہ سکہ رائج الوقت مہر موجل کیا گیا تم کو منظور ہے۔"

اور یہاں دولہا کے آس پاس بیٹھے ہوئے مردو نے دولہا سے چپکے چپکے اصرار شروع کر دیا۔ "کہہ دو بیٹے ہاں۔" مگر دولہا زار و قطار رو رہا تھا ہچکی بندھی ہوئی تھی۔ آخر دولہا کے دادا نے قریب آ کر سر پر ہاتھ پھیرا اور چپکے سے کہا" کہہ دو میرے لال ہاں۔ جب سب نے بہت کہا سنا تو دولہا نے نہایت نحیف آواز میں کہا۔ "ہوں۔" اسی طرح تین مرتبہ وکیلہ نے دریافت کیا اور تین مرتبہ دولہا سے "ہوں" کہلوایا گیا۔ اس کے بعد تینوں خواتین باہر زنانہ محفل میں چلی گئیں اور یہاں بھرا مار کر سب مرد پھر دروازوں کے پاس پہنچ گئے جہاں سے باہر کا منظر دیکھ سکتے تھے۔ وکیلہ نے محفل میں پہنچتے ہی کہا" السلام علیکم" سب خواتین نے جواب دیا" وعلیکم والسلام" پھر وکیلہ نے ان ہی معمر خاتون سے جو سفید لباس میں ملبوس تھیں کچھ سرگوشی کی اور آخر ان معمر خاتون نے آگے بڑھ کر پہلے تو دلہن کا سہرا سمیٹ کر ان کے سر پر لپیٹ دیا۔ اس کے بعد ان کو قبلہ رخ بٹھا کر نہایت فصاحت و بلاغت سے خطبہ پڑھا ہم نے سینکڑوں محافل عقد میں شرکت کی تھی اور سینکڑوں قاضیوں سے خطبے سنے تھے مگر اس خطبے کا اثر ہی کچھ اور ہو رہا تھا۔ معلوم ہوتا تھا کہ خطبہ کا ایک ایک لفظ دل میں اترتا چلا جاتا ہے۔ قاریہ کی خوش الحانی خطبہ کے الفاظ میں سماعت شہد و شکر کی سی کیفیت محسوس ہو رہی تھی۔ قاضیہ نے اپنا خطبہ ختم کر کے دلہن کے روبرو بیٹھ کر کہا۔ "کیا نام بتایا تھا صاحبزادے کا؟" وکیلہ نے کہا۔ "ظفر علی" اب قاضیہ نے کچھ اور آگے کھسک کر کہا' آپ کا عقد مسمی ظفر علی پسر نیک اختر حمیدہ خاتون صاحب کے ساتھ بہ عوض پانچ ہزار روپیہ سکہ رائج الوقت مہر موجل کیا گیا آپ کو منظور ہے؟"

دلہن نے بغیر کسی جھجک کے کہا۔ "منظور ہے مجھ کو۔"

قاضیہ نے اسی طرح تین مرتبہ پوچھا اور دلہن نے اسی طرح تینوں مرتبہ منظوری کا اعلان کیا تو قاضیہ نے دعا کے لیے ہاتھ اٹھائے اور تمام حاضرات محفل کے ہاتھ بھی اٹھ گئے پھر نقل اور چھوارے لٹائے گئے اور لڑکیوں نے خوب خوب لوٹے ادھر گھر میں اسی وقت ڈوموں نے گانا شروع کر دیا مُنّہر یاں "ہریالی نہ کیسے سہائے۔۔۔۔۔۔ وہ تو ساون میں بیاہ رچائے" اور ساتھ ہی ساتھ ان ڈوموں نے سمدھیوں کی ایسی ایسی خبر لی ہے کہ بے چارے شرم کے مارے پسینے پسینے ہوئے جاتے تھے مثلاً ایک گانا یہ تھا کہ" آ جا مرے سمدھی

چنے کے کھیت میں مرے سمدھی نے مانگی سواری مرے سمدھی کو لے گئی کھاری چنے کے کھیت میں" آخر سمدھیوں نے ان کو انعام و اکرام دے کر چپ کرایا۔ اس عرصہ میں باہر بھی محفل رقص و سرود گرم ہو چکی تھی اور ایک مرد ناچ رہا تھا ہم نے اس مرد کو باہر زنانہ میں دیکھ کر کہا۔" تھانے دار صاحب یہ مرد اس طرح بے پردہ باہر کیسے ناچ رہا ہے۔"

تھانے دار صاحب نے کہا۔" یہ تو بازاری مرد ہے کم بخت پیشہ ور کوٹھے والا۔"

ہم فوراً سمجھ گئے کہ ان کا کیا مطلب ہے اور اب جو ہم نے دیکھا تو اس مرد کے ساتھ ساز بجانے والیاں سب عورتیں۔ اس کے ناچ اور گانے کو دیکھ تو رہی تھیں سب ہی عورتیں مگر شرما کر کچھ کن انکھیوں سے اور بہت سی ایسی تھیں جو نہایت شوق سے ناچ اور گانا بھی سن رہی تھیں اور نظر بازیاں بھی کر رہی تھیں وہ رقاص ان سے ہنس ہنس کر اشارے بھی کر رہا تھا۔ سچی بات تو یہ ہے کہ یہ منظر دیکھ کر ہم نے گھبرا گھبرا کر محفل میں بیگم کو ڈھونڈھنا شروع کیا کہ وہ کس رنگ میں ہیں مگر شکر ہے کہ وہ ایک گاؤ تکیہ کا سہارا لیے، بجائے رقص دیکھنے کے ایک اور خاتون سے باتوں میں مصروف تھیں خدا جانے کیوں اس رقاص کی طرف ان کی عدم توجہی سے ہم کو جیسے کچھ اطمینان سا ہو گیا اور بیگم پر پیار آنے لگا ہم یہ ناچ دیکھ ہی رہے تھے کہ دلہن آتی ہے۔ دلہن آتی ہے کا شور اندر مردانے میں بلند ہوا اور سوائے ان مردوں کے جو دولہا یا دلہن کے قریبی رشتہ دار تھے یعنی جو دلہن کے سامنے آ سکتے تھے باقی سب بھرا مار کر پردے میں چھپ گئے تو دلہن کو اندر مردانے میں بلایا گیا۔ دلہن کے بھائی اپنے رومال اس کے سر پر ڈالے ہوئے تھے اور وہ مسکراتی ہوئی چلی آ رہی تھی۔ اندر آ کر اس نے نہایت ادب سے سسر کو سلام کیا اور دو یا سر نے بڑھ کر دلہن کی بلائیں لے لیں پھر دلہن کو سمٹے سمٹائے گٹھری بنے ہوئے دولہا کے پاس فرش پر بٹھا دیا گیا اور رسمیں شروع کر دی گئیں۔ ڈوم گا بجا کر یہ رسمیں پوری کرا رہے تھے۔ آرسی مصحف کے وقت ڈوموں نے دلہن سے کہا۔" دلہن بی اب ذرا کہو تو سہی کہ میاں آنکھیں کھولو میں تمہاری کنیز ہوں۔ ڈولی کے ساتھ چلوں گی۔ پاپوشیں ہاتھ میں لوں گی میاں آنکھیں کھولو میں تمہاری کنیز ہوں۔ دلہن نے کچھ ڈوموں کو ٹالا کچھ ان کی تعمیل کی اور آخر آرسی مصحف ختم ہوا تو اب کھیر چٹائی شروع ہوئی دولہا کے رشتہ کے ایک بھائی نے دولہا کے ہاتھ پر کھیر رکھ کر دلہن سے کہا چاٹو جب اس بے چاری نے منہ آگے بڑھایا تو ان حضرت نے دولہا کی ہتھیلی پیچھے کھسکا لی پھر آگے بڑھائی اور پھر پیچھے کھسکا لی وہ منہ پر مارتی تھیں اور کچھ پلے نہ پڑتا تھا اسی طرح ڈھکا ڈھکا کر ان کو کھیر کھلائی۔ پھر اور بہت سی رسمیں ہوئی مثلاً دلہن سے کہا گیا کہ دولہا کی شیروانی کے بٹن اپنے ہاتھ سے لگاؤ پھر ایک نہایت ہی دلچسپ رسم ہوئی کہ دولہا کی مونچھوں پر تاؤ دلہن نے اپنے ہاتھ سے دیا دولہا کی آنکھیں بند تھیں اور غریب پسینہ میں ڈوبا ہوا تھا۔ مگر رسموں پر رسمیں ہو رہی تھیں۔ آخر تقریباً ایک گھنٹہ کے بعد دولہا کی جان بخشی گئی اور دلہن کی سلام کرائی شروع ہوئی

تھانے دار صاحب نے منہ دکھائی میں چھپکا دیا۔ ان کے والد نے دست بند ان کے خسر نے لو گنے اور پھر کسی نے سو دیئے کسی نے پچاس ہم کو بیگم نے چلتے وقت سو روپیہ کا نوٹ دیا تھا کہ تم بھی سلام کرائی دے دینا۔ چنانچہ ہم نے بھی اندر ہی سے سلام کرائی بھجوادی اور تھانے دار صاحب نے اعلان کے ساتھ کہا۔ یہ سو کا نوٹ کوتوالنی صاحبہ کے میاں کی طرف سے ہے اور دلہن نے اس دروازے کو سلام کر لیا جس کے پیچھے پردے میں ہم کھڑے تھے۔ سلام کرائی کے بعد اب جو دلہن جانے لگی۔ تو معلوم ہوا کہ دلہن کی سینڈل غائب ہے ہر طرف سے شور اٹھا کہ دیوروں نے سینڈل غائب کر دیا۔ چنانچہ دلہن کی طرف سے جوتا چرائی کی رقم ادا کی گئی جو اس جوتے کی قیمت سے کہیں زیادہ تھی اور پھر دولہا کے چھوٹے بھائی نے سینڈل لا کر دیا۔ تو بے چاری دلہن باہر جا سکی جہاں کھانا لگ چکا تھا اور دلہن کا انتظار ہو رہا تھا۔ باہر کھانا نہایت سلیقہ کے ساتھ ختم ہوا تو اندر مردانے میں نہایت ہڑبونگ کے ساتھ کھانا شروع ہوا۔ شکر ہے کہ تھانے دار صاحب نے ہمارے لیے علیحدہ انتظار کر دیا تھا۔ ورنہ ہم کو بھی اس غدر میں کھانا کھانا پڑتا۔ کھانا سب نہایت لذیز تھا اور حیرت کی بات یہ ہے کہ یہ کھانا مردوں کا پکایا ہوا نہیں بلکہ باورچنوں کا تیار کیا ہوا تھا اس لیے کہ یہاں تقریبات میں باورچنیں ہی باہر کھانا تیار کرتی تھیں کھانے سے فارغ ہونے کے بعد دولہا کا جہیز نکلنا شروع ہو گیا اور رخصتی کی تیاریاں ہونے لگیں جہیز میں دولہا کی ضروریات کی تمام چیزیں تھیں اور تھانیدارنی صاحبہ نے واقعی دل کھول کر بیٹے کو جہیز دیا تھا۔ بیس گرم اور بیس ٹھنڈے سوٹ تھے ڈریسنگ روم کا پورا سیٹ تھا ڈرائنگ روم سیٹ تھا برتن تھے۔ مسہری تھی مختصر یہ کہ پوری گھرداری کا سامان تھا۔ جہیز نکلنے کے بعد رخصتی کا ہنگامہ شروع ہوگی۔ دولہا غریب روتے روتے ہلکان ہوا جاتا تھا اس پر سے ڈوموں نے ''مائی'' گانا شروع کر دیا۔

کاہے کو بیاہا بدیس اے لکھیا مائی مو ہے

بہنا کو دینو محلا دو محلا ہسکا دیا پردیس

اے لکھیا مائی مور ہے

''یہ مائی' بالکل ہمارے یہاں کے بابل'' سے ملتی جلتی چیز تھی اس کو سن سن کر مردوں میں اور بھی کہرام مچا ہوا تھا بے چارے تھانے دار صاحب کو روتے برا حال تھا اور خود دولہا کو غش آ رہے تھے۔ آخر اندر مردانے میں پردہ ہو گیا اور شور ہوا کہ دلہن آ رہی ہے چنانچہ دولہا کی ماں یعنی تھانیدارنی صاحبہ اپنی بہو کو ساتھ لیے ہوئے آئیں تو تھانے دار صاحب نے روتے ہوئے ان سے کہا ''میں نے کہا' ننی ہو بیٹے سے مل لو'' تو تھانیدارنی صاحبہ لاکھ عورت سہی مگر اب وہ بھی ضبط نہ کر سکیں اور بیٹے کے قریب آ کر سر پر ہاتھ پھیرتے ہوئے کہا۔

''ظفر میاں اب میری عزت تمہارے ہاتھ ہے تم اب اپنے گھر جارہے ہو۔ مگر میں اس وقت تم سے خوش ہوں جب تک کہ تم اپنی اہلیہ کے اطاعت گزار ہو گے آج سے ان کی خوشی تمہاری خوشی ہے اور ان ہی کو رکھ کر تم اپنی دنیا اور عقبیٰ دونوں کو سنوار سکتے ہو۔'' یہ کہہ کر رومال سے آنسو خشک کرتی ہوئی تھانیدارنی صاحبہ ہٹ گئیں اور دولہا کو لے جاکر پالکی میں بٹھا دیا گیا۔ رخصتی کے بعد رات گئے ہم بھی گھر آ گئے۔

ہماری زندگی روز بروز خوشگوار ہوتی جارہی تھی۔ اس لیے کہ اب تقریباً اس گھریلو زندگی کی عادی ہو چکے تھے باہر جانے کا قطعاً خیال بھی نہ آتا تھا بیگم کی مزاجی حالت بھی کچھ دن سے بہتر تھی رادھا نگر میں اکثر گھرانوں سے میل جول بھی بڑھ گیا تھا اور سب سے بڑی بات یہ ہوئی تھی کہ بیگم گنج کی تربیت گاہ سے سیکرٹری صاحبہ یعنی جمال آرا کا تبادلہ بھی رادھا نگر ہو گیا تھا اور وہ رادھا نگر میں ڈپٹی کلکٹرنی ہو کر آ گئی تھیں اور ان کے ساتھ صدیق بھائی بھی آ گئے تھے۔ جمال آرا، بیگم گنج سے آ کر ہمارے ہی یہاں ٹھہری تھیں۔ اور اس وقت تک کے لیے قیام تھا جب تک کسی مناسب کوٹھی کا انتظام نہ ہو جائے۔ صدیق بھائی کی وجہ سے گھر میں کافی چہل پہل ہو گئی تھی۔

ان کے بچوں سے ماشاء اللہ گھر بھر گیا تھا ہم جمال آرا سے اور صدیق بھائی بیگم سے بہ دستور پردہ کرتے تھے۔ اس لیے صدیق بھائی کی وجہ سے بیگم بھی گھر میں شاذ و نادر ہی آتی تھیں باہر زنانہ میں جمال آرا بہن کے پاس رہتی تھیں۔ آج خلاف معمول انہوں نے ڈیوڑھی سے آواز دی کہ میں ذرا اندر آنا چاہتی ہوں صدیق بھائی سے کہو ذرا آڑ میں ہو جائیں۔'' صدیق بھائی خود ہی لپک کر کمرے میں گھس گئے تو بیگم نے آتے ہی کہا ذرا میرا دوپٹہ چن دو جمال کہہ رہی ہیں کہ سینما چلو میں ان کے ساتھ جارہی ہوں۔''

بیگم نے کچھ غور کرتے ہوئے کہا۔''ٹھہرو صدیق بھائی والی سے پوچھ لوں کہ وہ اپنے جیتے کو بھی لے جاسکتی ہیں یا نہیں۔''

صدیق بھائی نے دروازہ پر تھپکی دی اور ہم نے مڑ کر دیکھا تو انہوں نے اشارہ سے بلا کر چپکے سے کہا۔'' ان سے میرا نام لے کر نہ کہیں نہیں تو بے کار لاکھوں باتیں سنا کر رکھ دیں گی۔''

بیگم نے پوچھا۔'' کیا کہہ رہے ہیں۔''

ہم نے کہا۔'' کہہ رہے ہیں کہ بہن سے کہہ دو کہ میرا نام لے کر ان سے نہ کہیں ورنہ لاکھوں باتیں سنا کر رکھ دیں گی مجھے۔''

بیگم نے کہا'' اس چڑیل کی مجال ہے جو کچھ کہے شامت تھوڑی آئی ہے اس کی جو کچھ کہے۔ اچھا میں ابھی آتی ہوں تم دوپٹہ چن دو جب تک' بیگم تو یہ کہہ کر باہر چلی گئیں اور ہم نے جلدی سے ان کا دوپٹہ نکال کر چننا شروع کر دیا کہ اتنے میں وہ پھر آ کر ڈیوڑھی سے

بولیں۔

''میں آسکتی ہوں اندر؟''

ہم نے کہا۔''ہاں' آجاؤ نا وہ تو اندر ہی گھسے بیٹھے ہیں۔''

بیگم نے آ کر کہا۔''تم دونوں بھی جلدی سے تیار ہو جاؤ میں جب تک موٹر نکلواتی ہوں۔''

یہ کہہ کر وہ تو دوپٹے لیے ہوئے باہر چلی گئیں اور ہم دونوں جلدی جلدی تیار ہونے لگے کہ اتنے میں نفیسہ نے باہر سے آواز دی کہ سرکار بلا رہی ہیں صاحب لوگوں کو موٹر تیار ہے۔

چنانچہ ہم دونوں نے کپڑے پہن کر برقعے پہنے اور باہر آ گئے تو جمال آرا بہن نے ہم دونوں کو دیکھتے ہی کہا۔''آیئے آیئے آپ دونوں چلئے موٹر پر بیٹھیے ہم دونوں بھی آ رہے ہیں۔''

بیگم نے کہا۔''تو ساتھ ہی کیوں نہیں چلتیں گھر والے کے ساتھ جاتے شرم آتی ہے۔''

جمال آراء نے صدیق بھائی کو مخاطب کرتے ہوئے کہا۔''ارے جناب یہ کوٹ کا دامن برقعہ میں کر لیجئے تو اچھا ہے۔''

بیگم نے ہم سے کہا۔''اور آپ بھی مونچھیں ذرا برقعہ کے اندر ہی رکھیں تو بہتر ہے۔''

جمال آراء نے کہا۔''ان دونوں کو مردانے درجے میں بٹھاؤ گی نا؟''

بیگم نے کہا۔''جی نہیں بندی مردانے درجہ کی قائل نہیں مال عرب پیش عرب۔''

جمال آراء نے کہا''اچھا خیر تم ادھر آ جاؤ میرے ساتھ میں خود موٹر ڈرائیو کر لوں گی۔رحیمن تمہارے جانے کی ضرورت نہیں تم ذرا پردہ درست کروا لو نے نہ پائے۔''

بیگم نے موٹر اسٹارٹ کر دیا اور وہ مختلف بازاروں سے گزرتی ہوئی دس منٹ کے اندر ہی''خاتون پکچر پلیس'' پہنچ گئیں وہ شہر کی کوتوالنی تھیں۔ان کو ٹکٹ خریدنے کی ضرورت نہ تھی سینما ہاؤس کی منیجر صاحبہ پہلے ہی سے گیٹ پر منتظر کھڑی تھیں۔ان کو دیکھتے ہی آگے بڑھیں سینما کے دروازہ پر متعین کانسٹیبلنی نے سیلوٹ کیا اور بیگم نے جمال آراسے کہا''اب مردوں کو بھی تو اتروا دو۔''

چنانچہ ہم دونوں بھی برقعہ میں لپٹے ہوئے اترے تو بیگم نے چپکے سے کہا''نائی اندر کرو برقعے کے۔''

ہم نے آہستہ سے کہا۔''ہوا کے مارے اڑا ہی جاتا ہے برقعہ''

بیگم نے آہستہ سے کہا۔''اچھا اب ہزاروں عورتوں کے بیچ اپنی آواز ہی نہ نکالو۔نہ کسی کی شرم نہ حیا مردوں کے دیدوں کا پانی تو

جیسے مرہی گیا ہے۔"

اتنے میں مینیجر صاحب نے کہا۔"تشریف لے چلئے۔"

اور آگے آگے بیگم اور بیچ میں ہم دونوں مرد اور ہمارے پیچھے جمال آراء بہن ہال کے اندر پہنچ کر ایک بکس میں بیٹھ گئے اس وقت کسی اور برقعہ کا پتہ بھی نہ تھا ہال بھر میں ہم لوگوں کو بیٹھتے تھوڑی دیر ہوئی تھی کہ بیگم نے جمال آراء بہن سے کہا:

جمال دیکھو ذرا ان صاحبزادی کو جب سے ہم لوگ آئے ہیں ان کی نظریں جیسے ان برقعوں پر جم کر رہ گئی ہیں۔"

جمال آراء نے کہا"جی ہاں طرح طرح سے چھب دکھا رہی ہیں۔"

بیگم نے کہا"اور اس پیازی رنگ کی ساری والی عورت کو دیکھو کیسا گھور رہی ہے اس طرف جی چاہتا ہے آنکھیں پھوڑ دوں کمبخت کی۔"

جمال آراء نے کہا دیکھ رہی ہے تو دیکھنے دو خود ہی تھک جائے گی۔ دیکھتے دیکھتے۔" بیگم نے کہا"نہیں میں پوچھتی ہوں یہ تماشہ دیکھنے آتی ہیں یہاں یا شریف گھرانوں کے پردہ نشین مردوں کو گھورنے آتی ہیں ان کم بختوں کے تو جیسے باپ بھائی ہوتے ہی نہیں۔"

اتنے میں مردانہ درجہ میں کچھ گڑبڑ شروع ہوئی اور مختلف مردوں کی تیز تیز آوازیں آنے لگیں۔

نمبر 1"تو کیا سمجھا ہے اپنے کو۔"

نمبر 2"اور تو کیا سمجھا ہے اپنے کو۔"

نمبر 1"بلاؤں میں اپنے یہاں کی عورتوں کو۔"

نمبر 2"ارے تو مجھے بھی اکیلا نہ سمجھنا میرے یہاں کی عورتیں بھی موجود ہیں۔"

نمبر 1"تو تم اس جگہ سے نہیں ہٹو گے۔"

نمبر 2"قیامت تک نہ ہٹیں گے اور اگر ہمت ہے تو ہٹا کر دیکھ لو۔

نمبر 1"اچھا ہٹ تو سہی یہاں سے۔"

نمبر 2"خبردار جو ہاتھ لگایا میرے۔"

بیگم نے کہا"سن رہی ہو جمال اسی لیے تو میں مردوں کو مردانہ درجہ میں بٹھانے کی قائل نہیں ہوں یہ لوگ دو گھڑی نچلے تھوڑی بیٹھ سکتے ہیں۔ بغیر لڑائی جھگڑے کے ان کا کام ہی نہیں چل سکتا۔"

جمال آراء نے کہا۔ ”نہیں جی سب ہی مرد ایسے تھوڑی ہوتے ہیں خدا نہ کرے ہمارے مرد ایسے آفت زدہ ہو جائیں زندگی ہی دشوار ہو جائے یہ تو نہ جانے کن نچلے طبقہ کی عورتوں کے یہاں سے آئے ہوں گے۔“

بیگم نے کہا۔ ”خیر یہ بھی سہی بہرحال میرا یہ طریقہ مناسب ہے یا نہیں کہ اپنے مردوں کو اپنے ساتھ ہی رکھنا چاہیے۔ ان کم بختوں کی تو محبت اور قربت بھی زہر ہے۔“

اتنے میں سینما ہال میں تاریکی چھا گئی اور سکرین پر تماشے کا نام آیا۔ ”نامراد دولہا“ فوراً ہی دوسرا نام آیا کہانی فریدہ بانو‘ مکالمے نجمہ‘ گانے انجم صدیقہ‘ ولیلاوتی۔ سیریو اقبال جہاں‘ تیسرا عکس آیا فوٹو گرافی پدماوتی و مہرالنساء‘ چوتھا عکس آیا ڈائرکٹرس موتی بائی گنڈوانی اور اس کے بعد تماشہ شروع ہوا۔ اس تماشہ میں یہی دکھایا گیا تھا کہ ایک دلہن کو جب وہ اپنے نئے نویلے دولہا کو بیاہ کر لائی تو لڑکے کی ایک مایوس امیدوار خاتون کا خط ملا کہ تم جس لڑکے کو بیاہ کر لائی ہو وہ دراصل مجھ سے محبت کرتا ہے اور اپنے والدین کی زبردستی سے اور کچھ مردانہ شرم کے باعث اس کی شادی تمہارے ساتھ ہو رہی ہے اور وہ چپ ہے مگر تمہاری زندگی کبھی خوش گوار نہ رہ سکے گی۔ نہ وہ تم سے محبت کر سکتا ہے اور نہ تم اس کے دل سے میری محبت چھوڑا سکتی ہو لڑکی یہ خط پا کر بغیر اپنے دولہا سے کچھ کہے سنے اس سے بے زار ہو جاتی ہے اور اس کے پاس تک جانا گوارا نہیں کرتی۔ لڑکا غریب نیا نیا دولہا نہ شرم کو چھوڑ سکتا ہے نہ اس کی سمجھ میں اپنی مالکہ کا یہ طرز عمل آتا ہے ادھر یہ لڑکا حجلۂ نوشاہ میں بے قرار ہے۔ ادھر لڑکی زندگی سے بے زار کہ یکا یک لڑکی بیمار پڑ جاتی ہے اور تمام ڈاکٹرنیاں جواب دے دیتی ہیں۔ صرف ایک ڈاکٹرنی بتاتی ہیں کہ اس کہ زندگی اس طرح بچ سکتی ہے کہ کوئی اور اپنی زندگی کو خطرے میں ڈال کر اپنے جسم کا نصف خون اس کے جسم میں پہنچانے کے لیے دے دے۔ یہ سنتے ہی لڑکا ڈاکٹرنی سے التجا کرتا ہے کہ میری پتنی کے لیے میرے ہوتے ہوئے کسی اور کا خون اگر لیا گیا تو میں جان دے دوں گا لڑکی جب یہ سنتی ہے تو اسے تعجب ہوتا ہے وہ تنہائی میں لڑکے سے پوچھتی ہے کہ تم آخر میرے لیے اتنا بڑا ایثار کیوں کر رہے ہو تم کو کیا ضرورت ہے کہ تم میرے لیے اپنی زندگی خطرے میں ڈالو۔ لڑکا اس کا جواب دیتا ہے کہ میری زندگی کا اس کے سوا اور مقصد ہی کیا ہے کہ آپ پر قربان ہو جاؤں ایک نازکستانی لڑکے کا فرض بھی یہی ہے۔ اور اس کی تمنا بھی اگر کچھ ہو سکتی ہے تو یہ کہ وہ اپنی مالکہ اپنی دیوی پر اپنا سب کچھ پتنی پر قربان کر دے۔ لڑکی اس کو بتاتی ہے کہ تم کو کسی اور سے محبت ہے اس کا جواب لڑکا یہ دیتا ہے کہ نازکستانی لڑکا محبت سے شادی کے بعد آشنا ہوتا ہے اس سے پہلے محبت سے بڑی لعنت اس کے لیے اور کوئی نہیں ہوتی۔ اب لڑکی اس کے سامنے وہ خط پیش کر دیتی ہے۔ اور جب لڑکا اس کو یہ بتاتا ہے کہ اگر اس عورت کے پاس میرا کوئی خط ہو یا یہ لڑکی تین چار میرے ہم عصر لڑکوں میں مجھ کو پہچان لے تو میں ہر سزا کا مستحق

ہوں۔ اس کے بعد لڑکا تمام قصہ بتا تا ہے کہ کس طرح اس لڑکی نے اپنی نسبت میرے لیے بھیجی اور جب میری والدہ نے یہ نسبت نامنظور کر کے آپ کے ساتھ میری شادی کر دی تو اب یہ اس طرح انتقام لے رہی ہے۔ لڑکی یہ سن کر ایک دم چونکتی ہے اس کو معلوم ہوتا ہے کہ وہ کتنی بڑی غلط فہمی کا شکار تھی اور اس نے بلا وجہ خود اپنے کو بھی اس قدر تکلیف دی اور اس بے زبان گھر میں بیٹھنے والے نصف بہتر کو بھی ستایا وہ اپنے پیکر عصمت شوہر کا ہاتھ محبت سے پکڑ کر کہتی ہے کہ میری زندگی تم ہی سے وابستہ ہے جب میں نے تم کو غلطی سے اپنی موت سمجھا تھا۔ تو میں مر رہی تھی۔ مگر اب تم زندگی ثابت ہوئے تو مجھ کو زندہ رہنے کے لیے صرف تمہاری وفا میں مر رہی تھی۔ مگر اب تم زندگی ثابت ہوئے تو مجھ کو زندہ رہنے کے لیے صرف تمہاری وفا تمہاری عصمت اور تمہاری عفت کی ضرورت ہے تمہارے خون کی نہیں۔ لڑکی روز بہ روز سنبھلنے لگتی ہے اور لڑکا ایک وفا شعار اطاعت گزار شوہر کی طرح شب و روز اس کی خدمت میں مصروف ہے ڈاکٹرنی روز اس کا انجکشن دیتی ہے جس سے وہ سنبھلتی جاتی ہے۔ مگر لڑکا روز بہ روز نڈھال ہو رہا ہے۔ آخر جب لڑکا بالکل چار پائی سے لگ جاتا ہے تو یکایک ڈاکٹرنی سے اس کو معلوم ہوتا ہے کہ تم کو روز اسی کے خون کا انجکشن دیا جاتا ہے۔ جس سے تم تو بچ گئی ہو اور اس کی زندگی اب خطرے میں ہے لڑکی دیوانہ وار ڈاکٹرنی کے سر ہو جاتی ہے کہ میں اپنا دیوتا ساں پتی تم سے لوں گی وغیرہ وغیرہ۔۔۔۔۔۔

آخر میں لڑکا بھی بچ جاتا ہے اور دونوں خوش گوار زندگی بسر کرنے لگتے ہیں۔ آخری منظر میں ان دونوں کو ایک پھولوں سے لدی ہوئی کشتی میں تیرتا ہوا دکھایا گیا ہے جس پر دونوں ایک دوگانہ گا رہے ہیں۔

اس تماشہ کو ہم نے تو خیر پسند نہیں کیا۔ مگر بیگم اور جمال آراء بہت متاثر نظر آتی تھی آخر سینما ہال سے نکلنے سے پہلے ہی بیگم نے کہا۔

''یہ تماشہ بے شک اس قابل ہے کہ مردوں کو زیادہ سے زیادہ تعداد میں دکھایا جائے میں کوشش کروں گی کہ اب کی اتوار کو اس کا ایک خالص مردانہ شو ہو۔''

جمال آراء بہن نے بھی اس کی تائید کی اور وہ اس تماشے کی ایک خاص دھن میں سیٹی بجاتی ہوئی ہم لوگوں کو لے کر سینما ہال سے نکل آئیں۔

پولیس کا بڑا اثر ہوتا ہے نام ہونا چاہیے پولیس کا پھر چاہے وہ زنانہ ہو یا مردانہ اور کوتوال کا عہدہ تو آپ جانتے ہیں کہ شہر کے لیے کیا درجہ رکھتا ہے بھلا یہ کیوں کر ممکن تھا کہ کوتوالنی صاحبہ چاہیں اور جمال آرا بہن کو مناسب مکان نہ ملے کوتوالی کے قریب ہی ایک نہایت مناسب کوٹھی ان کو مل گئی اور بیگم کی مدد سے انہوں نے اپنے گھر کا فرنیچر اور تمام ضروریات سے آراستہ کر لیا اور صدیق بھائی کو لے کر چلی گئیں اور ہم نے کہا کہ۔''

پھر وہی کنج قفس اور وہی تنہائی ہے

مگر اک بات تھی کہ اب بیگم نے بھی ہم کو کم از کم اتنی آزادی تو دے ہی رکھی تھی کہ جب جی چاہتا تھا۔ شام کو صدیق بھائی کے پاس چلے جاتے تھے یا وہ ہمارے پاس چلے آتے تھے تقریباً روز ہی ملاقات ہوتی تھی آج صدیق بھائی خلاف معمول سہ پہر ہی کو آ گئے بیگم اس وقت باہر ہی تھیں اور جمال آراء بہن نے ان کو اجازت دے دی تھی کہ ہمارے نوکروں کے سامنے آ سکتے ہیں۔ لہٰذا وہ بے دھڑک چلتے چلے آئے ہم نے ان کو بے وقت دیکھ کر کہا۔

"خیریت تو ہے یہ آج اس وقت کیسے آ گئے؟"

کہنے لگے۔ "مشاعرے میں چلو گے؟"

ہم نے تعجب سے کہا "مشاعرہ؟ کیسا مشاعرہ؟"

کہنے لگے۔ "آج یہاں ایک عظیم الشان مشاعرہ ہے تمام نازکستان کی بڑی بڑی شاعرات آ رہی ہیں ہماری بیگم بھی جا رہی ہیں اور تمہاری بیگم بھی جائیں گی وہاں پردے کا بہت معقول انتظام ہے مردانہ درجہ بہت اچھا بنایا گیا ہے میں نے اپنی بیگم کی خوشامد کر کے اجازت لے لی ہے اب تم اپنی بیگم سے پوچھو۔"

ہم کو بھی اس مشاعرے کے دیکھنے کا شوق ہوا اور ہم نے بیگم کو ایک پرچہ لکھ کر بھیجا کہ دو منٹ کے لیے اندر آ سکتی ہوں تو آ جائیں کچھ خدا راضی تھی۔ پرچہ ملتے ہی آپ نے ڈیوڑھی سے آواز دی بندی حاضر ہے۔"

صدیق بھائی لپک کر آڑ میں ہو گئے تو ہم نے کہا "آ جایئے۔"

بیگم نے آتے ہی مسکرا کر کہا "میں سمجھ گئی ہوں جس لیے یاد فرمائی ہوئی ہے یہ جمال آراء کا مردوا میرے میاں کو بھی ہاتھ سے بے ہاتھ کر کے رہے گا۔ مشاعرے کی خبر لے کر تشریف لائے ہوں گے تم کو ورغلانے۔"

ہم نے کہا۔ "سمجھیں تو آپ خوب مگر میں یہ کہتا ہوں کہ اگر اس میں کوئی مضائقہ نہ ہو اور آپ کے لیے نامناسب نہ ہو تو میرا بھی دل چاہتا ہے مشاعرہ دیکھنے کے لیے۔

بیگم نے گویا بڑی فرماں برداری سے کہا "بہت اچھا سرکار تشریف لے جایئے گا۔ کھانا ذرا جلدی ہو جائے اس کے بعد سب ساتھ ہی چلیں گے میں جمال کو یہاں بلائے لیتی ہوں وہ بھی ساتھ ہی کھانا کھا لیں گی۔"

ہم نے خوش ہو کر کہا "ہاں یہ ٹھیک ہے آپ جمال بہن کو فوراً بلا لیں۔"

بیگم مسکراتی ہوئی باہر چلی گئیں اور صدیق بھائی اندر سے گاتے ہوئے نکلے:

مری بجی بھئی کو توالنی اب ڈر کا ہے کا

ہم نے کہا۔ ''اچھا یہ نیت ہے میری کو توالنی پر دانت لگائے ہیں اس مردوے نے۔''

صدیق بھائی نے دانتوں کے نیچے انگلی دبا کر کہا ''توبہ ہے سچ مچ خیال ہی نہ رہا کہ کوتوال تو یہاں خود ہی موجود ہیں۔ میں تو یوں ہی مارے خوشی کے ایک گانا گانے لگا تھا۔ نہیں بھئی تمہاری کوتوالنی تم کو مبارک رہے میری غریبا میوڈپٹی کلکٹرنی میرے لیے بہت ہے۔''

ہم نے کہا۔ ''راضی تو بہت جلدی ہو گئیں میں تو سمجھا تھا کہ ہزار باتیں سنا کر رکھ دیں گی کہ بڑا شوق سوار ہوا ہے بڑے سیلانی ہو کر رہ گئے ہیں۔ اچھا اب کھانے میں جلدی کرنا چاہیے کس وقت سے ہے یہ مشاعری؟''

صدیق بھائی نے کہا ''نو بجے کا وقت تھا روزنامہ بجلی میں چھپا ہوا۔''

ہم نے کہا ''لو تو اب وقت ہی کتنا ہے ساڑھے سات تو بج ہی رہے ہیں۔ میں ذرا باورچی خانے میں جا کر دیکھوں کہ کتنی دیر ہے کھانے میں تم جب تک ان دونوں ڈبیوں میں پان بنا کر رکھو۔''

آٹھ بجے کے قریب باہر زنانہ سے کھانے کی مانگ آئی اور ہم فوراً کھانا بھجوا کر اندر مردانے میں بھی کھانے سے فرصت کر لی اور ٹھیک پونے نو بجے مشاعری کے لیے موٹر پر روانہ ہو گئے مشاعری میں پہنچ کر ہم دونوں کو مردانہ درجے میں پہنچا دیا گیا اور بیگم جمال بہن کے ساتھ زنانہ نشست میں چلی گئیں۔ ہال میں ہزاروں عورتوں کا مجمع تھا ڈائس پر بیس پچیس خواتین بیٹھی ہوئی تھیں۔ صدیق بھائی نے ہم کو چند ایک کے نام بھی بتائے کہ یہ فلاں شاعرہ ہیں اور یہ فلاں شاعرہ ہیں ڈائس کے بالکل اوپر بجلی کے روشن حروف میں مصرع طرح لٹک رہا تھا۔

ظالم تری مونچھوں میں تقدیر کے چکر ہیں

تھوڑی ہی دیر کے بعد لاؤڈ سپیکر کے سامنے ایک ادھیڑ عمر کی خاتون نے آ کر کہا:

''معزز خواتین!

''میں اپنا فرض سمجھتی ہوں کہ سب سے پہلے ان معزز شاعرات کا شکریہ ادا کروں جو تمام اطراف نازکستان سے ہماری دعوت پر اس مشاعری کی شرکت کے لیے صعوبات سفر برداشت کر کے تشریف لائی ہیں۔ دراصل نازکستان کی تاریخ میں یہ ادبی اجتماع ہمیشہ

یادگار رہے گا اور جب مورخات ہماری تاریخ مرتب کریں گی اس وقت یہ ادبی کارنامہ بھی نظر انداز نہ کرسکیں گی۔ میں منتظمات مشاعری اور انجمن حسن ادب کی طرف سے اقلیم سخن کی مسلم الثبوت استانی محترمہ تیغ صاحبہ کی بھی ممنون ہوں جو اس ضعیفی میں ہر مشاعری کی شرکت عرصہ دراز سے ترک کرچکنے کے باوجود ہماری دعوت کو رد نہ کرسکیں میں تجویز کرتی ہوں کہ اس مشاعری کی صدارت آپ ہی کی خدمت میں پیش کر جائے۔''

ایک اور خاتون نے تیغ صاحبہ کی ادبی خدمات پر مزید روشنی ڈالنے کے بعد اس تجویز کی تائید کی اور تالیوں کی گونج میں ایک بڑی بی کو جو واقعی ضعیفہ تھیں دو خواتین پکڑ کر ڈائس پر لائیں اور مائیکروفون ان کے سامنے کر دیا گیا۔ تھیں تو یہ بڑی بی مگر آواز بری کراری تھی اپنے گلے میں پڑے ہوئے ہار اتار کر ایک طرف رکھے اور پھر بولیں۔

حاضرات محفل!

آپ نے جو عزت عطا فرمائی ہے۔ اس کا شکریہ کسی اجتماعی اصرار سے انکار کرنے کے لیے جس جرات اور ہمت کی ضرورت ہوتی ہے وہ اس بڑھیا کو کہاں سے ملے منجملہ دوسری کم زوریوں کے ایک یہ بی ہے کہ دل نہیں چاہتا مگر صدارت کے لیے مجبور ہوں زمین سخت ہے آسمان دور

آسماں بار امانت نتو انست کشید
قرعہ فال بنام من دیوانی زوند!

مگر عمر اب اس منزل پر پہنچ چکی ہے کہ اگر ذمہ داری کا یہ بوجھ موت کا بہانہ بن جائے تو مجھے امید ہے کہ حاضرات مجھے معاف کر دیں گی۔ اب میں مشاعری کی کاروائی شروع کرتی ہوں۔ اس مختصر سے خطبہ کے بعد مشاعری شروع ہوگئی پہلے مبتدی لڑکیوں نے اپنی اپنی استانیوں سے اجازت لے لے کر طرحی غزلیں سنائیں۔ آوازیں سب کی اچھی پڑھنے کے طریقے سے ایک دل آویز مگر کلام سب کا عجیب طرح کا ہمارے لیے تو مصرعہ طرح ہی عجیب وغریب تھا کہ

ظالم تری مونچھوں میں تقدیر کے چکر ہیں

مگر اب جو پوری غزلیں سنیں تو رنگ ہی کچھ اور تھا غزلوں میں مردانہ حسن کو سراہا گیا تھا۔ نزاکت کی بجائے تندرستی کی تعریفیں تھیں۔ زلف اور گیسوئے کے بجائے جابجا مونچھوں کے تزکرے تھے۔ ہم نے اب تک شعراء کا وہ کلام پڑھا تھا۔ جس میں معشوق کا بوٹا سا قد رہو یا معشوق سرو قد ہو مگر دونوں حالتوں میں کمر کو موہوم ہونا چاہیے بلکہ اگر معدوم ہو تو زیادہ اچھا ہے۔ یہ مونچھوں والے شعر [illegible]

کسی نے کہا میرا مطلوب فولاد سے بھی زیادہ سخت ہے کوئی اپنے معشوق کو فیلتن دیکھنا چاہتی تھی۔ تو کوئی اپنے منظور نظر کو فاتح رستم ظاہر کر رہی تھی اور مشاعری تھی کہ داد تحسین کے نعروں سے گونجی ہوئی تھی۔ آخر مائیکروفون پر اعلان ہوا۔ ''محترمہ بوتل صاحبہ'' اور سارا ہال تالیوں سے گونج اٹھا۔ صدیق بھائی نے ہمارے کان میں کہا۔ اب سنو یہ ناز کستان کی مقبول ترین شاعرہ ہیں بے انتہا شراب پیتی ہیں مگر ایسا کہتی ہیں کم بخت کہ میں کیا کہوں پڑھتی بھی خوب ہے اور کہتی بھی ہے خوب ہے۔ ہم نے دیکھا کہ ایک اجاڑ سی عورت نہ سر میں کنگھی نہ لباس کی کوئی پرواساری کا آنچل کسی طرف جا رہا ہے تو خود کسی طرف جا رہی ہیں۔ لڑکھڑاتی ہوئی ڈائس پر تشریف لائیں۔ تمام حاضرات محفل نے آگے کھسکنا شروع کیا۔ کسی طرف سے آواز آئی شراب سنایئے شراب'' کسی گوشہ سے نعرہ بلند ہوا اے مرد ستمگار سنایئے مگر محفل میں خاموشی طاری ہوتے ہیں بوتل صاحبہ نے مائیکروفون پر کہا۔ طرح میں کچھ شعر سنیے میں طرحی شعر نہیں کہتی مگر مجھے یہ بتادینا ہے کہ شاعرہ کسی کی گھر بند نہیں وہ کہنا نہ چاہے وہ دوسری بات ہے ورنہ اس کا مجبور نہیں کیا جاسکتا یہ کہہ کر وہ کچھ گنگنائیں اور ادھر صدیق بھائی نے نوٹ بک اور پنسل سنبھالی بوتل صاحب نے جھوم کر واقعی نہایت مست و مخمور انداز میں مطلع پڑھا۔

میں رائی کا اک دانہ پر بت وہ سراسر ہیں!
میں اس سے بھی کمتر ہوں وہ اس سے بھی بڑھ کر ہیں

مشاعری ایک دم گونج اٹھی عورتوں نے ایک قیامت برپا کردی بار بار مطلع پڑھوایا جا رہا تھا ہم نے دیکھا بیگم بھی جھوم جھوم کر واہ واہ کا شور بلند کر رہی تھیں اور صدیق بھائی کی بیگم صاحبہ تو جیسے آپے سے باہر تھیں۔ حد یہ کہ خود تیغ صاحبہ صدر مشاعری دل کھول کر داد دے رہی تھیں البتہ خود ہم اس مطلع کو عجیب مسخرا پن سمجھ رہے تھے مگر اس میں کچھ ہماری ہی ناسمجھی کو دخل تھا اس لیے کہ مردانے کے درجہ کا ہر مرد اور باہر تمام عورتیں جھوم رہی تھیں آخر متعدد مرتبہ یہ مطلع پڑھنے کے بعد بوتل صاحبہ نے دوسرا شعر پڑھا۔

یہ خوبی قسمت ہے یہ جذب محبت ہے
راضی جو نہ ہوتے تھے اب خود مرے سر ہیں

ارے تو یہ معلوم ہوا کہ جیسے کسی نے ایٹم بم پھینک دیا مشاعری اڑ کر رہ گئی عورتیں کھڑی ہو ہو گئیں خود ہماری بیگم صاحبہ نے پہلے تو زانو پر ہاتھ مارے اور اس کے بعد ہاتھ جوڑ کر کہا۔ سرکار ایک مرتبہ اور پڑھ دیجئے۔ یہ شعر نہیں قیامت ہے۔''

بوتل صاحبہ نے مسکرا کر پان کی بہنے والی رال ساری کے آنچل سے بے پروائی کے ساتھ پونچھی۔ بالوں کی ایک لٹ چہرے سے ہٹائی اور بار بار یہ شعر پڑھنے کے بعد اپنی غزل کے باقی اشعار بھی اسی قیامت کے شور اور اسی ہنگامہ داد و تحسین میں سنائے اور آخر میں مقطع پڑھا۔

خدانخواستہ (مزاحیہ ناول) 42 شوکت تھانوی

بوتل تری مدہوشی میں خوب سمجھتی ہوں
تو ان کے لیے بوتل اور وہ ترے ساغر ہیں

بوتل صاحبہ کی غزل نے مشاعری کو جگا دیا تھا۔ ان کی غزل ختم ہونے کے بعد عورتوں نے بڑا شور مچایا کہ کچھ اور کچھ اور مگر وہ لڑکھڑاتی ڈگمگاتی ڈائس سے اتر آئیں خیال یہ تھا کہ اب کسی شاعرہ کا رنگ نہ جمے گا چناں چہ یہی ہوا کہ پھر بہت سی شاعرات ڈائس پر گئیں اور سپاٹ غزلیں پڑھ کر چلی آئیں۔ حد یہ ہے کہ ایک بھاری بھرکم خاتون جن کے متعلق صدیق بھائی نے بتایا تھا کہ یہ بھی بہت بڑی استانی ہیں" پارہ" تخلص کرتی تھیں۔ رمضان کے سحری جگانے والیوں کے انداز میں اپنی ٹھوس مگر ٹھس غزل پڑھ کر واپس آ گئیں۔ اسی طرح بہت سی شاعرات آئیں مگر بوتل صاحبہ جو رنگ جما گئیں وہ کسی سے بھی ہلکا نہ کیا جا سکا۔ آخر میں تیغ صاحبہ نے اپنی غزل پڑھنے کے لیے گلا صاف کیا تو صدیق بھائی نے کہا "ان کی غزل تو بس تبرک ہوگی نہایت پرانے رنگ میں کہتی ہیں۔ وہی دقیانوسی بندشیں ہوں گی اور وہی اماں حوا کے وقت کی تخیلیں۔"

تیغ صاحبہ نے چشمہ صاف کر کے ناک کی پھنگی پر لگایا اور غزل شروع کر دی۔ ان کی غزل واقعی یوں ہی سی تھی اور پڑھ تو اس طرح رہی تھیں گویا نسخہ لکھا رہی ہیں اور اپنی کسی مریضہ کے لیے ان کے شعر کو صدیق بھائی نے نوٹ بک پر لکھا۔

موچھیں ہیں تری ظالم یا دل کے لیے نشتر
قاتل نہ کہوں کیونکر کچھ ایسے ہی تیور ہیں

تیغ صاحبہ کی غزل کے بعد مشاعری ختم ہو گئی اور اک عام ہڑ بونگ میں عورتیں ایک پر ایک سوار ہال سے نکلنے لگیں کچھ عورتیں بوتل صاحبہ کو گھیر کر کھڑی ہو گئیں۔ ان میں ہماری بیگم صاحبہ بھی تھی آخر بہ مشکل تمام رات کو تین بجے بیگم ہم لوگوں کو لے کر گھر پہنچیں۔"

اب تک تو زندگی جیسی کچھ بھی تھی بہر حال پر سکون ضرور تھی۔ جو چیز پہلے بہت پریشان کئے ہوئے تھی یعنی گھر کی قید اور ایک دم آزادیاں چھین کر مجبور محض بنا دنیا اس کے تو اب تقریباً عادی ہو چکے تھے۔ یہی قید اب زندگی بن چکی تھی اور یہی زندگی اپنے ساتھ کچھ نہ کچھ خوش گواریاں لیے ہوئے ہمارے سامنے تھی مگر اب ایک بات کچھ دنوں سے ایسی پیدا ہو گئی تھی کہ ہم دل ہی دل میں کڑھ رہے تھے اور رات دن خدا سے دعا کرتے تھے کہ ہم کو اس مصیبت سے بچالے بیگم کو اب تاش کھیلنے اور روپیہ لگا کر تاش کھیلنے کی عادت پڑتی جا رہی تھی۔ اول تو وہ ایک کلب کی ممبر تھیں جہاں قمار بازی کے ایک سو ایک طریقے موجود تھے۔ دوسرے بہت سے قمار بازنوں کی صحبت نے ان کا ناس کر رکھا تھا روپیہ پانی کی طرح اس لت کے پیچھے بہایا جا رہا تھا اور حال یہ تھا کہ اب مشکل سے مہینہ میں دو ایک

روز رات کو صحیح وقت پر گھر آتی ہوں کبھی ایک بجے آئیں کبھی دو بجے اور کبھی ساری ساری رات غائب پھر قیامت یہ تھی کہ اس کم بخت قمار بازی کے علاوہ انہوں نے جھوٹ بولنا شروع کر دیا۔ کبھی گھر آ کر یہ نہ کہتی تھیں کہ میں روپیہ اور وقت برباد کر رہی تھی اپنی ان کم بخت سہیلیوں میں جو میرے گھر کی اس جنت کو جہنم بنانے کے لیے میری حور صفت بیوی کو اپنی ہی طرح کی لعنت ہستی بنا رہی تھیں ہمیشہ دیر میں آنے کا عذر ان کے پاس یہی ہوتا تھا کہ گشت پر تھی۔ یہاں ہنگامہ ہو گیا تھا۔ وہاں بلوہ ہو گیا تھا۔ یہ سرکاری کام تھا۔ وہ سرکاری مصروفیت تھی ایک ہو دو دن ہو تو کوئی یقین بھی کرے اب تو تیسوں دن ان کا یہی دستور ہو گیا تھا کہ آدھی رات کے پہلے کبھی آتی ہی نہ تھیں شروع شروع میں تو ہم چپ رہے مگر آخر کہاں تک آخر ہم نے پہلے تو ان سے التجائیں کیں...... خوشامدیں کیں سمجھایا مگر اب ان کو یہ سمجھانا بھی برا لگنے لگا تھا اور رات کو دیر میں آنے پر جہاں ہم نے ان کو ٹوکا وہ غصہ میں آپے سے باہر ہو جایا کرتی تھیں ہم یہ بات ان کو بتانا نہ چاہتے تھے کہ ہم کو اطلاع ہے کہ وہ قمار بازی کی عادت میں مبتلا ہو گئی ہیں۔ اس لیے کہ اس اظہار کے بعد جو حجاب تھوڑا بہت باقی تھا وہ بھی اٹھ جاتا اور کوئی تعجب نہ تھا کہ پھر ہمارے گھر تاش کھیلنے والیوں کا اڈہ بن کر رہ جاتا اب تک سب کچھ تھا مگر بیگم چوری کے ساتھ دیدہ دلیری سے کام نہیں لے رہی تھیں حالاں کہ اگر وہ ہمارے سر پر ہی اپنا یہ مشغلہ شروع کر دیتیں تو ہم ان کا کر ہی کیا سکتے تھے۔ مرد کا کیا بس چل سکتا ہے سوائے اس کے کہ وہ اپنی آگ میں خود ہی جلا کرے۔ جلتے کڑھتے اور رہ جاتے مگر اس سے بھی انکار نہیں ان کے روزمرہ کے سفید جھوٹ بھی اچھے نہ لگتے تھے اب تو ان کو جیسے گھر سے کوئی مطلب ہی نہ تھا اور نہ ہم سے کوئی دلچسپی' پہلے ہمیشہ وہ یہ کیا کرتی تھیں کہ سہ پہر کو ہوا خوری کے لیے نکل گئیں کسی سہیلی کے یہاں جائیں یا جہاں بھی جائیں نو دس بجے رات تک آ گئیں واپسی میں کبھی ہمارے لیے موزے لیے چلی آ رہی ہیں' کبھی مفلر' کبھی ٹائی' کبھی کوئی چیز' کبھی کوئی چیز' مگر اب تو حال یہ تھا کہ سیفٹی ریزر کے بلیڈس تک کے لیے متعدد مرتبہ تقاضے کرنا پڑتے تھے اور جواب یہ ملتا تھا کہ نفیسہ سے منگا لو۔ گلشن کو بھیج دو لے آئے گی حالاں کہ پہلے بھی نفیسہ تھی گلشن پہلے بھی ملازمہ تھی مگر ہمارا کام ان نوکرانیوں پر کبھی نہ ٹلتا تھا۔ مختصر یہ کہ ان کے یہ بدلے ہوئے تیور ہم دیکھتے تھے اور دل ہی دل میں جلا کرتے تھے ادھر ہمارے سراغرساں بھی لگے ہوئے تھے جو روز کی خبر لا کر ہم کو دیتے تھے کہ آج بیگم صاحبہ وہاں کھیل رہی تھیں۔ قصہ اصل میں یہ تھا کہ سب سے پہلے تو یہ منحوس خبر ہم کو صدیق بھائی نے ہم کو سنائی تھی بلکہ ان کی بیگم نے ہم کو کہلوایا تھا کہ آج کل یہ ہو رہا ہے۔ رنگ بے ڈھب ہے۔ اگر فوراً خبر نہ لی گئی اور عادی ہو گئیں وہ اس مشغلہ کی تو پھر پانی سر سے اونچا ہو جائے گا مگر ہم بےچارے گھر کے بیٹھنے والے مرد کمزور مخلوق سوائے خوشامد کے اور کر ہی کیا سکتے تھے اور وہاں خوشامد سے کام چلتا نظر نہ آتا تھا خیر یہاں تک بھی غنیمت تھا مگر آج شام کو جب بیگم جا چکیں تو صدیق بھائی کی ڈولی آ کر لگی اور انہوں نے نہایت پریشانی

کے ساتھ کہا۔'' بھئی وہ تمہاری بہن میرے ساتھ آئی ہیں اور تم سے کچھ باتیں کرنا چاہتی ہیں۔''

ہم نے پریشان ہو کر کہا۔'' خیریت تو ہے؟''

صدیق بھائی نے کہا'' اب وہی تم کو بتائیں گی تم سامنے والے کمرے میں چلے جاؤ میں ان کو اندر ہی بلائے لیتا ہوں۔''

ہم سامنے والے کمرے میں ہٹ گئے تو صدیق بھائی نے جمال آراء بہن کو اندر بلا لیا ہم نے اندر سے جھانک کر دیکھا تو وہ بھی پریشان ہی نظر آ رہی تھیں۔ دروازہ کے قریب ہی کرسی بچھا کر بیٹھ گئیں اور دروازے کے کھلے ہوئے پٹ سے لگ کر صدیق بھائی کھڑے ہو گئے تو جمال آراء بہن نے کہنا شروع کیا:

'' بھائی صاحب میں آج آپ کو یہ بتانے آئی ہوں کہ آپ کی بیگم صاحبہ اب قابو سے باہر ہو چکی ہیں اور مجھے جو ڈر تھا وہ بھی آخر کار بچ نکلا میں اس وقت سے ڈر رہی تھی کہ اس او نچے پیانے کی قمار بازی کے لیے وہ آخر روپیہ کہاں سے لائیں گی' تنخواہ خواہ کتنی ہو مگر جوا کھیلنے کے لیے قارون کا خزانہ بھی ناکافی ہو سکتا ہے شروع شروع میں انہوں نے آپ کو چکمے دیئے۔ مگر قمار بازی کا معیار جس قدر بلند ہوتا گیا' اتنا ہی روپیہ ان کے لیے ناکافی ہوتا رہا۔ خدا جانے کتنی مہاجنوں کی مقروض ہیں' نہ جانے کتنی سہیلیوں کی رقمیں ان پر واجب الادا ہیں اور خدا جانے کتنا روپیہ چپکے چپکے میں نے ادا کر دیا ہے مگر آج جو بات میں نے معلوم کی ہے وہ صد درجہ افسوس ناک ہے۔

ہم نے صدیق بھائی سے کہا کہ'' پوچھو تو سہی کہ آخر کیا بات ہے۔''

صدیق بھائی نے ان سے کہا'' آخر تم صاف بتا کیوں نہیں دیتیں۔ ان کو یہ بے چارے بھی تو باخبر ہو جائیں کہ کیا ہو رہا ہے۔''

جمال آراء بہن نے چپکے سے کہا'' رشوت لینا شروع کر دی ہے آج ہی ایک قتل کی واردات میں بہت بڑی رقم رشوت کے طور پر وصول کی ہے اور شمس النساء کے یہاں جمع ہوئی ہے پھر اگر خدانخواستہ یہ سورمنہ کو لگ گیا تو سمجھ لیجئے کہ قیامت ہو گی ملازمت بھی جائے گی اور ذلت و رسوائی جو کچھ بھی ہو کم ہے۔''

اب ہم سے نہ رہا گیا اور ہم نے تمام شرم و حجاب بالائے طاق رکھ کر پہلی مرتبہ جمال آراء بہن سے براہ راست گفتگو کی۔'' تو پھر آپ ہی بتائیے بہن کہ میں اس کا کیا علاج کروں۔ وہ میری ایک نہیں سنتیں بلکہ اگر میں کبھی ٹوک دوں تو قیامت برپا کر دیتی ہیں۔ آپے سے باہر ہو جاتی ہیں ان کے غصہ سے تو خدا اپنا پناہ میں رکھے؟

جمال آراء بہن نے کہا'' مجھ سے جہاں تک ہو سکا میں ان کو سمجھا چکی مگر ان پر کوئی اثر ہی نہیں ہوتا۔ اب تک حکومت میں نیک نام

تھیں امید تھی کہ بہت جلد ترقی کر جائیں مگر کیا آپ یہ سمجھتے ہیں کہ ان باتوں کی اطلاع اوپر تک نہیں جائے گی وہی چڑیلیں جوان کے ساتھ وارے نیارے کیا کرتی ہیں ایک ایک کی ہزار ہزار اوپر جا کر لگاتی ہوں گی اور اگر خدانخواستہ اس رشوت کی اطلاع اوپر ہوگئی تو فوراً تحقیقات شروع ہو جائے گی اور ملازمت کے لالے پڑ جائیں گے میں تو خود حیران ہوں کہ آخر ان کو کس طرح سمجھاؤں۔''

ہم نے کہا''اچھا یہ نہیں ہوسکتا کہ آپ کی کوشش سے ان کا تبادلہ یہاں سے ہو جائے۔

جمال آرا بہن نے کہا۔''اگر ہو بھی گیا تبادلہ تو فائدہ کیا ہوگا۔ پڑی ہوئی عادت تھوڑی چھوٹ جائے گی۔ جہاں جائیں گی اپنے لیے ایک گروہ ڈھونڈ لیں گی۔ بلکہ پھر تو یہ ہوگا کہ آپ کو خبر بھی نہ ہوا کرے گی یہاں تو میں موجود ہوں ایک ایک اطلاع پہنچاتی رہتی ہوں پھر کون یہ مخبری کرنے آئے گی۔''

ہم نے بڑی خوشامد سے کہا''بہن خدا کے لیے اس گھر کو اجڑنے اور ان کو تباہ ہونے سے بچانے کی کوئی ترکیب تو نکالیے۔''

جمال آرا بہن نے کہا''میں تو کوشش کر رہی ہوں موقعہ ڈھونڈھ کر پھر سمجھانے کی کوشش کروں گی مگر آپ بھی ایک مرتبہ پورا زور لگا کر سمجھانے کی کوشش کیجئے شاید کچھ سمجھ میں آجائے۔''

ہم چپ ہو رہے اور چپ نہ ہوتے تو کرتے ہی کیا ہمارے امکان میں آخر تھا ہی کیا جمال آرا بہن اور صدیق بھائی کے جانے کے بعد بھی ہم دیر تک اسی فکر میں رہے کہ آخر ہونے والا کیا ہے لیٹنے کی کوشش کی مگر بستر میں جیسے کانٹے بچھے ہوئے تھے ادھر ادھر کروٹیں بدل کر اٹھ بیٹھے اور پریشانی کے عالم میں صحن میں ٹہلنا شروع کر دیا ہم اتنا پریشان شاید عمر بھر میں کبھی نہ ہوئے ہوں گے۔ جس قدر آج پریشان تھے خدا جانے ہم کتنی دیر صحن میں ٹہلتے رہے کہ آخر ڈیوڑھی پر نفیسہ نے آواز دی۔

''خدا بخش دروازہ کھولو بیگم صاحب آئی ہیں۔''

خدا بخش کے بجائے ہم نے خود دروازہ کھولا تو بیگم نہایت خستہ و خراب حالت میں گھر میں داخل ہوئیں اور ہم کو دیکھ کر حیرت سے کہا''ارے آپ اب تک سوئے نہیں تین بجنے والے ہیں۔''

ہم نے کہا۔''نیند نہیں آرہی تھی۔''

بیگم نے کہا۔''نیند نہیں آرہی تھی آخر کیوں؟''

ہم نے کہا۔''ڈر لگتا ہے ہم کو۔''

بیگم نے کہا''ڈر؟ آخر کس بات کا'خدا بخش ہے کریم ہے آخر ڈر کس بات کا۔''

ہم نے کہا۔ "گھر میں سب مرد ہی مرد تو ہیں اور زمانہ یہ آ لگا کل ہی شگفتہ بزازن کے یہاں قتل ہوا ہے۔ اس کے میاں کو حمیدہ نے مار کر سارا گھر موس لیا۔"

بیگم کا چہرہ ایک دم زرد پڑ گیا اور کم زور آواز میں بولیں "غلط ہے حمیدہ نے اس کو قتل نہیں کیا ہے خبردار جو اب حمیدہ کا نام بھی لیا۔ بیٹھے بیٹھے تم مرد عجیب قصے گڑھا کرتے ہو۔"

ہم نے کہا۔ "حمیدہ نے قتل نہیں کیا ہے تو پھر کس بات کی رشوت آپ تک پہنچائی تھی۔ اور آپ کو شرم نہیں آئی اس سور کے برابر حرام چیز کو قبول کرتے ہوئے اب چاہیے آپ مجھے مار بھی ڈالیں مگر آج آپ سے پوری بات کر کے رہوں گا۔ اب تک میں چپ رہا۔"

بیگم نے غصہ سے کانپ کر کہا۔ "کچھ پاگل تو نہیں ہو گئے ہو کمرے میں چل کر باتیں کرو۔"

ہم نے کمرے میں آ کر کہا۔ "آپ یہ سمجھتی ہیں کہ آپ کا روز دیر میں گھر آ کر بہانے بازیاں کرنا بہت کامیاب گر ہے نہ مجھے یہ خبر ہے کہ جوئے کا بازار گرم ہے نہ میں شمس النساء چڑیل کو جانتا ہوں نہ مجھے مہر افروز کے یہاں کی قمار بازیاں کی کوئی خبر ہے اور نہ مجھے ان تمام قرضوں کی کوئی اطلاع ہے جو اس کم بخت جوئے کے بہ دولت آپ نے اپنے اوپر لاد رکھے ہیں۔ اور تو اور آج یہ خبر بھی آ گئی کہ آپ نے رشوت سی حرام چیز بھی قبول کر لی۔" بیگم نے غصہ سے کانپ کر کہا "جب مجھ میں ایسے ہی کیڑے پڑے ہوئے ہیں۔ تو تم آخر کیوں مجھ کم بخت کا ساتھ دے رہے ہو اگر علیحدگی چاہتے ہو تو میں اس کے لیے بھی تیار ہوں۔"

ہم نے جلدی سے بیگم کے منہ پر ہاتھ رکھتے ہوئے کہا۔ "بس زبان قابو میں رکھنا میں تمہارا دشمن نہیں ہوں تمہاری ہی بھلائی کے لیے تم سے کہتا ہوں اور یہ جان کر کہتا ہوں کہ اب بھی کچھ نہیں گیا ہے اگر تم سنبھلنا چاہتی ہو تو آج بھی سنبھل سکتی ہو تم مجھ سے کہو میں تمہاری ہی کمائی کا اسی گھر سے اتنا روپیہ نکال کر دے دوں گا کہ تم تمام قرض پاٹ دو تم کیوں آخر اس لاکھ کے گھر کو خاک کرنا چاہتی ہو ملازمت الگ خطرے میں پڑ کر رہ گئی ہے۔ بدنامی الگ ہو رہی ہے صحت الگ خراب کر رہی ہو۔ یہ رات رات بھر کی جگائی آخر کب تک صحت پر اثر نہ کرے گی۔ میں تو آج تم سے اپنی ہی قسم لے کر رہوں گا کہ تم یا تو اس بری لت سے توبہ کر لو ورنہ میں تم کو بندوق لا کر دیتا ہوں مجھے پہلے گولی سے اڑا دو اس کے بعد تم کو اختیار ہے جو چاہے کرتی پھرو۔"

معلوم نہیں ہم اس وقت قسمت کے کس قدر اچھے تھے کہ بیگم نے بجائے غصہ کے نہایت نرمی سے کہا۔ "اچھا یہ بتاؤ کہ یہ خبریں تم تک کس نے پہنچائیں۔"

ہم نے کہا'' جس نے بھی پہنچائی ہوں بہر حال وہ بھی تمہارا دشمن نہیں ہو سکتا۔ تم کو کیا معلوم کہ یہ خبریں پا کر میں نے تمہاری اصلاح کی خداوند کریم سے کیسی کیسی دعائیں کی ہیں اور مجھے یقین ہے کہ اس نے میری دعائیں ضرور سنی ہوں گی اور میری اچھی بیوی واقعی پھر اسی طرح پاک باز بن جائے گی۔ جس طرح وہ فطرتاً پاک باز ہے۔

اس کی شان کے قربان کہ بیگم نے ایک مرتبہ ہم کو غور سے دیکھا۔ پھر آبدیدہ ہو کر بولیں'' میں واقعی حدوں سے گزر چکی تھی کہ تم نے مجھ کو اس وقت جھنجھوڑ دیا۔ تم کو جتنی خبریں ملی ہیں سب ٹھیک ہیں مگر اس وقت میں تم سے وعدہ کرتی ہوں کہ آئندہ تم یہ خبریں کبھی نہ سنو گے میں عہد کرتی ہوں کہ کسی قسم کی قمار بازی کا رخ بھی نہ کروں گی۔''

ہم نے بڑھ کر بیگم کا ہاتھ اپنے ہاتھ میں لے کر چوم لیا اور جذبات سے مغلوب ہو کر کہا'' میری مالکہ تم نے مجھ کو خرید لیا تم نے میرے دامن میں منہ مانگی بھیک ڈالی۔ خداوند کریم تم کو رہتی دنیا تک سلامت رکھے۔

بیگم نے ہم کو گلے سے لگا لیا اور ہم کو واقعی یہ محسوس ہونے لگا۔ گویا واقعی اندر ہی اندر سلگنے والی آگ گلزار خلیل بن گئی ہے۔

بیگم آج کل رخصت پر تھیں۔ رخصت اتفاقیہ یا خدا نخواستہ علالت نہیں بلکہ نہایت مبارک رخصت پر وہی رخصت جو نازکستان میں سوا چار مہینے کی پوری تنخواہ کے ساتھ دی جاتی ہے یعنی خدا کے فضل سے انہیں چھٹا مہینہ ختم ہو کر ساتواں مہینہ لگ چکا تھا چنانچہ اب ان کا تمام وقت گھر ہی میں گزرتا تھا۔ البتہ ان کی دلچسپی کے لیے ہم نے صدیق بھائی کی خوشامد کر کے ان کو اس بات پر راضی کر لیا تھا کہ وہ اپنی بیگم صاحبہ کی گویا ڈیوٹی لگا دیں کہ وہ اپنے فرصت کے وقت کا زیادہ حصہ بیگم ہی کے پاس گزارا کریں چنانچہ جمال آراء بہن تو خیر زیادہ تر بیگم کے پاس ہی رہتی تھیں۔ ان کے علاوہ ان کی اور سہیلیاں بھی برابر مزاج پرسی کے لیے آتی جاتی رہتی تھیں اور ان کی جگہ پر کام کرنے والی نئی کوتوالنی صاحبہ بھی ان کے پاس ہی رہتی تھیں ادھر گھر میں ہم اور صدیق بھائی بھی بچے کے کپڑے سینے میں لگ جاتے تھے۔ کچھ ننھے ننھے چھوٹی چھوٹی رضائیاں اور دلائیاں۔ کلوٹ۔ بب وغیرہ تیار کرنے میں مصروف رہتے تھے۔ اس لیے کہ اس سلسلہ میں ہم بالکل ہی کورے تھے خدا جیتا جاگتا دکھائے یہ پہلا ہی بچہ تھا اور صدیق بھائی ماشاء اللہ تین بچوں والے تھے وہ اس میدان کے مشاق ٹھہرے لہٰذا ان کے ہی مشوروں سے گھٹی کے نسخے بندھوائے۔ گوند اور سٹھورے کا سامان منگایا اچھوانی کی ترکیبیں معلوم کیں زچہ کے لیے مرغی کے چوزے ڈھونڈ ڈھونڈ کر فراہم کیے اور اسی طرح انگنا مہینہ بھی اصل خیر سے گزر گیا۔ صدیق بھائی نے بتا دیا تھا کہ انگنے مہینے میں خاص احتیاط کی ضرورت ہے اکیلی دوا کیلی نہ رہنے پائیں بیگم۔ کہیں اونچا نیچا پیر نہ پڑ جائے کہیں ڈر نہ جائیں۔ چنانچہ ہم برابر نہ جانے کیا کیا دعائیں اور آیتیں پڑھ پڑھ کر دم کرتے رہتے تھے۔ ان کی مرضی کے خلاف کوئی بات نہ

خدا نخواستہ (مزاحیہ ناول) 48 شوکت تھانوی

ہونے دیتے ان کو آج سے بہت پہلے سے بلکہ یوں کہئے کہ شروع ہی سے متلی کی بے حد شکایت تھی پان گوشت اور اسی طرح چند اور چیزوں سے نفرت سی ہو کر رہ گئی تھی۔ چھپا چھپا کر سوندھی مٹی کھانے کا لپکا پڑ گیا تھا ان تمام باتوں پر نظر رکھنا پڑتی تھی۔ کوشش کرتے تھے کہ جہاں تک ہو سکتے وہ پھل اور دودھ کا استعمال زیادہ رکھیں شروع شروع میں تو بے حد کمزور ہو گئی تھیں مگر اب تو ماشاء اللہ بے حد تندرست معلوم ہوتی تھیں آخر خدا خدا کر کے وہ دن بھی آ گیا جس کا انتظار تھا یا تو ہمارا حساب غلط تھا یا بیگم جلد باز تھیں اور ان سے زیادہ جلد باز ان کے یہاں ہونے والا بچہ۔ بہرحال رات کو دو بجے سے درد لگے اور اسی وقت ٹیلیفون کر کے بڑے ہسپتال کی ڈاکٹرنی کو خبر دی گئی وہ دو نرسوں کے ساتھ فوراً آ گئی اور صبح آٹھ بجے یہ مژدہ نفیسہ نے آواز دے کر سنایا کہ صاحب زادی مبارک ہوں۔ ہم نے خدا بخش کے ہاتھ نفیسہ کو پانچ روپے بھجوائے۔

نازکستان میں لڑکا پیدا ہونے پر ایک قسم کی بے پروائی سی برتی جاتی ہے مگر لڑکی پیدا ہو تو معلوم ہوتا ہے کہ ہر طرف سے مسرت اُبل رہی ہے چنانچہ ہمارے یہاں یہی ہوا کہ تھوڑی ہی دیر میں گھر میں ڈوم آ دھمکے اور دروازے پر شہدنوں نے چیخ پکار شروع کر دی کہ زچہ بچہ سلامت صدیق بھائی سب کو انعام اکرام دینے کے انچارج تھے ان ہی کے ہاتھ میں خرچ تھا اور وہی مناسب طریقہ پر صرف بھی کر سکتے تھے ہم کو تو بس یہ فکر تھی کہ بار بار بیگم کی اور بچی کی خیریت دریافت کرتے رہیں آخر بہ مشکل تمام ڈاکٹرنی نے اجازت دی کہ صاحب لوگ جو آنا چاہتے ہیں وہ صرف پانچ منٹ کے لیے آ کر بے بی کو دیکھ جائیں چنانچہ ہم اور صدیق بھائی دوڑے اس کمرے کی طرف جو زچہ خانہ بنایا گیا تھا صدیق بھائی تو دروازے تک جا کر رہ گئے مگر ہم نے بیگم کے سر پر ہاتھ پھیر کر پوچھا۔

''اب کیسی طبیعت ہے۔''

بیگم نے بچی کی طرف اشارہ کرتے ہوئے کہا ''اپنی صاحب زادی سے پوچھو مجھ سے کیا پوچھ رہے ہو۔''

ہم نے بچی کو دیکھا ہماری آنکھوں میں خاک معلوم ہوتا تھا کہ نہالچے پر ایک چاند کا ٹکڑا پڑا ہے۔ ہم نے بڑھ کر نہالچہ اٹھا کر بچی کو غور سے دیکھا اور بیگم کو دکھاتے ہوئے کہا ''واقعی تمہاری بچی معلوم ہوتی ہے۔''

بیگم نے کہا ''اور تمہاری تو جیسے ہے نہیں۔''

ہم کو یکا یک خیال آیا کہ صدیق بھائی بچی کو دیکھنے کے لیے دروازے سے لگے کھڑے ہیں لہٰذا معہ نہالچے کے بچی کو لے کر بڑھے ان کی طرف صدیق بھائی نے نہالچہ لے کر بچی کے ہاتھ میں سو روپے کا نوٹ رکھ دیا تو ہم نے کہا۔ واہ یہ کیا حرکت ہے'' صدیق بھائی نے کہا۔ ''تو تم سے کیا مطلب میں اپنی بچی کو دے رہا ہوں تو تم کون ہوتے ہو روکنے والے۔''

ہم نے بیگم کے پاس جا کر کہا" سن رہی ہو یہ نہیں مانتے صدیق بھائی سو روپے کا نوٹ اس کے ہاتھ میں پکڑا دیا ہے۔"

بیگم نے کمزور آواز میں کہا۔" رہنے دو دیکھا جائے گا۔"

اتنی دیر میں دو تین مرتبہ ڈاکٹرنی دروازہ تھپتھپا چکی تھی لہٰذا ہم دونوں وہاں سے چلے آئے اور زچہ خانے میں پھر زنانہ ہو گیا۔ ادھر ہم دونوں نے آ کر صدقہ خیرات انعام اکرام وغیرہ کے جھگڑوں میں اپنے کو پھنسا لیا۔ خدا بخش اور کریم دونوں روٹھ گئے کہ ہم کو صاحب زادی کو کیوں نہ دکھایا۔ جب آپ لوگ تھے ہم کو بھی بتا دیا ہوتا ہم بھی دیکھ لیتے ان سے لاکھ لاکھ کہا کہ اگر تم لوگ دروازے کے پاس جا کر نفیسہ یا گلشن سے کہو وہ تم کو دکھا دیں گی۔ خیر خدا بخش تو ہمیشہ کا ڈھیٹ ہے مگر کریم کا شرم کے مارے برا حال ہے کہ وہاں پچاسوں تو عورتیں بھری ہوئی ہیں۔ میں کیسے جا سکتا ہوں دروازے کے قریب اگر کسی نے آواز سن لی میری تو کیا کہے گی دل میں کہ کیسا بے حیا مرد ہے صدیق بھائی نے کہا۔" ہاں ہاں تم واقعی نہ جاؤ یہ کوئی سمجھے گی نہیں کہ یہ میاں خدا بخش ہیں یا میاں کریم ہیں سب یہی کہیں گی کہ کوتوالنی صاحبہ کے یہاں کے مرد کیسے بے حیا ہیں۔"

بچی کی پیدائش کے دن سے لے کر چھٹی کے دن تک گھر میں خاصی چہل پہل رہی چھٹی بھی بڑی دھوم دھام سے منائی گئی متعدد تھانیدارنیاں چھٹی لے کر آئیں اور جمال آراء بہن نے تو کمال ہی کر دیا۔ اتنے بڑے جلوس کے ساتھ چھٹی لے کر آئیں کہ سارے شہر نے یہ جلوس دیکھا ہو گا ساتھ آٹھ قسم کے تو باجے تھے پھر بچی کے کپڑے۔ زیور چاندی کے چنے بنے سونے کے جھمکے۔ پالنا۔ پرمبلیٹر اور دو نہایت اعلیٰ نسل کی بکریاں بھی تھیں۔ معلوم یہ ہوا کہ یہ بکریاں بچے کو دودھ پلانے کے لیے چھٹی میں ساتھ جاتی ہیں ہم نے اس تکلیف دہ تکلف کے خلاف بہت شور مچایا۔ مگر صدیق بھائی نے گھر میں ہم کو اور جمال آراء بہن نے باہر بیگم کو ڈانٹ ڈپٹ کر چپ کرا دیا۔ ان دونوں بیوی میاں کو واقعی بہت خوشی تھی کہ اپنے خاص عزیز ہوتے تو وہ بھی شاید اتنا خوش نہ ہوتے چھٹی کے بعد چھوٹا نہاں اور پھر بڑا چلہ بہ خیر وخوبی ہو گیا اور بڑے چلے کے بعد اب گویا بیگم کا کام جس قدر تھا وہ ختم ہو چکا تھا اور اب یہاں سے ہماری ذمہ داریاں شروع ہوتی تھیں۔ بیگم نے بڑے چلے کے دوسرے ہی دن اپنی نوکری کا چارج لے لیا اور بچی کی پرورش کے ذمہ دار اب ہم ہو گئے ہیں اس سلسلہ میں بھی ہم کو صدیق بھائی کے مشوروں کی قدم قدم پر ضرورت ہوتی تھی مگر جس نے بھی کہا ہے بالکل سچ کہا ہے کہ مشکل دراصل خود مشکل نہیں ہوتی بلکہ اس کا تصور مشکل ہوتا ہے ورنہ وہ تو جب آ پڑتی ہے فوراً آسانی میں تبدیل ہو جاتی ہے چنانچہ تھوڑے ہی دنوں میں بچی کی باقاعدہ نگہ داشت وہی ہم کرنے لگے جس کو اس خیال ہی سے لرزہ آ جاتا تھا کہ بچے پالنا پڑیں گے بچی کے دودھ کے اوقات ہم نے مقرر کر لیے تھے صبح اٹھتے ہی ماں کے پاس لے جا کر دودھ پلوا لیتے پھر جب یہ تیار ہو کر باہر جانے لگتی

خدا نخواستہ (مزاحیہ ناول) 50 شوکت تھانوی

تھیں دودھ پلوا لیتے تھے بیچ میں ایک مرتبہ وہ باہر سے خود آ جایا کرتی تھیں دودھ پلانے پھر سہ پہر کو اور اسی طرح بندھے ہوئے وقتوں پر دن رات میں چھ بار دودھ دیا جاتا تھا۔ رات کو بھی بچی ہمارے ہی پاس رہتی تھی۔ شروع شروع میں دو مرتبہ اور پھر رات کو ایک ہی مرتبہ بیگم کو دودھ پلانے کی تکلیف دیتے تھے رہ گئی باقی تمام دیکھ بھال اس سے بیگم کو کوئی مطلب نہ تھا۔ ہم ہی اس کو ننھے سے ٹب میں نہلاتے تھے جسم پر پاؤڈر لگاتے تھے۔ گلیسرین سے زبان صاف کرتے تھے گرپ واٹر دیتے تھے۔ رات کو روئے تو تھپکتے تھے' سہلاتے تھے' چمکارتے تھے اور پانی نیند کو اس کے آرام پر تج ہوئے تھے۔ وہ جوں جوں بڑھتی جا رہی تھی۔ اس کی ضروریات بھی بڑھ رہی تھیں مثلاً ہم کو اس کے لیے سویٹر بننا پڑتے تھے۔ فراکیں بنانا پڑتی تھی اور دن رات اس سے بات کرنا پڑتیں تھیں نہایت مہمل قسم کی آغون شغے بیوی مار شغے۔ وہ رو رہی ہے اور ہم کندھے لگائے ٹہل ٹہل کر گا رہے ہیں

اپنی بٹیا کو میں رونے نہ دوں گا

آئے سوداگر گڑیا لے دوں گا

اس کو پیروں پر اوندھا کر "ممو جھوٹے کر رہے ہیں کہ "ممو جھوٹے ماموں موٹے مومانی نے کہا سونے کے سونے۔ بیٹا نے چن چن گودی بھرے۔ گودی بھرے گدشالا بھرے۔ میکہ بھرا۔ سسرال بھری اور بڑھیا اپنے ارتن ارتن سنبھال نئی دیوار اٹھتی ہے اور پرانی دیوار گرتی ہے اڑ اڑ اڑ اڈھیڑ یم۔" اور صاحب زادی ذرا سا ہنس دیں گویا تمام قیمت وصول ہو گئی وہ سونا چاہتی ہیں اور ہم لوریاں دے رہے ہیں۔ "اللہ اللہ بھوں بھوں سہاگوں کی پوری اور بڑی بڑی انکھیوں سے بنے کو گھوری۔

آج ان کو قبض ہے اور ہم پیٹ بجا بجا کر اپھار کا اندازہ کر رہے ہیں۔ ہینگ مل رہے ہیں پیٹ پر آج ان پر سردی کا اثر ہے اور ہم کگروندے کی پتی کا عرق نکال کر ان کو پلا رہے ہیں۔ آج ان کی پسلی چل رہی ہے اور ہم بارہ سنگھا گھستے پھر رہے ہیں فیروطی ڈھونڈتے پھرتے ہیں۔ کبھی پیروں پر بٹھائے سسکار رہے کبھی گود میں لیے چمکار رہے ہیں کبھی ان کو اچھال رہے ہیں۔ کبھی ان کو لیے خود اچھل رہے ہیں بیگم کو ان کی خبر تک نہیں بلکہ پہلے تو دودھ کے سلسلہ میں پابندی بھی تھی مگر رفتہ رفتہ ان کے سرکاری مشاغل بڑھتے گئے اور آخر ہم کو اوپر کے دودھ پر بچی کو لگانا پڑا مختصر یہ کہ اب بچی کو بیگم سے کوئی واسطہ ہی نہ رہا اور سولہ آنے ہمارے سپرد ہو کر رہ گئی ہم کو خود تعجب ہے کہ ہم کو اسے رکھنا' اس کی نگرانی کرنا اور اس کی ضروریات کو سمجھنا کس طرح آ گیا البتہ ایک مرتبہ جب اس نے بری طرح رونا شروع کیا اور ہم پیٹ کے درد کے تمام علاج کر چکے اور وہ خاموش نہ ہوئی تو صدیق بھائی کو پھر بلانا پڑا اور انہوں نے آتے ہی بتایا کہ تم نے بے احتیاطی سے اسے اٹھا کر ہنسلی اکھاڑ دی ہے لہٰذا ان بے چارے نے ہنسلی بٹھائی اس کے بعد کئی مرتبہ شانہ اکھاڑا اور خود ہی بٹھایا

خدانخواستہ (مزاحیہ ناول) 51 شوکت تھانوی

ہنسلی بھی ایک آدھ مرتبہ اور اکھڑی مگر ہم نے خود ہی بٹھالی۔ خیر یہ تو زمانہ تو کسی طرح گزر گیا جب وہ دانتوں پر آئی تو اس کی حالت بہت خراب ہوگئی۔ اوپر کے دانتوں میں آنکھیں خوب دکھیں اور نیچے کے دانتوں میں تو اسہال نے اس کا بالکل لت پت کر دیا۔ اچھی خاصی گول مٹول ڈبل روٹی جیسی لونڈیا سوکھ کر کانٹا ہوگئی۔ مگر صدیق بھائی کے چٹکلوں سے کچھ ہی دن میں پھر ٹھیک ہونا شروع ہوگئی البتہ ہمارے لیے اب نہ دن کو آرام تھا نہ رات کو نیند بیگم بڑے مزے سے گھوڑے بیچ کر سویا کرتی تھیں اور ہم ساری ساری رات نہالچے بدلنے میں کلوٹ باندھنے اور کھولنے میں تھپکیاں دینے اور چمکارنے میں لوریاں سنانے اور بہلانے میں گزار دیتے تھے غالباً باپ کی ان ہی خدمات کی وجہ سے نازکستان میں مشہور تھا کہ باپ کے پیروں تلے جنت ہے ماں کے دودھ اور باپ کی خدمت کا حق بالکل مساوی تھا ماں بچے کو یہ کہہ کر دھمکاتی تھی کہ دودھ نہ بخشوں گی اور باپ یہ کہہ سکتا تھا کہ خدمت نہ بخشوں گا مگر پھر بھی شجرہ چلتا تھا ماں کے نام سے تمام عدالتی اور سرکاری کاغذات میں ولدیت کا خانہ ماں کے نام سے پر کیا جاتا تھا۔ خیر ہم ان خدمات سے خوش تھے ہماری بچی جس کا نام عقیقہ کے دن شوکیہ رکھ دیا گیا تھا نہایت دلچسپ بن گئی تھی۔ بیٹھنے کے علاوہ کچھ کچھ رینگنے بھی لگی تھی ہم اس کے سامنے بہت سے کھلونے ڈھیر کر دیا کرتے تھے وہ بیٹھی کھیلا کرتی تھی اور ہم کچھ نہ کچھ سیتے پروتے رہتے تھے بہت سے کھلونے اب تو یہ بچی ہم کو خود اپنا کھلونا محسوس ہونے لگی تھی۔ بیگم کے باہر جانے کے بعد اسی بچی سے ہم دل بہلاتے تھے اور دن کا پتہ نہ چلتا تھا کہ کب شروع ہو کر کب ختم ہوگیا۔ ماشاءاللہ بڑی ہنس مکھ بچی تھی رونا تو جیسے جانتی ہی نہ تھی تاوقتیکہ اس کو کوئی تکلیف نہ ہو مگر اب گھر کے باقی کاموں میں حصہ لیتے ہوئے ہم کو ذرا دقت محسوس ہوتی تھی۔ مگر وہ کام بھی کرنا ہی پڑتے تھے کہ بچی گود میں سو رہی ہے اور ہم بیگم کے مطالبہ پر باہر بھیجنے کے لیے خاصدان میں پان بنا بنا کر رکھ رہے ہیں اس کو کندھے سے لگائے ہوئے ہیں اور بیگم کے لیے کھانا بھی نکالتے جاتے ہیں وہ کلیجہ سے چمٹی ہوئی اور ہم مشین پر بیگم کی ساری میں بیٹھے فیتہ ٹانک رہے ہیں کبھی کبھی صاحبزادی کو دلا رلیا کرتی تھیں مگر بس اس طرح کہ آئیں باہر سے گود میں لیا چمکارا۔

"ارے تو بڑی شریری ہے بالکل اپنے باپ کی طرح ماں کی پرچھائیں بھی پڑتی تو پاک ہو جاتی۔"

ہم نے کہا۔ "اور کیا اچھا پوچھ لو کس کی بیٹی ہے۔"

بیگم نے کہا۔ "ہماری شوکی کس کی بیٹی ہے۔"

اس نے بڑا سا منہ کھول کر کہا۔ "آبو۔"

اور ہم خوش ہو گئے بیگم بھی اخلاقاً پہلے تو ہنس دیں اور پھر لونڈیا کو ایک طرف لٹکا کر ارے ارے ارے بڑا غضب کیا اس نے

پیشاب کردیا بیچے دلار ختم لوٹڑیا پھر ہمارے پاس اور وہ غسل خانہ میں۔

آج کل بیگم بہت زیادہ مصروف تھیں ملک میں ایک قانون شکن جماعت پیدا ہوگئی تھی۔ جس نے نہایت زور شور سے ''مردراج'' کی تحریک شروع کردی تھی اور حکومت کی طرف سے اس تحریک کو باغیانہ قرار دے کر کچلنے کی پوری کوشش کی جارہی تھی۔ اس تحریک کی سب سے بڑی لیڈر موہنی داس تھیں۔ آج کل تمام اخبار اسی تحریک کی مخالفت یا موافقت سے بھرے ہوئے ہوتے تھے۔ ہماری سمجھ میں نہ آتا تھا کہ آخر اس تحریک کا مقصد کیا ہے اور حکومت نے اس کا باغیانہ تحریک کیوں قرار دیا ہے آخر ایک دن جب اسی تحریک کے سلسلہ میں ایک جلسہ میں بیگم گولی چلاکر اور گرفتاریاں کرکے رات کو گھر آئیں تو ہم نے ان سے پوچھا:

''آخر یہ طوفان ہے کیا ان باغنوں کا مقصد کیا ہے آخر؟''

بیگم نے کہا۔ ''تمہاری سمجھ میں نہ آئے گا سیاسی باتیں ہیں۔''

ہم نے برامان کر کہا۔ ''بتانے سے سب کچھ سمجھ میں آسکتا ہے مگر آپ تو کوئی بات بتانا ہی نہیں چاہتیں۔''

بیگم نے وردی اتارتے ہوئے کہا۔ ''ارے صاحب یہ جماعت حکومت کا تختہ الٹنا چاہتی ہے انقلابی جماعت ہے ایک دم سے کایا پلٹ جاتی ہے اس تحریک کی سرغنہ موہنی داس کا مقصد یہ ہے کہ جس طرح یہاں عورتوں کی حکومت ہے۔ اس کے برعکس مردوں کی حکومت ہونا چاہیے اور عورتوں کو مردوں کی طرح گھر میں گھس کر بیٹھنا چاہیے وہ کہتی ہیں کہ مرد عورت کو اچھے محافظ ملک کے اچھے منتظم فوج کے اچھے سپاہی اور ہر میدان میں عورت سے بہتر ثابت ہو سکتے ہیں اور عورتیں تمام گھریلو معاملات میں مرد سے بہتر گھر والیاں ثابت ہوسکتی ہیں۔''

ہم نے کہا۔ ''کہتی تو ٹھیک ہے بے چاری۔''

بیگم نے کہا۔ ''یہ کہو گے تو میں ابھی تم کو بھی گرفتار کرلوں گی آج ہی جلسہ میں پچاس کے قریب مرد بھی گرفتار ہوئے ہیں اس تحریک کا ایک نتیجہ یہ بھی ہو رہا ہے کہ گھروں میں بیٹھنے والے مرد باہر نکل آئے ہیں بے وقوف تو بے وقوف ہے وہ یہ سمجھتے ہیں کہ یہ احمقانہ تحریک واقعی کامیاب ہوسکتی ہے اور نازکستان میں مرد کی حکومت قائم ہوسکتی ہے۔ خیر مردوں سے تو کوئی تعجب نہیں اس لیے کہ بے چارے ناقص العقل ہوتے ہیں جوان کو سمجھا دیا گیا سمجھ لیتے ہیں مگر تعجب تو ہوتا ہے ان عورتوں پر جو ''مردراج'' کے نعرے بلند کرتی ہیں آخر وہ کیا سمجھ کر اس تحریک میں شامل ہوئی ہیں۔''

ہم نے کہا۔ ''آج روزنامہ سیکلی میں کوئی صاحبہ ہیں خلیق النساء بیگم ان کا بہت زبردست بیان شائع ہوا ہے۔''

بیگم نے کہا۔" اچھا؟ میں نے نہیں دیکھا کہاں ہے اخبار ذرا لاؤ تو سہی۔"

ہم نے کہا۔" اب کھانا کھالیتیں اس کے بعد اخبار بھی دیکھ لینا سارا دن ہو گیا۔ یوں ہی ناشتہ ذرا سا کئے ہوئے نکلی ہو۔"

بیگم نے کہا۔" میں کھانا کھاتی ہوں تم ذرا وہ بیان پڑھ کر سنا دو وہ بڑا ضروری بیان ہے مجھے تو ان بیگم صاحبہ کے کسی بیان کا انتظار ہی تھا۔ بیگم کھانے پر بیٹھ گئیں اور ہم نے روزنامہ" سہیلی" لا کر خلیق النساء بیگم کا بیان پڑھنا شروع کیا:

" سچ بولتی ہوں جھوٹ کی عادت نہیں مجھے!

مجھ سے کہا جا رہا ہے اور بااصرار کہا جا رہا ہے کہ میں" تحریک مردراج" کے سلسلہ میں اپنی رائے کا اظہار کروں۔ ایک طرف دل کی آواز ہے دوسری طرف زبان بندی کے قوانین اور حکومت کی وحشیانہ سخت گیریاں۔ مگر یہ طاقت خداوند کریم نے صرف سچ ہی کو عطا فرمائی ہے کہ وہ تختہ دار پر بھی سچ ہی رہتا ہے لہٰذا حکومت کی یہ کوشش کہ وہ تلوار دکھا کر سچائی کو کچل دے گی سوائے سراسیمگی کے اور کچھ نہیں ہے" مردراج" کی تائید میں جو ٹھوس دلائل ہیں ان کا جواب اگر طاقت کے بے جا استعمال سے نہ دیا جاتا تو سمجھنے اور سمجھانے کا موقع بھی پیدا ہو سکتا تھا۔ بہت ممکن تھا کہ عورتوں کی حکومت کی تائید میں بھی کچھ پہلو نکلتے اور اگر حکومت کو اپنے موجودہ نظام پر ایسا ہی بھروسہ تھا تو اس کو چاہیے تھا کہ" مردراج" کی تحریک کو کچلنے کی کوشش کے بجائے موجودہ نظام کی تائید کے لیے ہم کو دلائل سے قائل کرتی۔ مگر دلائل کا جواب طاقت سے دینا بجائے خود اعتراف شکست ہے اور اس کے معنی سوائے اس کے کچھ نہیں کہ حکومت عقلی طور پر ہم کو قائل کرنے سے قاصر رہ کر اپنی طاقت سے خاموش کرنا چاہتی ہے۔ بہت ممکن ہے کہ حکومت کا یہ طرز عمل وقتی طور پر زباں بندی میں کامیاب ہو جائے گا مگر اس تفتیش کو ہمیشہ کے لیے ابھار دے گا کہ حکومت کے پاس سچائی کو دبانے کے لیے پولیس کے ڈنڈوں اور فوج کی توپوں اور بندوقوں کے سوا کوئی معقول جواب نہ تھا بلکہ اگر میں یہ کہوں تو غلط نہ ہو گا کہ اس تحریک کو ترقی دینے اس تحریک کی سچائی کو نمایاں کرنے اور اس تحریک سے عام ہمدردی پیدا کرنے کے لیے حکومت کا یہ مخالفانہ طرز عمل ہی دراصل موافقانہ طرز عمل ہے اور اسی سے ملک میں اس تحریک کی جڑیں مضبوط ہوں گی۔ غالباً حکومت کو اس کی خبر نہیں ہے کہ کسی قومی تحریک میں شہید ہونے والیاں مرتی نہیں بلکہ بوئی جاتی ہیں وہ پیوند زمین ہو کر ملک کے لیے اپنی ہی سی ہزاروں خادمائیں اس طرح مہیا کر دیتی ہیں۔ جس طرح ایک تخم زمین میں جا کر ہزاروں پھل اور پھول دے دیتا ہے ہماری قومی تحریک ہمارے قومی نعروں سے کہیں زیادہ حکومت کی تلوار کی جھنکار سے بیدار ہو رہی ہے اور ہو گی۔

" مردراج" کی تحریک کی تائید میں کر رہی ہوں۔ میں عورت ہوں میرے سینہ میں ایک عورت کا دل ہے اور اسی دل سے یہ سچائی

امنڈ کر میرے قلم کی زبان پر آ رہی ہے کہ مرد کی حکومت فطرت کی منشاء کے عین مطابق ہے کوئی کم زور کسی شہ زور کا محافظ نہیں ہو سکتا۔ عورت اور مرد کی جسمانی ساخت ہی اس دعوئی کی مسکت دلیل ہے کہ عورت گھر میں بیٹھ کر مرد کے دل پر حکومت کرنے کے لیے وضع کی گئی ہے اور مرد زندگی سے لڑنے اور مشکلات زندگی کا مقابلہ کرنے کے لیے دنیا میں آیا ہے ہم کو نازکستان میں ہر طرح کی آزادی حاصل ہے حکومت حاصل ہے مگر ہمارے دلوں کو اطمینان حاصل نہیں ہم کو سیرابی کے باوجود ایک تشنگی سی محسوس ہوتی ہے۔ دراصل وہ کمی ہے محبت کی' وہ کمی ہے ناز برداریوں کی' وہ کمی ہے عشوہ نازکی جو عورت کے پیدائشی حقوق ہیں عورت فطرتاً پیاسی ہوتی ہے۔ مرد کی طرف سے پرستاروں کی' مرد کی طرف سے اصرار اور اپنی طرف سے اصرار کو شدید بنانے کے انکار کی' وہ چاہتی ہے وہ سراپا ناز ہو اور مرد اس کا ناز بردار' مرد اس پر اور وہ مرد کے دل پر حکومت کرے نازکستان نے سطحی آزادی اور نمائشی حکومت تو حاصل کر لی مگر عورت کے ان فطری مطالبات کو نیست و نابود کر دیا ہے پھر بھی آخر کہاں تک کاغذ کی ناؤ چلے' اب اس کے ڈوبنے کا وقت آ چکا ہے اور منشائے فطرت کے خلاف حکومت نے جو نظام مرتب کر رکھا ہے وہ بہت جلد بکھرنے والا ہے۔ ہم چند نمائشی اختیارات کے عوض اپنے فطری مطالبات کو نظر انداز کرنے سے قاصر ہیں۔''

بیگم نے نہایت غور سے اس بیان کو سنا اور کھانا کھاتی رہیں جب ہم نے بیان پڑھ کر ختم کیا تو بیگم نے نہایت تشویش کے ساتھ کہا۔ ''بڑا زہریلا بیان ہے بہت ممکن ہے کہ مجھے آج ہی خلیق النساء بیگم کی گرفتاری کا حکم مل جائے اور اخبار سہیلی کے دفتر پر بھی چھاپا مارنا پڑے یہ تحریک رنگ لا کر رہے گی سنا ہے کہ بیگم گنج میں تو کرفیو آرڈر تک نافذ کر دیا گیا ہے۔''

بیگم یہ باتیں کر رہی تھیں کہ باہر سے بڑے زور کے نعروں کی آواز آنے لگی۔ ''انقلاب زندہ باد۔'' ''مرداراج'' موہنی داسی زندہ باد۔ ''خلیق النساء زندہ باد'' گولیاں چلانے والیاں ناش ہوں پولیس پر جھاڑو پھرے۔ حکومت کا مردہ نکلے۔'' بیگم نے فوراً کوٹھے پر چڑھ کر ہم کو آواز دی اور ہم بھی کوٹھے پر آ گئے جہاں سے سب کچھ صاف نظر آ رہا تھا۔ کوتوالی کے پھاٹک پر ہزاروں عورتوں کا مجمع تھا۔ جو ایک جھنڈا لیے کھڑی نعرے بلند کر رہی تھیں۔ جھنڈے پر کچھ جھاڑو سی بنی ہوئی تھی۔ ہم نے بیگم سے پوچھا۔ ''یہ جھنڈے پر جھاڑو سی کیا بنی ہے۔''

بیگم نے مسکرا کر کہا۔ ''جھاڑو نہیں یہ مونچھ ہے گویا انقلابی جماعت مونچھ راج چاہتی ہے یعنی مرد راج'' بیگم ہم کو سمجھا ہی رہی تھیں کہ اس مجمع نے کوتوالی نے سامنے ہی ایک جلسہ کی صورت اختیار کر لی اور ایک نوجوان خاتون نے ایک بلند جگہ پر کھڑے ہو کر یہ جوشیلے اشعار پڑھنا شروع کر دیئے۔

جان دینے آئے ہیں ہم سر کٹانے آئے ہیں
ہم کفن باندھے ہوئے ہیں جسم پر سر لائے ہیں
زندگی کا رقص ہو گا گولیوں کی مار میں
چوڑیاں کھنکیں گی اب تلوار کی جھنکار میں
وہ ہمیں روندے گی اور ہم لہلہاتے جائیں گے
موت ہی کو زندگی اپنی بناتا ہے ہمیں!
گولیاں سینوں پہ کھا کر مسکراتا ہے ہمیں!
عورتوں کے ہاتھ ہی اب عورتوں کی لاج ہے
امتحاں کا وقت سن لو عورتو تم آج ہے

عورتوں کے سر پہ بے ڈھنگا سا ہے مردوں کا تاج
ہم کو مردوں کے لیے لینا پڑے گا مرد راج

اس نظم کے بعد پھر مردراج زندہ باد' انقلاب زندہ باد' موہنی داسی زندہ باد' خلیق النساء زندہ باد' پولیس پر جھاڑو پھرے۔ حکومت کا مردہ نکلے۔ گولی چلانے والیوں کا ناش ہو۔" کے نعرے بلند کیے گئے اور ایک دوسری خاتون نے بڑی جوشیلی تقریر میں آج کے جلسہ میں گولی چلانے پر پولیس کو اور بیگم کا نام لے کر ان کو نہایت سخت سست کہا اور بیگم کھڑی مسکراتی رہیں۔ آخر جب مقررہ نے اپنے جوش میں کہا کہ عورتوں! تمہاری غیرت کہاں ہے۔ تمہارا جذبہ انتقام کہا سو رہا ہے تمہاری بہنوں کو پولیس نے جس درندگی کے ساتھ گولیوں کا نشانہ بنایا ہے۔ اس کے انتقام کا وقت یہی ہے تم کو اگر مارنا نہیں آتا تو مرنا کیوں بھول رہی ہو۔"

اس تقریر کو ادھورا چھوڑ کر بیگم نیچے اتر آئیں اور پہلے تو ٹیلیفون پر کسی سے باتیں کرتی رہیں۔ اس کے بعد جلدی جلدی وردی پہن کر ریوالور بھرا اور باہر نکل گئیں۔ یہاں ڈر کے مارے ہمارا برا حال تھا کہ نہ جانے کیا ہونے والا ہے۔ ہم پھر کوٹھے پر چڑھ گئے بیگم نے باہر جا کر پہرہ اور بھی سخت کر دیا اور مجمع کو منتشر ہونے کا مشورہ برابر دے رہی تھیں مگر مجمع کوتوالی پر حملہ کرنے کے خوفناک ارادے کر رہا تھا کہ اتنے میں گھوڑا سوار پولیس کی ایک بہت بڑی جماعت آ پہنچی اور سوارنیوں نے مجمع کو دور تک ہٹا دیا۔ مگر مجمع منتشر نہ ہو سکا۔ آخر بیگم نے ہوائی فیر کرنے کا حکم دیا۔ جس کا نتیجہ خاطر خواہ نکلا اور ہر طرف سے اوئی اوئی کہہ کر بھاگنے والیوں کی آوازیں آنے

لگیں کچھ جو باقی رہ گئیں تھیں ان میں وہ مقررہ اور شاعرہ بھی تھی جس نے نظم پڑھی تھی ان دونوں کو گرفتار کرنے کے بعد باقی مجمع کو سوار نیوں نے منتشر کر دیا اور ساری رات کوتوالی پر زبردست پہرہ رہا۔ بیگم بھی تمام رات وردی پہنے اپنی کار پر شہر کا گشت کرتی رہیں اور ساری رات جاگ کر گزاری ادھر گھر میں ہم کو مارے ڈر کے نیند نہ آسکی کہ خدا جانے کب کوتوالی پر حملہ ہو جائے مگر خیریت کے ساتھ صبح ہوگئی۔

ایک طرف تو نازکستان میں اس تحریک کا زور تھا۔ سارے ملک میں جیسے آگ سی لگی ہوئی تھی۔ جیلوں میں جگہ نہ رہی تھی اور دوسری طرف مصیبت یہ تھی کہ ایوان خواتین کے عام انتخاب سر پر تھے۔ اس کا ایک طوفان برپا تھا بلکہ بیگم کا تو خیال تھا کہ مرد راج کی تحریک اسی الیکشن کے طفیل میں ہے۔ مرد راج کے ٹکٹ پر امیدوارنیاں کھڑی ہوں گی اور انتخاب لڑیں گی اور آج کل اخباروں میں بھی اسی قسم کا پروپیگنڈہ ہو رہا تھا روزنامہ سہیلی کی ایڈیٹرس صاحبہ نوشابہ خانم خود مرد راجسٹ تھیں اور ان کا اخبار مرد راج تحریک کا سب سے بڑا وکیل تھا۔ مکمل مرد راج کی منزل تو خیر ابھی دور تھی مگر مرد راجسٹ جماعت کی اس وقت سب سے بڑی کوشش یہ تھی کہ ایوان خواتین میں ان کی اکثریت رہے تاکہ حقوق طلاق۔ حقوق بے پردگی شہری حقوق وغیرہ دلوا سکیں اور خود ایوان خواتین میں مردوں کے لیے کچھ نشستیں محفوظ ہو سکیں مگر حکومت کی طرف سے پوری کوشش یہ ہو رہی تھی کہ مرد کو ان میں سے ایک حق بھی نہ ملنے پائے اگر مرد نے کسی ایک حق پر بھی قبضہ کیا تو وہ حکومت اور سارے نظام کا تختہ الٹ کر رکھ دے گا۔ حکومت کے اشارے پر چند اور جماعتیں بھی پیدا ہو گئی تھیں مثلاً انجمن تحفظ حجابات ذکور جس کا نصب العین صرف یہ تھا کہ خواہ کچھ بھی ہو مرد کا پردہ ہر حالت میں قائم رہے اور ان تمام تحریکوں کا مقابلہ کیا جائے جو مرد کی آزادی اور مرد کی بے پردگی کی بدعتیں لے کر اٹھی ہیں یہ جماعت براہ راست مرد راجسٹ پارٹی سے ٹکر لینے کے لیے اٹھی تھی اور انتخابات میں اپنی امیدوارنیاں بھی کھڑی کر رہی تھی ایک تیسری جماعت آل نازکستان انڈیپنڈنٹ لیگ کے نام سے ظہور میں آئے تھی۔ اس جماعت کا مقصد یہ تھا کہ موجودہ صدر ایوان خواتین علیہا حضرت فخر النساء بیگم صاحبہ کی صدارت کسی طرح قائم رہے یہ لیگ دراصل ان ہی کے سرمایہ سے ظہور میں آئی تھی۔ مگر عام خیال یہ تھا کہ اس مرتبہ ان کا برسر اقتدار رہنا ممکن نہیں ہے اس لیے کہ اگر مرد راجسٹ پارٹی کی اکثریت ہوئی تو صاحبہ صدر ان ہی کی جماعت کی کوئی خاتون ہوں گی اور اگر انجمن تحفظ حجابات ذکور کو کامیابی ہوئی تو بھی ان کو اکثریت مشکل ہی سے حاصل ہوگی بہ ہر صورت پورے ملک میں انتخابات کی آگ لگی ہوئی تھی خود ادھر سے مرد راجسٹ پارٹی کے ٹکٹ پر خلیق النساء بیگم امیدوار تھیں۔ انجمن تحفظ حجابات ذکور کی طرف سے اختر زمانی بیگم صاحبہ امیدوار تھیں اور آل نازکستان انڈیپنڈنٹ لیگ کے ٹکٹ پر سردار صاحبی جگت کور کھڑی ہوئی تھیں۔ روزنامہ

''سہیلی'' میں خلیق النساء بیگم صاحبہ کی حمایت میں ہر روز کالم کے کالم سیاہ نظر آتے تھے اور ایک دوسرے مقامی روزنامہ ''ثریا'' میں اختر زمانی بیگم صاحبہ کی تائید بڑے زور شور سے ہو رہی تھی۔ انڈیپنڈنٹ لیگ کا کوئی آرگن نہ تھا مگر زور یہ جماعت بھی کافی باندھے ہوئے تھی ہم کو یہ تمام خبریں کچھ اخبارات سے اور کچھ بیگم کی زبانی معلوم ہوتی رہتی تھیں شہر میں بہت بڑے بڑے جلسے ہو رہے تھے اور ہر جلسہ میں ہنگامہ کا ہر وقت امکان رہتا تھا اس لیے کہ بہ قول بیگم کے تمام مقررات ایک دوسرے کے دوپٹے اچھالنے کی فکر میں رہتی تھیں اور مخالف جماعت یہ کوشش کرتی تھی کہ جلسہ درہم برہم ہو جائے آخر وہی ہوا جو بیگم کہہ رہی تھیں یعنی ایک دن انجمن تحفظ حجابات ذکور کے جلسہ میں ایک مقررہ نے خلیق النساء بیگم پر کچھ ذاتی حملے شروع کر دیئے کہ ان کا مقصد تو یہ ہے کہ عیاشیوں اور بدمعاشیوں کے دروازے کھل جائیں۔ مرد پردے سے باہر آجائیں اور ان کا پہلو گرمانے کے لیے ان کے ساتھ ایوان خواتین میں بیٹھیں اگر ان کو ایسا ہی شوق ہے اور وہ ایسے ہی آپے سے باہر ہیں تو بداخلاقیوں کے دروازے آج بھی بند نہیں ہیں۔ صرف جائز یا ناجائز کا فرق ہے مگر وہ چاہتی ہیں کہ ناجائز کے لیے جواز حاصل ہو جائے حالاں کہ اس کا نتیجہ سوائے اس کے اور کچھ نہیں ہو سکتا کہ ہمارے پردہ نشین عصمت ماب مرد اخلاقی طور پر تباہ ہو جائیں گے۔ یہ مردراجسٹ تحریک اگر خدانخواستہ کامیابی کے قریب بھی پہنچی تو سارے ملک میں حیاسوزیوں کا وہ طوفان امنڈے گا کہ شریف خواتین کے لیے سوائے مرجانے' جان دے دینے اور خودکشی کرنے کے اور کوئی صورت باقی نہ رہے گی سمجھ میں نہیں آتا کہ ان کی غیرت اور حمیت یہ کیوں کر گوارا کر لے گی ان کے صاحبان حرم نہ صرف خلوت سے جلوت میں آجائیں بلکہ نامحرم عورتوں کے پہلو بہ پہلو ایوان میں جا کر بیٹھیں تیل اور آگ کے قرب کا جو نتیجہ ہو سکتا ہے وہ ظاہر ہے مگر مردراجسٹ تحریک کے علم بردار شوقی مزاج خواتین اپنی ہوس رانیوں پر ناموس کو بھی قربان کر دینے کا فیصلہ کر چکی ہیں وہ شریف بیٹوں' دامادوں کو گھروں سے باہر کھینچ لینا اور اپنی آغوش آباد کر لینا چاہتی ہیں۔ مقررہ نے اسی قسم کی تقریر کرنے کے بعد خلیق النساء بیگم کا نام لے کر کہا کہ آخر وہ خود اپنے یہاں کے مردوں کو اپنے بیٹوں اور دامادوں کو منظر عام پر لا کر عورتوں کو دعوت نظارہ کیوں نہیں دیتیں۔ یہ سننا تھا کہ مردراجسٹ تحریک کی حامی خواتین ضبط نہ کر سکیں اور ایک طرف سے خاموش رہو۔ خاموش رہو۔'' کا شور برپا ہوا۔ پھر خلیق النساء بیگم زندہ باد۔ مردراج زندہ باد'' کے نعرے لگائے گئے ادھر سے ان نعروں کا جواب دیا گیا۔ ''مردراج ناش ہو مرد کا پردہ یا عورتوں کی موت خلیق النساء ڈوب مرے موہنی داسی مردہ باد۔'' آخر پتھراؤ شروع ہوا دونوں طرف کی عورتوں میں جھوٹم جھاٹا ہوئی اور آخر پولیس کو مداخلت کر کے امن بحال کرنا پڑا۔ مردراجسٹ پارٹی کو وہاں سے منتشر کیا گیا ان عورتوں نے ایک دوسرے پارک میں فوراً جلسہ کیا اور پولیس اور حکومت کی اس جانب داری کے خلاف خوب لعنت ملامت کی جو وہ انجمن تحفظ حجابات

ذکور کے سلسلہ میں واقع کر رہی تھی جلسہ میں بڑا جوش تھا آخر خود خلیق النساء یا پولیس نے ٹکرانے کی کوشش کی تو حکومت کا اصل مقصد پورا ہو جائے گا وہ آپ کو جیلوں میں پہنچا کر اپنا من مانا انتخاب چاہتی ہے اور ہم کو یہ بتا دینا ہے کہ ملک میں عام خواتین حکومت کے ساتھ نہیں بلکہ ہمارے ساتھ ہیں مجھے ان ٹوڈی بچیوں سے کوئی شکوہ نہیں وہ تو گراموفون ہیں اور ان پر ریکارڈ حکومت کا بج رہا ہے جس تقریر پر آپ سب برافروختہ ہوئی ہیں۔ اس میں میری ذات پر حملے تھے۔ مگر ایسے حملے تو آپ کو ملک وقوم کی خاطر....... اپنے مقصد اور اپنے مشن کی خاطر ٹھنڈے دل سے سننا ہی پڑیں گے بلکہ یہی حملے عام رائے کو ہماری تائید میں کر دیں گے میں آپ سب سے اپیل کرتی ہوں کہ آپ خاموشی سے منتشر ہو کر اپنے کام میں لگ جائیں خلیق النساء بیگم صاحبہ کی اس تقریر کے بعد سب خواتین منتشر ہو گئیں اور پولیس کانسٹیبلنیوں کو اپنی بندوقوں سے باحسرت و یاس وہ کارتوس نکالنا پڑے جو وہ بھر چکی تھیں۔

اسی قسم کے جلسے ہوتے رہے۔ جلوس اٹھتے رہے۔ اخبارات کے کالم سیاہ ہوتے رہے واقعی خوب خوب ایک نے دوسرے کی قلعی کھولی روز ثریا نے لکھا کہ خلیق النساء بیگم مردوں کے ساتھ ناچتی ہیں روزنامہ نے لکھا کہ خلیق النساء بیگم نہیں بلکہ اختر زمانی بیگم کے حرم میں چار مرد ہیں ہم نے چونک کر بیگم سے پوچھا۔

''کیا واقعی اختر زمانی بیگم کے حرم میں چار مرد ہیں؟''

بیگم نے بے پروائی سے کہا''ہاں ہیں تو ضرور ان کے چار شوہر مگر اس میں ہرج ہی کیا ہے چار تک تو جائز ہیں۔''

ہم نے دنگ ہو کر کہا۔''یعنی ایک عورت چار شوہر کر سکتی ہے۔''

بیگم نے کہا'' کیوں اس میں آپ کو کوئی اعتراض ہے میری طرف سے کوئی اندیشہ نہ کیجئے میرا ارادہ فی الحال یہ نہیں ہے کہ تمہارے سر پر کوئی سوتا لاؤں مگر یہاں تو بے شمار عورتیں ایسی ملیں گی جن کے دو تین یا چار شوہر ہیں کسی نے اولاد کے لیے دوسری شادی کر لی ہے تو کسی نے جائیداد کے لیے اور کسی نے یوں ہی۔''

ہم نے کہا۔''صاحب یہ چیز نہایت غلط ہے اور وہ چاروں مرد جانتے ہیں کہ ان کی بیوی کے تین شوہر اور ہیں۔''

بیگم نے کہا۔'' کیوں جانتے کیوں نہیں ہیں البتہ ایک دوسرے سے جلتے بہت ہیں جلنے کا مادہ تو مرد میں ہوتا ہے وہ رقابت کو تو برداشت ہی نہیں کر سکتا۔ ایک بیوی کا شوہر دوسرے شوہر کے خون کا پیاسا ہوتا ہے۔

ہم نے کہا''اور بیگم صاحبہ سے کوئی کچھ نہیں کہتا کہ یہ کیا حرکت ہے۔''

بیگم نے کہا''تم نے تو ابھی سے مرد راج شروع کر دیا گویا مردوں میں اب اتنی ہمت ہو گئی ہے کہ وہ اپنی مالکہ اپنی زوجہ سے یہ

پوچھیں کہ تم نے دوسری شادی کیوں کی۔ یہاں کے بہت سے مرد تو خود اپنی بیویوں سے کہہ دیتے ہیں کہ اگر مجھ سے تمہارے یہاں اولاد نہیں ہے تو تم جہاں چاہو شادی کر سکتی ہے۔''

نازکستان آ کر اور اتنے دنوں تک یہاں رہنے کے بعد یوں تو ہم اس زندگی کی عادی ہو چکے تھے مگر بیگم کی زبانی یہاں کے اس رواج کو سن کر ہاتھوں کے طوطے اڑ گئے' پیروں تلے سے زمین نکل گئی ایک عورت کے ایک سے زیادہ شوہر کا تصور بھی ہمارے ذہن میں نہ آ سکتا تھا۔ سچ پوچھئے تو آج پہلی مرتبہ جی چاہا کہ کسی طرح ہم کو پر پرواز مل جائیں اور ہم یہاں سے اڑ جائیں کسی طرف' نازکستان سے نفرت اور وحشت سی ہونے لگی اور بیگم کے جانے کے بعد بھی ہم دیر تک سوچتے رہے کہ اگر خوانخواستہ شیطان کے کان بہرے ہماری بیگم نے بھی عقد ثانی کا ارادہ کر لیا تو ہم اس بے غیرتی اور حد سے گزری ہوئی بے شرمی کو کیوں کر برداشت کر سکیں گے اس سلسلہ میں ہمارے اضطراب کا اندازہ اسی سے ہو سکتا ہے کہ خدا بخش اور عبدالکریم تک سے ہم یہ سوال کر بیٹھے؟''

''کیوں خدا بخش کیا یہاں ایک عورت کئی کئی شادیاں کر سکتی ہے۔''

''خدا بخش تو خیر ایک ٹھنڈی سانس بھر کا کچھ آبدیدہ سا ہو گیا۔ مگر عبدالکریم نے کہا'' جی ہاں حضور ایک عورت چار شادیاں کر سکتی ان ہی کی بیوی نے دوسری شادی کر لی ہے۔''

ہم نے حیرت سے کہا'' خدا بخش کی بیوی نے کیا واقعی ان کی بیوی کا ان کے علاوہ کوئی اور شوہر بھی ہے۔''

عبدالکریم نے کہا:'' ان کے علاوہ ایک چھوڑ دو اور۔''

خدا بخش نے کہا۔'' خیر دوسری شادی تو اب تک نہیں کی ہے یوں ہی ڈال لیا ہے اس کو مگر ایک کے ساتھ تو نکاح ہو چکا ہے بلکہ دو بچے بھی ہیں اس سے۔''

ہم نے کہا'' اور تم یہ برداشت کرتے ہو یعنی اس کے باوجود یہ کہتے ہو کہ وہ کم بخت تمہاری بیوی ہے۔''

خدا بخش نے کہا۔'' ناسرکار نا۔ ان کو کم بخت نہ کہیے۔ وہ تو عورت ذات ہیں۔ ان کو حق ہے ایک چھوڑ چار شادیاں کرنے کا میرے لیے تو یہی بہت ہے کہ خدا ان کو سلامت رکھے ان کے دم سے میں سہاگی ہوں البتہ قیامت کے دن میں اس بے انصافی پر ضرور دامن گیر ہوں گا ان کا کہ انہوں نے دوسرا مرد لا کر مجھ کو بالکل بھلا ہی دیا ہے۔ اس کے لیے سب کچھ ہے اور میرے لیے کچھ نہیں جس گھر میں راجہ بن کر رہا' وہاں مجھ سے خود اپنے سوتے کی غلامی نہ ہو سکی بیوی نے مجھ کو میرے میکے بھیج دیا اور پھر خبر نہ لی۔''

عبدالکریم نے کہا۔'' میں اس کو بڑا سمجھاتا ہوں سرکار کہ تو روٹی کپڑے کا دعویٰ کر دے اپنی بیوی پر' مگر یہ تو ہے گدھا۔ اچھی

خاصی کھاتی پیتی ہے سرکار اس کی بیوی سوروپیہ مہینے کی پولیس میں نوکر ہے۔''

خدا بخش نے کہا۔ پولیس میں ہیں فوج میں صوبیدارنی ہے میں بھی سوچتا ہوں حضور کہ روٹی کپڑے کا دعویٰ کیا تو کچہری عدالت میں رسوائی کس کی ہوگی اپنی بیوی کی' ان کی ذلت کس کی ذلت ہے میری' دوسرے ایک وفادار میاں کا فرض کیا ہے کہ جس میں اس کی مالکہ خوش اسی میں وہ بھی خوش' سرکار وقت پڑ گیا ہے کہ آپ کے یہاں خدمت کر رہا ہوں ورنہ تقدیر خراب نہ ہوتی اور ان کی نظریں مجھ سے نہ پھر جاتیں تو میں خود گھر کے باہر قدم نہ نکالتا۔ میری ماں تو آج چاہتی ہے کہ فارغ خطی لے مگر میں نے صاف سب سے کہہ دیا ہے کہ ایک شریف مرد کا نکاح بس ایک مرتبہ ہوتا ہے۔ قاضی نکاح پڑھاتا ہے اور موت اس کو فارغ خطی دیتی ہے وہ جس طرح بیاہ کر لائی تھیں اسی طرح اگر اپنے ہاتھ سے جا کر مٹی ٹھکانے لگا دیں تو اس سے بڑھ کر میری خوش نصیبی اور کیا ہو سکتی ہے مگر اب تو معلوم ہوتا ہے کہ جیسے قسمت میں یہ بھی نہیں ہے۔''

اس عرصہ میں عبدالکریم کسی کام سے اٹھ کر گیا تو ہم نے خدا بخش سے کہا۔

''اس عبدالکریم کی بیوی تو ٹھیک ہے؟''

خدا بخش نے چپکے سے کہا اس کی شادی کہاں ہوئی ہے سرکار جس عورت کے پاس یہ آج کل ہے وہ اسے بھگا کر لائی ہے۔ اس کی سسرال سے اور خود اس کی اصلی بیوی تو اس کی کھوج میں چاقو لیے پھرا کرتی ہے کہ کہیں مل جائے کریم تو اس کی ناک کاٹ لے۔ مگر سرکار اس کم بخت کو بھی نہ جانے کیا سوجھی تھی۔ اچھی بھلی بیوی کو چھوڑ چھاڑ اس کم بخت بدمعاش عورت کے ساتھ بھاگ نکلا' جو دن رات تو نشہ میں رہتی ہے۔ اس کی ایک ایک چیز بیچ کر پی گئی مگر یہ ہے کہ کم بخت اس پر لٹو ہے۔''

اس گفتگو سے آج پھر اتنے دنوں کے بعد ہم کو یہ معلوم ہوا کہ گویا ہم کسی خواب کی دنیا میں پہنچ گئے ہیں اور یہ سب خواب ہے۔

ایک روز بیگم نے باہر سے آ کر ہم کو علیحدہ لے جا کر کہا'' اور بھی کچھ سنا ہے یہ جو آپ کے ملازم ہیں عبدالکریم ان کی کہیں سے ایک بیوی پیدا ہو گئی ہیں اور وہ میرے پاس آئی ہیں کہ میں ان کے شوہر کو ان کے حوالے کر دوں۔

ہم نے کہا۔'' ہاں مجھے خدا بخش سے معلوم ہو چکا ہے کہ یہ کم بخت اپنی بیوی کو چھوڑ کر کسی اور بدمعاش عورت کے ساتھ بھاگ آیا ہے۔''

بیگم نے کہا۔'' مگر تم نے مجھ کو خبر نہ کی ایسے مرد کو تو گھر میں رکھا ہی نہیں جا سکتا جو اس حد تک آوارہ ہو چکا ہو کہ ایک بیوی کے ہوتے ہوئے دوسری عورتوں کے ساتھ بھاگا پھرے۔''

ہم نے کہا۔"مگر پہلے تم تحقیقات تو کر لو ممکن ہے کہ اس کی بیوی ہی کی کچھ زیادتی ہو۔"

بیگم نے کہا"کیا کہنا ہے آپ کا بیوی کی زیادتی کیا ہو سکتی ہے یہ خود ہی بد معاش ہے اور فرض کر لو کہ زیادتی بھی سہی تو کیا کسی غیر عورت کے ساتھ بھاگ آنا جائز کہا جا سکتا ہے۔"

ہم نے کہا۔"پھر اب کیا کرو گی اگر وہ لے گئی اپنے میاں کو تو ہمارے یہاں ایک پرانا ملازم گیا نئے نوکر ذرا مشکل سے مطلب کے ہوتے ہیں اور آج کل نوکر ملنے میں جو مصیبت ہو رہی ہے وہ تم جانتی ہی ہو۔"

بیگم نے کہا۔"اجی وہ تو اس فکر میں پھر رہی تھی کہ یہ حضرت ملیں تو ان کی ناک مونچھ کاٹ لے وہ تو کہئے کہ اس کو سمجھا بجھا کر میں نے بہت کچھ دھیما کر دیا ہے اور وہ اس پر راضی ہو گئی ہے کہ اگر آپ کو اس عورت کے پنجہ سے چھوڑا دیں جو اس کو بھگا لائی ہے تو شوق سے اپنے یہاں نوکر رکھ سکتے ہیں مگر وہ اس سے ملنا ضرور چاہتی ہے اور میں بھی یہ چاہتی ہوں کہ واقعی اس کو اس کی بیوی کے حوالے کر دیا جائے وہ تھوڑا بہت مار پیٹ کر اسے پھر ہمارے حوالے کر دے گی اور اس شرابن کو تو میں آج ہی گرفتار کرتی ہوں اور ذرا تم عبدالکریم کو بغیر کچھ کہے میرے پاس بلاؤ۔"

ہم نے جا کر کریم سے کہا کہ"آؤ تم کو سرکار بلاتی ہیں۔"اسے کیا خبر تھی کہ کیوں بلایا گیا ہے جلدی سے اس نے صافہ باندھا۔ مونچھوں کو درست کیا اور ہمارے ساتھ آ کر نہایت ادب سے بیگم کے سامنے کھڑا ہو گیا بیگم نے گویا یوں ہی پوچھا۔"کریم تمہاری بیوی کہاں ہے۔آج کل سنا ہے کہ اس نے بہت ہی زیادتی شروع کر دی ہے شراب کی۔"

کریم نے کہا"جی ہاں سرکار میں کیا کہوں میری تو سنتی ہی نہیں دن رات شراب ہے اور وہ ہے۔"

بیگم نے کہا۔"اور وہ رہتی کہاں ہے؟"

کریم نے کہا۔"میں کیا جانوں سرکار کبھی کسی کلوران کی دکان پر ملتی ہے کبھی کسی بھٹی میں۔"

ہم نے کہا۔"اور اب تو وہ ان سے بھی کہہ رہی ہے کہ یہاں کہاں پڑے ہو میں تم کو اس سے زیادہ اچھی جگہ رکھوا دوں گی۔"

کریم نے کہا۔"خیر یہ بات میں اس کی ماننے والا نہیں۔"

بیگم نے کہا۔"اس کم بخت کا یہ ارادہ معلوم ہوتا ہے کہ تجھ سے کموائے اور خود مزے اڑائے۔"

اس بات پر کریم نے لجا کر گردن جھکالی۔بیگم نے اپنا سلسلہ گفتگو جاری رکھتے ہوئے کہا۔"میں اس کا بلا کر سمجھانا چاہتی ہوں کہ اگر وہ بھلی عورتوں کی طرح رہتا ہے تو اس کو یہیں رکھا جا سکتا ہے۔مگر نشہ پانی اس سے کیوں چھوٹنے لگا۔"

کریم نے کہا" اگر سرکار اس کو بلا کر ڈرائیں دھمکائیں تو شاید راہ راست پر آ جائے۔ وہ اس وقت بھی مجھ سے وہ سب روپے چھین کر لے گئی ہے۔ جو بی بی کی پیدائش کے سلسلہ میں مجھ کو انعام میں ملے تھے اب چنبیلی باغ کے تاڑی خانہ میں ہوگی۔"

بیگم نے کہا۔" اچھا تم جاؤ میں اس کا انتظار کروں گی۔"

کریم کے جانے کے بعد ہم نے کہا" کیا واقعی اس کو بلاؤ گی۔"

بیگم نے کہا" اس کو تو بلا کر میں وہ ماروں گی کہ سارا نشہ ہرن ہو جائے گا اب ذرا تماشہ دیکھنا تم۔"

یہ کہہ کر بیگم تو باہر چلی گئیں اور ہم اپنے کاموں میں لگ گئے شوکیہ کی فراک میں پھول بنانا تھے وہی لے کر بیٹھ گئے۔ تھوڑی دیر کے بعد بیگم نے گھر میں آ کر کہا۔" وہ آپ کے کریم کی عاشقہ زار جھومتی جھامتی تشریف لائی ہیں تم ذرا ہٹ جاؤ میں اسے کریم کے سامنے بلاتی ہوں۔"

ہم کمرے میں جا کر باہر کا تماشہ دیکھنے لگے۔ بیگم نے باہر جا کر اس شرابن کو بلایا اور اندر لے آئیں پھر کریم کو بلا کر کہا۔" لیجئے یہ آ گئی ہیں آپ کی بیگم صاحب۔ یہ کتنے روپے لے کر گئی تھی تم سے۔"

کریم نے کہا۔" پانچ روپے سرکار اور مجھ سے قسم کھا کر وعدہ کر گئی تھیں کہ شراب نہ پیوں گی۔"

بیگم نے ڈانٹ کر کہا۔" کیوں ری۔ سن رہی ہے تو"

شرابن نے کہا۔" ٹھیک ہے سرکار جو چور کی سزا وہ میری

اچھی	پی	لی	خراب	پی	لی
جیسی	پائی	شراب	پی	لی

اور حضور ایک شعر اور یاد ہے کہ

تم	ہو	مئے	گلرنگ
میں	ہوں	لب	جو	ہو

"اور اس کے بعد اس کے بعد مگر سرکار بڑی مہنگی ہوتی جا رہی ہے دارو بھی بھلا غریب عورتیں کا ہے کو پی سکیں گی۔"

بیگم نے ایک کانسٹیبلنی کو بلا کر حکم دیا کہ" اس کے اوپر ایک مشک پانی ڈال دو سارا نشہ ہرن ہو جائے گا۔"

شرابن نے کہا۔" سرکار پانی نہیں ایک مشک شراب ڈلوا دیجئے تو نشہ ہرن نہیں نیل گائے ہو جائے گا۔ نیل بیل ہو جائے گا۔ بلکہ

بلکہ تیل ہاتھی ہوجائے گا۔تیل کنٹھا گراری۔ بلکہ جھمکا گراری ارے ہاں جھمکا گراری۔"

اب جو کانسٹیبلنی نے پانی کی مشک ان مساۃ کے سراقدس پر ایک دم سے ڈالی ہے تو گڑ بڑا گئیں معلوم ہوتا تھا۔ جیسے ڈوب رہی ہیں پانی پڑ جانے کے بعد واقعی کچھ دماغ ٹھکانے آیا۔ بیگم کو دیکھ کر ایک دم سلام کیا۔

بیگم نے کہا۔" کیوں لے گئی تھی تو اس کے روپے؟"

اس عورت نے کہا" خطا ہوئی سرکار۔دارو پینے کے لیے پیسے نہیں تھے میرے پاس۔

بیگم نے کہا۔" یہ کون ہے تیری عبدالکریم سچ سچ بتا نہیں تو ابھی ہنٹر بازی شروع کرتی ہوں۔"

اس عورت نے کہا۔" خاموش۔ میں تجھ سے نہیں پوچھتی عبدالکریم تو بتا۔"

کریم نے تھوک نگلتے ہوئے کچھ اٹک اٹک کر کہا۔" عورت ہے حضور میری۔"

بیگم نے کہا۔" عورت کیا چیز ہوتی ہے یہ تیری بیوی ہے یا نہیں۔

کریم نے کہا" بیوی ہی تو ہے میرا مطلب یہ ہے سرکار کہ میں بلکہ یہ بیوی ہی تو ہے۔"

بیگم نے کانسٹیبلنی سے کہا۔" لاؤ اس عورت کو فوراً"

کریم نے کھسکنے کی کوشش ہی کی تھی کہ بیگم نے ایک ہنٹر رسید کیا کہ" خبردار جو یہاں سے بھاگنے کی کوشش کی۔ مارتے مارتے چرسہ گرادوں گی تیرا۔حرام خور۔دغاباز۔ اچھا تو بتاؤ یہ شخص تیرا کون ہے ادھر ابن میں تجھ سے پوچھ رہی ہوں۔"

عورت پر نشہ کی تھوڑی بہت کیفیت اب تک تھی اس نے سنبھل کر کہا۔" جی ہاں حضور ٹھیک کہتا ہے یہ۔"

اس نے کہا۔" جو کچھ بھی یہ کہے ٹھیک ہی کہتا ہے۔"

بیگم نے ایک ہاتھ رسید کیا تو تلملا کر رہ گئی۔بیگم نے ڈانٹ کر کہا۔" کون ہے یہ مرد تیرا؟"

اس عورت نے کہا۔" اب سرکار میں کیا بول سکتی ہوں آپ مالکہ ہیں۔"

اتنے میں کانسٹیبلنی کے ساتھ ایک اور عورت آئی جسے دیکھ کر کریم نے پھر بھاگنے کا ارادہ ہی کیا تھا کہ بیگم نے ایک اور ہنٹر رسید کیا اور کانسٹیبلنی سے کہا۔" خبردار یہ شخص بھاگنے نہ پائے۔کیوں کریم پہچانتا ہے اس کو۔"

کریم نے کہا۔" میری بیوی ہے یہ"

بیگم نے اس عورت سے مخاطب ہوتے ہوئے کہا۔" یہی ہے تمہارا شوہر"

اس عورت نے کہا۔"جی ہاں سرکار میں سرکار کے قدموں پڑوں۔اس کو تو میرے حوالے کر دیجئے میں ان کی ناک مونچھ کاٹ کر دل کی لگی کو بجھالوں جیسی اس حرام خود کمینے نے میری عزت پر پانی پھیرا ہے میں بھی اس کی زندگی برباد کردوں۔"

بیگم نے کہا۔"اور یہ ہے وہ بدمعاش عورت جو تمہارے شوہر کو بھگا کر لائی ہے۔اس کو تو میں ابھی بڑے گھر کی سیر کراتی ہوں۔

کریم کی اصلی بیوی نے کہا۔"سرکار اس سزا سے میری پیاس نہ بجھے گی میں تو یہ کہتی ہوں کہ اسے بھی میرے سپرد کر دیجئے پھر میں اس کو مزہ چکھاؤں دوسروں کی عزت لینے کا۔"

بیگم نے شرابن سے کہا۔"کیوں اب کیا کہتی ہے کردوں میں اس کے سپرد تجھے۔

شرابن نے کہا۔"سرکار کو اختیار ہے میری خطا ہے اور میں ہر سزا کے لیے تیار ہوں۔دل سے مجبور تھی۔اس کم بخت دل نے مجھے دھوکہ دیا میں کریم پر شادی سے بہت پہلے سے مرتی تھی۔اس کی ماں نے میرے ساتھ اس کی شادی نہ کی اور ان کا روپیہ دیکھ کر ان کے ساتھ بیاہ بھی کر دیا اور چٹ پٹ گونا بھی ہو گیا مگر میری محبت پھر بھی نہ گئی۔میں نے اسے بھول جانے کے لیے شراب شروع کر دی اور اچھی خاصی شرابن ہو کر رہ گئی۔مگر شراب کے نشہ میں بھی محبت کا ہوش ہمیشہ رہتا تھا۔آخر میں نے وہ کیا جس کا نتیجہ آج بھگت رہی ہوں۔میں حضور سے سچ کہتی ہوں کہ چاہے میری بوٹی بوٹی کاٹ ڈالی جائے مگر کریم سے جو محبت مجھے ہے وہ میرے دل سے نہیں جا سکتی اور نہ کریم ہی مجھ کو بھول سکتا ہے۔"

بیگم نے کریم سے کہا۔"کیوں ٹھیک کہہ رہی ہے یہ تو اس کی محبت بھول نہیں سکتا۔"

کریم نے کہا۔"پاگل ہے سرکار یہ مجھے دم دلاسے دے کر بھگا لائی اور آج مجھے یہ دن دیکھنا پڑا۔مجھے اس سے اگر کچھ محبت تھی بھی تو اب وہ نفرت میں بدل چکی ہے۔"

بیگم نے کہا۔"تو میں بھیج دوا سے جیل میں اور تو رہے گا اپنی اصلی بیوی کے ساتھ۔"

کریم نے روتے ہوئے کہا۔"میں اب ان کے قابل نہیں رہا سرکار پھر بھی اگر مجھے اس قابل سمجھیں گی تو میں ان کے پیر دھو دھو کر پیوں گا۔" بیگم نے کریم کی اصلی بیوی سے کہا"اچھا اب تم میرے کہنے سے اسے معاف کر دو اس کی ذمہ دار میں ہوں اور ان بیگم صاحبہ کو میں آج ہی ٹھکانے لگائے دیتی ہوں۔"

اس عورت نے سر تسلیم خم کر دیا۔بیگم شرابن کو اور اس عورت کو لے کر باہر چلی گئیں اور کریم روتے ہوئے باورچی خانے کی طرف چلے گئے۔

صدیق بھائی نے اپنے ایک دوست کی دعوت کی تھی اور ہم کو بھی بلایا تھا ان صاحب کا نام سعید رضا تھا اور یہ رادھا نگر ریڈیو اسٹیشن پر مردوں کے پروگرام کے انچارج تھے نہایت خلیق اور ملنسار آدمی' پڑھے لکھے اور نہایت سوجھ بوجھ کے مرد تھے۔ مردوں میں ایسے بہت کم ملتے ہیں جن کی تعلیمی حالت ایسی اچھی ہو اور جو خود برسر روزگار ہوں۔ نازکستان کے قوانین کے ماتحت پردہ تو خیر ان کو بھی کرنا پڑتا تھا مگر یہ تو اور بھی کمال ہوا کہ ایک پردہ نشین مرد اپنی تعلیمی حالت اس قدر اچھی کر لے اور سرکاری نوکری حاصل کر لے۔ ان صاحب کی گفتگو نہایت دلچسپ تھی اور انداز گفتگو نہایت دل آویز' ہم دونوں سے بے حد اصرار کرتے رہے کہ ہم کسی دن مردوں کے پروگرام میں آئیں اور ریڈیو اسٹیشن کی سیر کریں صدیق بھائی کو تو جمال آراء بہن نے اجازت دے دی مگر ہم کو اندیشہ تھا کہ کہیں بیگم انکار نہ کر دیں۔

مگر بیگم کو جب یہ معلوم ہوا تو انہوں نے بھی بہ خوشی اجازت دے دی بلکہ یہ بھی کہا کہ ریڈیو اسٹیشن میں پردہ کا نہایت مکمل انتظام ہے۔ دوسرے خود ان کی بہت سی سہیلیاں ریڈیو کے عملے میں تھیں مثلاً لطیفہ خانم پروگرام ڈائرکٹرنی تھیں۔ انہوں نے سینکڑوں نام گنا دیئے۔ گل شاہزادی' فریدہ بانو' انوری بیگم' ایاز النساء' ناصرہ انصاریہ' مہر النساء کشور اور نہ جانے کتنے نام ایک سانس میں گنا گئیں۔ یہ سب ان کی بے تکلف سہیلیاں تھیں۔ چنانچہ بیگم نے کہا میں تو خود تمہارے ساتھ چلوں گی اور خود سیر کرادوں گی۔'' آخر ایک روز جب ریڈیو اسٹیشن پر مردوں کا پروگرام تھا۔ ہم اور صدیق بھائی' بیگم اور جمال آراء بہن کے ساتھ ریڈیو اسٹیشن پہنچ گئے۔ ہم دونوں تو اس اسٹوڈیو میں پہنچ گئے۔ جہاں مردوں کا پروگرام ہونے والا تھا اور بیگم اور جمال بہن اپنی سہیلیوں کے ساتھ باہر ہی رہ گئیں۔

اس وقت عورتوں کا ہمارے اسٹوڈیو میں جہاں پردہ نشین مرد تھے گزر نہ تھا۔ صرف سعید رضا صاحب ریڈیو کے عملہ کی طرف سے یہاں کے نگران تھے۔ اس پروگرام میں جتنے حصہ لینے والے تھے وہ باوجود اس پردہ کے اندر بھی برقعہ میں لپٹے ہوئے بیٹھے تھے اس لیے کہ سعید رضا صاحب نے کہہ دیا تھا کہ اک آدھ گانے کی چیز میں سازندیاں بھی اسٹوڈیو میں آئیں گی جن بھائیوں کو پردہ کرنا ہو وہ پردہ کرلیں۔ اس پروگرام میں سب سے پہلے استاد گوہر علی خان کا پکا گانا ہوا۔ خوب خوب گائے مرد ہو کر پکا گانا گانے کی یہ مشق بہت ہی تعجب کی بات تھی۔ لطف آ گیا استاد گوہر علی خان کے پکے گانے کے بعد اس پروگرام کے ''دوست'' یعنی سعید رضا صاحب نے مردوں کے لیے کچھ چٹکلے اور کچھ کام کی باتیں مائیکروفون پر بتائیں۔ مثلاً مونچھ بڑھانے کا ٹانک کیوں کر بنایا جاتا ہے۔ پھر خضاب کا ایک نسخہ سننے والوں کو سنایا گیا۔ پھر مردوں کو کروشیا سے تکیہ کے غلاف پر تاج محل بنانے کی ترکیب بتائی۔ اس کے بعد ڈاکٹر رشید احمد صاحب کی بات چیت تھی کہ بچوں کی نگہداشت مردوں کو کس طرح کرنا چاہیے اس بات چیت کے بعد ایک چھوٹا سا ڈرامہ تھا۔'' نہ ہوا

میں عورت'' یہ ڈرامہ امتیاز جہاں بیگم کا لکھا ہوا تھا۔ اس میں بھی چوں کہ ایک عورت کا بوا رونق کا پارٹ تھا لہٰذا ہم سب برقعہ ہی میں رہے۔

خود ان کے ساتھ پارٹ کرنے والے مرد سردار اختر علی خاں بھی برقعہ میں تھے۔ ڈرامہ بے حد دلچسپ تھا اس ڈرامہ کے بعد پروگرام کے دوست سعید رضا صاحب نے مرد سننے والوں کے خطوں کے جواب سنائے اور جب پروگرام ختم ہو گیا تو سعید رضا صاحب نے اور سب مردوں کو رخصت کر کے ہم دونوں سے کہا کہ اگر آپ چاہیں تو میں آپ دونوں کو ریڈیو اسٹیشن کی سیر کرانے کے علاوہ کچھ اور پروگرام بھی سنوا دوں ہم دونوں تو اسی لیے آئے ہی تھے لہٰذا ان کے ساتھ پہلے اس اسٹوڈیو میں گئے جہاں استانی فیاض جہاں خیال جے جے ونتی گا رہی تھیں۔ کیا کہنا ہے اس گانے کا سعید رضا صاحب نے بتایا کہ اس وقت ان سے زیادہ مشہور اور ماہرہ فن سارے ملک میں کوئی گانے والی نہیں ہیں۔ استانی فیاض جہاں کے بعد اناؤنسر صاحبہ جن کا نام سعید رضا نے عالیہ حسنہ بیگم بتایا تھا۔ اعلان کیا کہ'' یہ رادھا نگر ہے ابھی آپ استانی فیاض جہاں سے خیال جے جے ونتی سن رہی تھیں۔ اب محترمہ تسلیم ماہی نگری کی غزل:

تمہارے سوا کچھ جواں اور بھی ہیں

اشرف النساء سے سنئے:

ہم لوگ اب اس اسٹوڈیو میں آ گئے جہاں اشرف النساء کا گانا ہو رہا تھا یہ بے چاری عام عورتوں کے برخلاف کچھ شرمیلی' کچھ مردوں کی طرح سمٹی سمٹائی چھوٹی موٹی سی خاتون تھیں بہت ہی شرما شرما کر گا رہی تھیں کہ ہم لوگوں کے پہنچ جانے سے تو اور بھی پریشان سی نظر آ رہی تھیں عورت ہو کر ان کا حال یہ تھا جیسے کوئی مرد کچھ عورتوں میں پہنچ کر شپٹا جائے ان کی غزل ختم ہونے کے بعد عالیہ حسنہ صاحبہ نے پھر اعلان کیا۔'' یہ رادھا نگر ہے ابھی آپ نے جنابہ تسلیم ماہی نگری کی غزل اشرف النساء سے سنی اب استاذ جمیل بھائی سے خیال للت درت لے میں سنئے۔ ہم لوگوں نے اس اسٹوڈیو میں جا کر دیکھا تو استاذ جمیل بھائی بالکل بے پردہ سازندیوں کے سامنے بیٹھے گا رہے تھے۔ صدیق بھائی نے ہمارے کان میں کہا۔'' یہ بازاری قسم کا مرد معلوم ہوتا ہے۔'' اور واقعی ان کے ٹھاٹھ تھے بھی ایسے ہی تاؤ دی ہوئی نکلی مونچھیں سر کا ایک ایک بال نہایت احتیاط سے چپکا ہوا۔ ہوا میں اڑتی ہوئی ریشمی ٹائی۔ خوشبو میں بسا ہوا رومال بار بار جیب سے نکالا جاتا تھا۔ قریب ہی سگریٹ کیس رکھا تھا کبھی گاتے گاتے آپ کسی طبلچن کو دیکھ کر ہنس دیئے کبھی کسی سازنگی سے آنکھ ملا کر مسکرا دیئے۔ اس کم بخت کی ایک ایک بات سے جی جل رہا تھا کہ یہی تو ان کم بختوں کی حرکتیں ہوتی ہیں۔ جن سے یہ عورتوں کو جال میں پھنساتے ہیں۔ سینکڑوں بھرے گھر ان کم بختوں نے تباہ کر دیئے۔ مگر وہ عورتیں بھی خوب ہوتی ہیں جو اس نمائشی حسن کے

پیچھے اپنے معصوم گھر والوں کی سچی محبت کو ٹھکرا کر ان کے پھندے میں پھنس جاتی ہیں حالانکہ ان کی محبت بس اس وقت تک ہوتی ہے۔ جب تک عورت کے پاس چار پیسے ہیں۔ جہاں اس کا پرس خالی ہوا ان جھوٹی محبت کے پتلوں کے دل بھی محبت سے خالی ہو جاتے ہیں۔ مجھے اس وقت رہ رہ کر بیگم زادی افسر جہاں کا خیال آ رہا تھا۔ پچاس سے اوپر سن ہو گا سر کے بال سفید۔ چہرے پر جھریاں تک پڑ چلی تھیں۔ دانت کچھ گر چکے تھے کچھ ہل رہے تھے اور ایک بازاری اٹھارہ برس کا چھوکرا ان کے پاس تھا اچھی خاصی ریاست اسی چھوکرے پر قربان کر دی میاں گھر میں پڑے سڑا کئے لاکھ لکھ بے چارے نے کوشش کی کہ بیگم زادی صاحبہ کو ہوش آ جائے مگر ان کی آنکھیں اس وقت کھلیں جب علاقہ کا آخری مکان بھی فروخت ہو کر اس کا روپیہ بھی ختم ہو گیا اور اس چھوکرے کے کم بخت باپ نے بیگم زادی صاحبہ کو نہایت ذلت کے ساتھ اپنے یہاں سے نکلوا دیا۔ اس کو نکلوانا ہی کہتے ہیں کہ ان ہی کی موجودگی میں ایک تعلقدارنی صاحبہ کی آمد و رفت شروع ہو گئی اور جب ان کو اعتراض ہوا تو اس چھوکرے کے باپ نے طوطے کی طرح آنکھیں بدل کر کہا کہ ''واہ بیگم صاحبہ میرا چھوکرا کوئی آپ کے ہاتھ بک تھوڑا گیا ہے اتنے دنوں تک اس کی جوانی سڑی ہوئی قبر کے حوالے رہی۔ اس لیے کہ اس قبر میں سونے کی کان تھی اب کیا آپ کی وجہ سے میں ہمیشہ کے لیے اس کی قسمت پھوڑ دوں گا وہ کوئی آپ کا نکاحتہ شوہر تو ہے نہیں کہ آپ کے ساتھ زندگی بسر کر دے گا۔ آپ کو اگر اس کی دوسری ملنے والیوں پر ایسا ہی اعتراض ہے تو آپ اپنے گھر خوش' ہم اپنے گھر خوش۔ بیگم صاحبہ اپنا سامنہ لے کر قسمت کو روتی چلی آئیں وہ تو کہئے کہ ان کے شوہر نے یہ رنگ دیکھ کر چپکے ہی چپکے تمام زیورات اور تھوڑا بہت نقد روپیہ کچھ چاندی سونے کے برتن اپنے میکے بھجوا دیئے تھے۔ چنانچہ جب یہ ٹھوکر کھا چکیں تو بیگم زادی صاحبہ کو ہوش آیا۔ توبہ استغفار سب ہی کچھ کی اور آخر وہی شوہر اس تباہی میں کام آیا جس غریب کی چھاتی پر زندگی بھر اس عورت نے کودوں دلی تھی۔

ہم ان ہی خیالات میں غرق تھے کہ سعید رضا صاحب نے جو ہم کو چھوڑ کر باہر چلے گئے تھے اندر آ کر بتایا کہ آپ کی بیگمات اسٹیشن ڈائریکٹرنی صاحبہ کے کمرے میں دونوں کی منتظر ہیں چنانچہ ہم لوگوں نے برقعے درست کئے اور سعید صاحب کے ساتھ اس کمرے میں پہنچے جہاں بیگم جمال بہن اور دو تین اور خواتین بیٹھی ہوئی باتیں کر رہی تھیں ہم لوگوں کو دیکھ کر سب عورتیں کھڑی ہو گئیں۔ بیگم نے ہاتھ کے اشارے سے کہا۔ ''آپ دونوں اس برابر والے کمرے میں تشریف رکھیں یہ چائے کے لیے اصرار کر رہی ہیں لہٰذا چائے پی کر چلیں گے سب۔''

ہم دونوں برابر والے کمرے میں چق کے پیچھے بیٹھ گئے۔ کمرے میں چوں کہ اندھیرا تھا۔ لہٰذا ہم نے برقعہ کا نقاب الٹ دیا۔

عین اسی وقت بیگم نے بلند آواز سے کہا۔"وہاں اطمینان سے برقعہ اتار کر یا برقعہ کا نقاب الٹ کر بیٹھیے۔"

اسٹیشن ڈائرکٹرنی صاحب نے کہا۔"برقعہ کا نقاب یا برقعہ کی نقاب؟"

بیگم نے کہا۔"مختلف فیہ تو خیر ہے ہی شعر ہے۔

فروغ رخ سے کھلتا ہی نہیں کچھ
اٹھی ہے یا نقاب اب تک پڑی ہے

"اور ایک دوسرا شعر ہے۔"

درمیاں میں نقاب کس دن تھا
میرا اس کا حجاب کس دن تھا

مگر میں تو اس لیے بھی نقاب کو مذکر کہتی ہوں کہ برقعہ مذکر اس کو اوڑھنے والا مرد پھر آخر نقاب کیوں مونث ہو جائے۔"

جمال بہن نے کہا۔"مطلب یہ کہ مذکر کے منہ مونث کیوں لگے۔"

اسٹیشن ڈائرکٹرنی صاحب نے کہا۔"اور ہاں جمال وہ لڑکا کون تھا۔ جسے لیے تم اس روز پکچر جا رہی تھیں۔"

جمال بہن نے حیرت سے پوچھا۔"لڑکا؟ میرے ساتھ؟ کب؟"

اسٹیشن ڈائرکٹرنی صاحبہ نے کہا"ہاں۔ ہاں وہ گورا چٹا۔ تندرست سا لڑکا کتری ہوئی مونچھوں والا چشمہ لگائے۔"

جمال بہن نے بہ دستور تعجب سے کہا۔"میرے ساتھ وہ؟ تم کو شبہ ہوا ہوگا۔"

اسٹیشن ڈائرکٹرنی صاحبہ نے گویا چونک کر کہا۔"اوہ توبہ ہے میں بھول ہی گئی تھی کہ بھائی صاحب بھی برابر والے کمرے میں ہیں' ہاں ٹھیک ہے وہ تو میں اسی وقت سمجھ گئی تھی کہ کوئی اور ہے جمال نہیں ہو سکتی۔"

اب بیگم نے قہقہہ لگایا اور جمال بھی اب جا کر اس شرارت کو سمجھیں تو انہوں نے بھی ہنس کر کہا"کم بخت کہیں کی یہ بس بول رہی تھی تو مگر میرا مردوا ایسا نہیں ہے کہ وہ ان باتوں کا یقین کرے اسے یہ تو خیر نہیں معلوم ہے کہ تم کتنی بنی ہوئی ہو مگر اسے مجھ پر جو اعتماد ہے وہ ان باتوں سے ڈگمگا نہیں سکتا۔ ہاں اگر ان بیگم صاحبہ کے شوہر نامدار کے متعلق کچھ کہتیں تو وہاں یقین ہو جاتا۔"

اسٹیشن ڈائرکٹرنی صاحبہ نے بڑی سنجیدگی سے کہا"اسی لیے تو اس کی بات کا میں نے خود ذکر نہیں کیا نہ اس قوال کا ذکر کیا جس کے گھر جا جا کر آپ قوالیاں سنتی ہیں۔"

بیگم نے کہا۔"میں آداب عرض کرتی ہوں مگر میرا گھر والا بھی اتنا بے وقوف نہیں ہے جتنا صورت سے نظر آتا ہے تم تو اپنی خبر لو کہ گھر والا وہاں پڑا ہے اور یہاں بیوی بنو ریڈیو اسٹیشن چلا رہی ہیں تو یہ ہے کس قدر مظلوم ہے وہ بے چارا بھی کہ بیگم آگ سے کھیل رہی ہیں اور اس غریب کو یہ یقین ہے کہ دامن بچ رہا ہوگا۔ مگر یہ تو میں کہوں گی کہ نوکری ہے بڑی دلچسپ نوکری کی نوکری اور ہر طرح کی دلچسپی الگ سے گانا سنئے' ناچئے' کودیئے' دل بہلایئے بلکہ....... دل چاہے تو دل لگا بھی لیجئے۔"

اسٹیشن ڈائرکٹرنی صاحبہ نے کہا" جی ہاں دور کے ڈھول ایسے سہانے ہوتے ہیں یہاں آکر دیکھو تو پتہ چلے کہ کیسا خون پانی ایک کرنا پڑتا ہے اس سے بڑھ کر ٹریجڈی اور کیا ہوسکتی ہے کہ جن چیزوں سے دلچسپی ہو وہی چیزیں فرض بن جائیں یقین جانو مجھے گانا سننے کا بے حد شوق تھا مگر ریڈیو میں آکر اور دن رات گانا سنتے اب گانے کے نام سے متلی ہونے لگی ہے دوسرے یہ کوئی پولیس کا محکمہ تو ہے نہیں کہ دھونس بنے سے کام چل جائے یہاں تو بے بات کی بات پیدا ہو کر اچھی اچھی نیک ناموں کو لے ڈوبتی ہے جس قدر پھونک پھونک کر یہاں قدم رکھنا پڑتا ہے شاید کسی راہبہ کے لیے بھی احتیاط ضروری نہ ہو۔"

بیگم نے کہا" آپ نے سنجیدگی کے ساتھ اتنا بڑا لیکچر دے کر یہ یقین کر لیا ہوگا کہ آپ نے کہا اور مجھ کو یقین آ گیا۔ گویا میں جو پولیس میں ہوں اور ایسی ایسی سینکڑوں ملانیوں سے روز کا مجھے واسطہ رہتا ہے یہ سب تجربہ کاری محض اس لیے ہے کہ آج ذرا سا چکمہ دیں اور میں کلمہ پڑھنے لگوں آپ کی پاک بازی کا جس وقت تو جھوٹ بولا کرے ایک آئینہ بھی سامنے رکھ لیا کر صورت سے جھوٹ اس قدر شفاف طریقہ پر برستا ہے کہ اندھی بھی دیکھ لے۔"

اسٹیشن ڈائرکٹرنی نے مسکرا کر کہا" اپنے آئینہ میں ہر ایک کی صورت نہ دیکھا کرو اور نہ اپنے معیار پر ہر ایک کو جانچا کرو۔ پولیس میں رہ کر پاک بازی کا دعویٰ بالکل ایسا ہی ہے جیسے دریا سے نکل کر کوئی خشک رہ جانے کا دعویٰ کرے۔ پولیس والیوں کا شوقینیاں تو مشہور ہیں پھر کوتوالنی۔ پولیس والیوں کی بھی نانی اماں۔ ان کے لیے بھلا دل بہلانے اور دل لگانے کی کونسی کمی ہے۔"

اس عرصہ میں چائے آ گئی ہم دونوں نے اندر ہی چائے پی اور عورتوں نے باہر' ہم دل ہی دل میں غور کر رہے تھے کہ یہ عورتیں آپس میں کیسا بے ہودہ مذاق کرتی ہیں اور ایک دوسرے کی قلعی کیسی کھولتی ہیں خیر یہ تو مذاق ہو رہا تھا۔ مگر اسٹیشن ڈائرکٹرنی صاحبہ کا یہ کہنا کہ پولیس میں رہ کر پاک باز رہنا ممکن نہیں کچھ غلط بھی نہ تھا۔ پولیس والیوں کے لیے کھل کھیلنے کے جیسے مواقع ہو سکتے ہیں وہ خود ہم سے بھی پوشیدہ نہ تھے اور اس اندیشہ میں' ہم خود گھلا کرتے تھے۔

بیگم کی طرف سے ہم کو پورا اطمینان تھا۔ مگر باوجود اس اطمینان کے خدا جانے کیوں یہاں کے رنگ دیکھ دیکھ کر دل جیسے پریشان

سارہتا تھا کہ وہ بھی آخر دل رکھتی ہے' شباب رکھتی ہیں' حسن رکھتی ہیں اور پھر حکومت رکھتی ہیں۔ ان کے بہکنے کے لیے تو بس اشارہ چاہیے ذرا سا اور سچی بات تو یہ ہے کہ وہ اگر اب تک لغزشوں سے بچیں تو ان کا یہی احسان کچھ کم نہ تھا ورنہ یہاں تو عورت کا بہکنا اور کسی غیر مرد سے دل لگا لینا بالکل ایسا ہی معمولی تھا۔ جیسے ہمارے ہندوستان میں مردوں کا بہک جانا۔ ہندوستان میں مرد اگر کسی عورت کو ڈال لے تو زیادہ سے زیادہ عیاش کہا جا سکتا تھا۔ وہاں عام طور پر مرد عیاشیاں کرتے تھے بڑے بڑے شریف گھرانوں کے مرد بڑے بڑے پڑھے لکھے' بڑے بڑے عقل مند اور بڑے بڑے رئیس بلکہ اس کو تو بڑائی کی ایک علامت سمجھا جاتا تھا کہ بڑا آدمی ایک آدھ اس قسم کا مشغلہ بھی اپنے لیے رکھتا ہو اور ایک آدھ طوطا اس کے یہاں بھی پلا ہو لیکن اگر عورت سے خدانخواستہ اس قسم کی لغزش ایک مرتبہ بھی ہو جائے تو پھر وہ گئی ہمیشہ کے لیے نہ شوہر کے گھر میں اس کی جگہ نہ ماں باپ کے یہاں اس کا ٹھکانہ' بیٹے کی آوارگی پر والد صاحب اگر بہت ہی بھلے آدمی ہوئے تو تھوڑا بہت غصہ کر کے رہ جاتے تھے لیکن بیٹی کی ذرا سی بدنامی پر خودکشی تک کر گزرنا کچھ بعید نہ تھا۔ شوہر کی عیاشی پر بیوی گھٹ گھٹ کر رہتی تھی مگر اس کو اپنی بے عزتی کا خیال نہ آتا تھا۔ جلنا اور چیز مگر شوہر کی بدچلنی اتنی سنگین نہ سمجھی جاتی تھی کہ بیوی کسی کو منہ دکھانے کے قابل نہ رہے البتہ اگر بیوی ذرا بھی چال چلن کے معاملہ میں ڈگمگا جائے تو شوہر کی غیرت وحمیت جان لینے اور جان دینے تک کا سوال پیدا کر دیتی تھی۔ ہزاروں غیرت داروں نے اپنے آپ کو بیوی کی عصمت پر قربان کر دیا اور ہزاروں غیرت دار بیوی کی بے عصمتی پر اپنی جان سے گئے حالاں کہ مذہبی نقطۂ نظر سے مرد کی عیاشی بھی اسی قدر سنگین ہے جس قدر عورت کی عیاشی مگر معاشرت نے ہم کو اس کا عادی بنا دیا تھا کہ مرد کی عیاشی تو گویا ایک بھول ہے اور عورت کی عیاشی وہ ناقابل تلافی نقصان ہے جس کو بھلایا ہی نہیں جا سکتا۔ مرد عیاشی کرنے کے بعد اگر توبہ استغفار کر لے تو خیر بالکل ہی پاک ہو جاتا ہے اور اگر توبہ استغفار نہ بھی کرے تو بھی ممکن ہے کہ خدا کا گنہگار رہے مگر دنیا بہت جلد اس کی لغزش کو بھلا دیتی ہے۔ لیکن عورت اگر ذرا ڈگمگائی تو گئی ہمیشہ کے لیے پھر چاہے خدا بھی اس کو معاف کر دے دنیا اس کو معاف نہیں کر سکتی۔ سوسائٹی اس کو کبھی بخش نہیں سکتی۔ اس معاملہ میں سوسائٹی نے اپنے کو گویا خدا سے بھی زیادہ نعوذ باللہ غیرت دار سمجھ رکھا ہے۔ مرد عیاشی کرے تو بس وہ عیاشی ہے ذرا بری بات اور بس' مگر اس میں عزت آبرو کا کوئی سوال نہیں ہے حد یہ ہے کہ خود اس کی عزت پر بھی حرف نہیں آتا اور اگر عورت سے بھول چوک ہو جائے تو نہ صرف اس کی بلکہ اس کے شوہر کی' اس کے باپ بھائی کی اور اس کے خاندان بھر کی عزت چلی جاتی بھول چوک تو بھول چوک ہے اگر کوئی عورت اپنی کمزوری کی وجہ سے کسی مرد کی زبردستی کا شکار ہو جائے تو بھی اس کو اس کی بے کسی نہیں سمجھا جاتا بلکہ اس کے باوجود وہ نہ شوہر کے کام کی رہتی ہے نہ کسی اپنے عزیز کو وہ قائل کر سکتی ہے کہ میں کم بخت عورت ہوں۔ مجھ کو مجبور کیا جا سکتا

ہے۔ بے کس اور بے بس بنایا جاسکتا ہے۔ جی کچھ نہیں۔ موتی کی آب اتری تو اتری۔''

ہم نے لاکھ لاکھ اپنے دل کو سمجھایا کہ ہندوستان میں جہاں مردوں کی حکومت ہے۔ سوسائٹی نے عورت کے ساتھ یہ زیادتیاں اگر کر رکھی ہیں تو یہاں ہم کو اسی طرح ٹھنڈے دل سے عورت کی زیادتی کو برداشت کرنا چاہیے جس طرح ہندوستانی عورت برداشت سے کام لیتی ہے مگر دل کسی طرح اس قیامت کا مقابلہ کرنے کے لیے تیار نہ تھا۔ ہم اور تو سب کچھ برداشت کر سکتے تھے۔ گھر کی قید' مرد ہو کر ہانڈی چولھے کا مقابلہ' شوہر ہو کر بیوی کی اطاعت اور فرماں برداری' جنس قوی میں سے ہو کر جنس لطیف کی طرح سینے پرونے کا مشغلہ' باپ ہو کر ماں کی طرح بچی کی پرورش یہ سب سختیاں جھیل ہی رہے تھے اور زندگی بھر جھیلنے کے لیے تیار تھے۔ مگر اس تصور سے تو ایک دم جیسے جہنم سا بھڑک اٹھتا تھا ہمارے اندر ہی اندر اور وہ ناقابل بیان تکلیف ہوتی تھی جس سے خدا دشمن کو بھی محفوظ رکھے۔ ہم نے اکثر اس بات پر بھی غور کیا کہ اسی قسم کی تکلیف عورتوں کو بھی ہوتی ہوگی ہمارے ہندوستان میں اور آخر کار ماننا پڑا کہ جنس لطیف باوجود اپنی تمام لطافت اور نزاکت کے اس معاملہ میں کوہ گراں ہے اور مرد اپنی تمام طاقت اور قوت کے باوصف اس سلسلہ میں ایک روئی کے گالے سے زیادہ حیثیت نہیں رکھتا۔ عورت کی یہ قوت برداشت مرد اگر ہزار مرتبہ اسی کوشش میں مر مر کر جئے تو بھی حاصل نہیں کر سکتا۔ اس کو ہمارے دل سے پوچھیئے کہ آج کل ہمارا کیا عالم تھا۔ صرف شبہ یہ ہو گیا تھا کہ بیگم کا آنا جانا ایک سب ججنی صاحب کے یہاں بہت زیادہ تھا اور ہم کو یہ بھی معلوم ہو چکا تھا کہ ان کے شوہر بھی بیگم کے سامنے آتے ہیں دراصل وہ خاندان ہی کچھ حد سے گزرا ہوا تھا۔ ان کے یہاں کے مرد تو پردہ بس اس لیے کرتے تھے کہ قانوناً ان کو پردہ کرنا چاہیے۔ اگر قانونی پابندی اٹھالی جاتی تو پردہ چھوڑنے کے سلسلہ میں شرم و حیا کو طاق پر رکھنے والے شاید اسی گھرانے کے مرد ہوتے۔ نازکستان کے قوانین کے ماتحت پردہ چھوڑنے کا لائسنس صرف ان مردوں کو دیا جاسکتا تھا' جو شرافت کے دعوے دار نہ ہوں اور محض پیشہ ور ہوں یعنی جن کا ذریعہ معاش ہی عصمت فروشی ہو۔ ان کے علاوہ باقی کسی مرد کو پردہ ترک کرنے کی اجازت نہ تھی۔ مگر یہ بھی سچ ہے کہ قانون تو غریبوں کے لیے ہوتا ہے عوام کے لیے ہوتا ہے صاحبان حکومت کو اس سے کیا غرض دوسرے اپنے گھر میں جس کا جی چاہے بے پردہ رہے سب ججنی صاحبہ کے یہ شوہر بھی ویسے تو بڑے پردہ نشین تھے بغیر برقعہ کے کبھی گھر کے باہر نہیں نکلے۔ گھر پر بھی ہمیشہ مردانے ہی میں رہتے تھے۔ مگر سب ججنی اور بیگم کے تعلقات اس حد تک بڑھے کہ آخر ان سے بھی پردہ اٹھا دیا گیا اب جب دیکھئے بیگم کو ان ہی کے یہاں موجود ہیں اگر کسی دن نہ گئیں تو بلاوے پر بلاوا چلا آرہا ہے۔ سب ججنی کی طرف سے کم اور ان کے شوہر کی طرف سے بہت زیادہ پھر ہم کو ایک شکایت یہ بھی تھی کہ اگر ایسے ہی تعلقات بڑھ گئے تھے تو سب ججنی صاحبہ کے شوہر نے آخر ہم کو کبھی کیوں نہ بلایا نہ وہ کبھی ہمارے

یہاں آئے نہ ہم کبھی ان کے یہاں گئے دوسرے اتنے مراسم کے بعد بھی بیگم نے کبھی ہم سے کوئی ذکر ان کے یہاں کا نہیں کیا۔ بلکہ یہ قصہ تو ہم نے دوسروں سے سنا۔ ایک آدھ پرچہ بیگم کے پرس میں جگنی صاحبہ کے شوہر کا دیکھا جن میں سے کسی میں لکھا تھا کہ آپ نے تو خوب انتظار کرایا چائے لیے بیٹھا رہا اور آخر جب آپ نہ آئیں تو میں نے بھی چائے نہ پی کسی میں لکھا تھا کہ اگر آج آپ نہ آئیں تو میرا سارا پروگرام ختم ہو جائے گا۔ بلکہ ایک خط میں تو یہاں تک لکھا تھا کہ آپ کی دوست سب جگنی صاحبہ باہر جا رہی ہیں آپ کو زیادہ وقت اب یہاں صرف کرنا ہے اگر آپ کے شوہر نامدار اجازت دے سکیں تو مجھ غریب پر بھی کرم فرمائیے گا۔"

ان تمام خطوں سے اگر ہمارے شبہات بڑھ رہے تھے تو کوئی تعجب کی بات نہ تھی ہم نے ان خطوں کو پہلے تو چپکے سے چرا لیا۔ اس کے بعد اپنے تنہا غمگسار صدیق بھائی کو وہ خط دکھائے۔ وہ بھی ان خطوں کو دیکھ کر کچھ گھبرا سے گئے اور ان کو بھی کم سے کم اس کا تو قائل ہی ہونا پڑا کہ کچھ نہ کچھ دال میں کالا ضرور ہے مگر ہم کو اطمینان دلایا کہ اپنی بیگم کے ذریعہ اس سلسلہ میں بھرپور تحقیقات کرائیں گے۔

آخر ایک روز جب صدیق بھائی ہمارے ہی یہاں تھے اور بیگم گھر سے غائب تھیں باہر سے نفیسہ نے آواز دے کر ایک کارچوبی پرس اور ایک خط بھجوایا کہ اس کو بیگم کی میز پر رکھ دیا جائے سب جگنی صاحبہ کے یہاں سے آیا ہے ہم نے بند لفافے پر پانی لگا کر نہایت احتیاط سے لفافہ کھولا اور صدیق بھائی نے اور ہم نے مل کر خط پڑھنا شروع کیا۔ شرکار۔ ایک حقیر سا تحفہ بھیج رہا ہوں۔ یہ پرس میں نے خود بنایا ہے اور شاید آپ کو یقین آسکے کہ آپ ہی کے لیے بنایا ہے اس کی تیاری میں ایک مہینہ آٹھ دن لگے ہیں اور اس مدت میں بھی وہ وقت شامل نہیں ہے جب آپ یہاں ہوتی تھیں بلکہ اس کی تیاری کا مشغلہ ہی اس لیے نکالا گیا تھا کہ آپ کی عدم موجودگی میں بھی آپ کا خیال موجود رہے گویا آپ کی عدم موجودگی میں ایک ماہ آٹھ دن تک میں نے آپ کو جس طرح یاد کیا ہے اس کا ایک دھندلا سا خاکہ یہ پرس ہے شاید اس کے نقوش میں میرے خلوص کی زندگی آپ کو بھی کبھی محسوس ہو سکے۔ آپ آج دو دن سے غائب ہیں۔

آپ ہی اپنے ذرا لطف و کرم کو دیکھیں
ہم اگر عرض کریں گے تو شکایت ہو گی

آپ کا....... مہرو ترا

ہم نے خط پڑھ کر کانپتے ہوئے ہاتھوں سے نہایت خاموشی سے صدیق بھائی کو دے دیا۔ صدیق بھائی نے بھی سناٹے کے عالم میں کھوکھلی آواز سے کہا "پڑھ لیا ہے میں نے۔"

ہم نے تھوڑی دیر تک خاموش رہنے کے بعد کہا۔ "کیا تم کو اب بھی کوئی شک ہے؟"

صدیق بھائی نے گویا کچھ نہ سمجھتے ہوئے کہا" اس کی طرف سے تو مجھے بھی کوئی شک نہیں مگر سعیدہ بہن کی طرف سے اس قسم کی امید بھی نہیں۔"

ہم نے جوش میں آ کر کہا۔" کیسی باتیں کرتے ہو صدیق بھائی سعیدہ بہن کی طرف سے اس قسم کی امید بھی نہیں اگر وہ اس سلسلہ میں بے قصور ہوتی تو پرس میں لیے لیے اس بدمعاش کے خط نہ پھرا کرتی اگر وہ اس سلسلہ میں بے خطا ہوتیں۔ تو ان کے یہاں کی آمد و رفت جاری نہ رکھتیں اگر ان کے دل میں خود چور نہ ہوتا تو مجھ سے کبھی اس کا ذکر ضرور کرتیں مگر وہاں تو مسلسل چوریاں ہیں مستقل راز داری ہے ایک ایک بات مجھ سے چھپائی جا رہی ہے اور اب بھی دیکھ لیجئے گا کہ اس پرس اور اس خط کے سلسلہ میں بھی کوئی ذکر نہ کیا جائے گا۔ مگر میں بھی اب چپ رہنے والا نہیں ہوں نہ میرا خمیر نازکستان کا ہے کہ میں بیوی کی حیا سوزی پر قسمت کا گلہ کر کے رہ جاؤں میں تو ان کی جان لے لونگا اور اپنی جان دے دوں گا۔"

صدیق بھائی نے ہم کو سمجھاتے ہوئے کہا۔" اس قدر بے قابو ہونے کی ضرورت نہیں میں تمہاری بہن کو پرچہ لکھ کر ابھی بلواتا ہوں پہلے ان سے مشورہ کر لو پھر کوئی قدم اٹھانا۔"

ہم تو واقعی اپنے حواس میں نہ تھے آنکھوں میں خون اتر آیا تھا سارے جسم میں جیسے شعلے بھڑک رہے تھے مگر صدیق بھائی نے پہلے تو جمال آرا بہن کو خط لکھ کر بھیجا اس کے بعد ہم کو اس وقت تک سمجھاتے بجھاتے رہے جب تک جمال بہن نے ڈیوڑھی پر آواز دی ہم فوراً پردے میں ہو گئے۔ تو جمال بہن نے گھر میں آ کر گھبرائی ہوئی آواز میں کہا" خیریت تو ہے؟"

صدیق بھائی نے کہا۔" ہاں خیریت ہے تم ادھر کرسی پر بیٹھ جاؤ اطمینان سے تو بتاؤں۔"

جمال بہن نے بیٹھتے ہوئے کہا" پہلے مجھے بتا دو کہ کیا قصہ ہے گھوڑ مارا دل دھڑک رہا ہے میں تو بے حد پریشان ہو گئی تھی۔ تمارا پرچہ پا کر کہ نہ جانے کیا قصہ ہوا ہو گا۔"

اب صدیق بھائی نے شروع سے آخر تک تمام قصہ سنایا وہ پرچے دکھائے جو ہم نے بیگم کے پرس سے چرائے تھے اور آخر میں وہ پرس اور وہ خط بھی دکھایا جو آج آیا تھا جمال بہن نے سب کچھ دیکھتے ہوئے کہا۔

" مبارک ہو بھائی صاحب معلوم ہوتا ہے کہ آپ کی بیگم صاحبہ ماشاءاللہ بالغ ہو گئی ہیں اب کہئے نہ کہ جنے میری جورو گلی گلی دل پھینکو۔"

صدیق بھائی نے ڈانٹا۔" یہ بھلا مذاق کا کون سا موقع ہے وہ آپے سے باہر ہیں کہ میں ہندوستانی خون رکھتا ہوں میرا خمیر

نازکستان کا نہیں ہے میں ان کی جان لے لوں گا اور اپنی جان دے دوں گا۔''

جمال بہن نے کہا۔''ارے ارے ارے بھلا ایسا بھی کیا غصہ عورتیں تو یہ کیا ہی کرتی ہیں اس میں نئی بات کون سی ہے اگر ان ہی باتوں پر گھر کے بیٹھنے والے مرد جان لینے اور جان دینے لگیں تو ہمارے نازکستان کی ساری آبادی ہی ختم ہو جائے اب ان ہی سے پوچھ لیجئے اپنے بھائی سے کہ خود میں نے ان کو کیا کم تڑپایا ہے۔''

صدیق بھائی نے کہا۔''اللہ نہ کرے میں تو ہزار میں کہہ دوں کہ خدا دنیا جہاں کے لڑکوں کی قسمت ایسی ہی کرے جیسی میری ہے اور ہر ایک کو ایسی ہی بیوی ملے جیسی مجھ کو ملی ہے۔''

جمال آرا بہن نے کہا۔''اب یہ خوشامد شروع ہوئی اور وہ جو عبداللہ چپڑاسی کا قصہ تھا وہی جو مردانہ اسکول کا چپڑاسی تھا اپنا پڑوسی۔''

صدیق بھائی نے کہا۔''وہ تو مجھے شبہ ہوا تھا مجھ سے ایک بات کہنے والوں نے کہی تھی تو میں نے تم سے بھی پوچھ لی تھی کہ یہ کیا قصے مشہور ہو رہے ہیں۔''

ہم نے اندر سے کہا''بہن میں آپ کو بتائے دیتا ہوں کہ میرا خون آپ کی گردن پر ہوگا۔ ان حالات میں میرا زندہ رہنا ناممکن ہے میں اور کچھ نہیں کر سکتا ہوں۔''

جمال بہن نے کہا۔''بے وقوف نہ بنئے بھائی صاحب آپ جانتے ہیں کہ مجھے آپ سے کتنی ہمدردی ہے پہلے مجھے تحقیقات کر لینے دیجئے اس کے بعد انتقال کا ارادہ کیجئے گا۔''

صدیق بھائی نے ان کو سمجھا بجھا کر اور ہماری کیفیت سے آگاہ کر کے اس کا وعدہ لے لیا کہ وہ بہت جلد اصل واقعات معلوم کر کے ہم کو بتائیں گے۔

آج رادھا نگر میں ہلچل تھی۔ ایوان خواتین کے انتخاب کا دن تھا صبح سے ووٹرانیوں کے لیے موٹروں لاریوں تانگوں اور گاڑیوں کا ایک تانتا بندھا ہوا تھا۔ ایک پولنگ اسٹیشن کوتوالی کے سامنے بھی تھا۔ جس میں تین کیمپ لگے ہوئے تھے اور اتفاق سے اس پولنگ اسٹیشن پر پولنگ آفیسرنی بھی جمال آرا بہن تھیں۔ بیگم کے سپرد تو تمام شہر کے امن کو قائم رکھنا تھا لہٰذا وہ اپنے سیر کرنے والے موٹر میں پولیس کی ایک جماعت کے ساتھ ادھر سے ادھر ادھر سے ادھر پھر رہی تھیں ہم اور صدیق بھائی دونوں کوٹھے پر بیٹھے الیکشن کا تماشا دیکھ رہے تھے۔ ایک طرف شور برپا تھا اپنے مردوں کی عزت بچانے کے لیے اختر زمانی بیگم کو ووٹ دیجئے۔ دوسری طرف ایک قیامت

برپا تھی" حکومت کی باغی خلیق النساء آپ کی نمائندگی کرے گی" تیسری طرف بھی حالانکہ وہ شور وغل نہ تھا مگر ایک آدھ نعرہ کبھی کبھی سننے میں آجاتا کہ "سردارنی صاحبہ کو نہ بھولیے' یہ آپ کی پرانی خادمہ ہیں۔" مگر ان خادمہ صاحبہ کے لیے بہ ظاہر کوئی امید نظر نہ آتی تھی اس لیے کہ ان کے کیمپ میں عورتیں کم اور مکھیاں زیادہ تھیں۔ البتہ خلیق النساء اور اختر زمانی بیگم کے کیمپ کچھا کچھ بھرے ہوئے تھے قوس قزح بے چاری کے پاس اتنے رنگ کہاں جتنے رنگ اس وقت پولنگ اسٹیشن پر نظر آرہے تھے۔ عورتیں ووٹ دینے کیا آئی تھیں۔ معلوم یہ ہوتا تھا کہ کسی شادی میں سمندھنیں اتری ہوں وہ زرق برق لباس اور وہ وہ زیور کو تو بہ بھلی' چھچھار ہا تھا پولنگ اسٹیشن' عالم رنگ و بو بنا ہوا تھا پولنگ اسٹیشن' معلوم یہ ہوتا تھا جیسے کسی نے لنگڑ مار کر کہکشاں کو زمین پر گرا لیا ہو' اندر کا اکھاڑا بنا ہوا تھا۔ پرستان تھا پرستان مگر اک بات تھی کہ اختر زمانی بیگم کے کیمپ میں ریشم و کمخواب کا سیلاب آیا ہوا تھا اور خلیق النساء کے کیمپ میں وہ زرملیاں اور ریشم کی وہ سرسراہٹیں تو نہ تھیں۔ البتہ سادگی یہاں بھی پرکاری کا لطف دے رہی تھی۔ ان دونوں کا مقابلہ کرنے سے یہ بات تو شاید ایک اندھا بھی دیکھ لیتا کہ ایک طرف روپیہ کا زور تھا اور دوسری طرف صرف خلوص کام کر رہا تھا آخر لنچ کا وقفہ ہوا۔ بیگم بھی گشت سے واپس آکر پولنگ آفیسرنی یعنی جمال آراء بہن کو لے کر گھر میں کھانا کھانے آگئیں۔ ہم اور صدیق بھائی پردہ میں رہے اور ان دونوں کے لیے گھر کے اندر مردانہ ہی میں کھانے کی میز لگوا دی۔ اس وقت ان دونوں میں اس الیکشن کی بات چیت ہو رہی تھی۔ بیگم نے کہا" کیا رنگ ہے اس پولنگ اسٹیشن کا۔ باقی اسٹیشنوں پر تو خلیق النساء دس آنے جا رہی ہیں۔ اختر زمانی پانچ آنے اور سردارنی ایک آنہ۔ میرا تو خیال یہ ہے کہ سردارنی کی ضمانت بھی ضبط ہو جائے گی۔

جمال آراء بہن نے کہا" یہاں بھی یہی حال ہے تقریباً خلیق النساء کو اب مشکل سے روکا جا سکتا ہے اور سردارنی کی ضمانت تو یقیناً ضبط ہوگی۔ میں نے تو ان کے کیمپ کی ایک ایجنٹی اور ووٹرنی کو گرفتار کرا دیا ہے۔

بیگم نے کہا" کیوں خیریت تو ہے۔

جمال بہن نے کہا۔ وہ ایجنٹی ساری بندھوا کر نوخیز لڑکے کو لے آئی جعلی ووٹ ڈلوانے۔ صورت دیکھ کر تو میں بھی نہ پہچان سکی۔ مگر جب میں نے اس سے پوچھا ماں کا نام تو اس نے مردانہ آواز نکالی اس پر مجھے شبہ ہوا اور اب جو میں نے غور کیا تو ان مساۃ کی چوٹی بھی فرضی تھی وہ میں نے نوچ کر ان کے ہاتھ پر رکھ دی اور ان کو پولیس کے حوالے کر دیا۔ اب تو ان پر جعل سازی کا مقدمہ بھی چلے گا اور پردہ شکنی کا بھی۔"

بیگم نے کہا۔" یہاں تو خیر خلیق النساء ہو ہی جائیں گی لیکن اگر سارے ملک میں مرد راجسٹ جماعت کو کامیابی حاصل ہو گئی تو

حکومت کو نہایت شدید شکست ہوگی۔"

جمال بہن نے کہا۔" حکومت کو شکست تو سردارنی کی ہار ہی سے ہوگئی۔"

بیگم نے کہا" خیر وہ تو حکومت کی شکست نہیں بلکہ علیا حضرت فخر النساء بیگم کی ذاتی اور انفرادی شکست ہے مگر یہ شکست تو حکومت کی روایات' حکومت کے اصول اور حکومت کے نصب العین کی شکست ہوگی اور پھر مردوں کو مشکل ہی سے قابو میں رکھا جا سکے گا۔"

جمال بہن نے کہا۔" یہ تو خیر تم غلط کہہ رہی ہو۔

آہ کو چاہیے اک عمر اثر ہونے تک

البتہ مردوں کی آزادی کی داغ بیل ضرور پڑ جائے گی۔ مردوں کو تعلیمی اور معاشرتی حالت بھی بلند کرنے کی کوشش کی جائے گی۔

بیگم نے بات کاٹ کر کہا۔" اور پردہ؟"

جمال بہن نے کہا۔" پردہ تو خیر یقیناً اور فوراً ختم اگر مکمل طور پر نہ بھی اٹھا تو بھی پردہ کی قانونی حیثیت ضرور ختم ہو جائے گی اور پھر یہ ایک معاشرتی چیز بن کر رہ جائے گی کہ جس کا جی چاہے وہ اپنے مردوں کو پردہ کرائے اور جس کا جی چاہے نہ کرائے۔

بیگم نے کہا۔" تو نتیجہ کیا ہوگا۔ دیکھ لینا کہ بے شمار سر پھری عورتیں مارے شوقینی کے اپنے اپنے مردوں کو گھروں سے لے کر نکل پڑیں گی اور پھر جو قیامت برپا ہوگی اس کے نتائج پر بھی غور کر لو۔ مرد جس وقت تک گھر میں ہیں' اسی وقت تک نازکستان کا امن قائم ہے مردوں کے باہر آنے کے بعد کیا آپ یہ سمجھتی ہیں کہ یہ زنانی فوج ان کی روک تھام کر سکے گی یہ نازک پولیس ان کو قابو میں رکھ سکے گی۔ جرائم کی رفتار اور جرائم کی نوعیت ہی کچھ کی کچھ ہو کر رہ جائے گی اور حکومت کو مجبوراً مردوں کا مقابلہ کرنے کے لیے ہر محکمہ میں مرد بھی رکھنا پڑیں گے۔ جس کی موجودگی میں عورتیں کچھ ہی دن کے بعد بے کار محض ثابت ہوں گی اور رفتہ رفتہ یہاں مردوں کی حکومت ہوگی اور عورتوں کی غلامی۔"

جمال بہن نے کہا۔" تو پھر اس کا مطلب یہ ہوا کہ اب روٹی پکانا اور کپڑے سینا بھی سیکھ لینا چاہیے۔"

بیگم نے کہا۔" خیر تم مذاق کر رہی ہو مگر میں اس سلسلہ میں" انجمن تحفظ حجابات ذکور" کی گلے گلے پانی تائید میں ہوں کہ مرد راجست تحریک عورتوں کی حکومت کر کے رہے گی۔"

جمال بہن نے کہا۔" خیر اس میں آپ کی تائید کی کیا ضرورت ہے مرد راجست جماعت کے ہر پلیٹ فارم سے پکار پکار کر یہی کہا جا رہا ہے کہ ہم حکومت نہیں نسائیت چاہتے ہیں وہ چوری چھپے تھوڑی کہہ رہی ہیں تم نے موہنی داس کا خطبہ صدارت نہیں پڑھا جو آل

پاکستان مرد راج کانگریس میں انہوں نے دیا ہے اور کئی جگہ صاف صاف کہا ہے کہ ہم صرف پردہ اٹھوانا چاہتے ہیں پردہ اٹھا کر اور مرد کو باہر نکال کر دیکھ لیجئے۔ پھر تو حق حقدار کے پاس خود بہ خود پہنچ جائے گا۔ اس کا نظریہ تو یہ ہے کہ نازکستان ایک قلابازی کھایا ہوا خطہ ہے جہاں ہر بات الٹ کر رہ گئی ہے۔ یہی وجہ ہے کہ ہم کو اپنی زندگی اصلی نہیں بلکہ کچھ مصنوعی نظر آتی ہے اور ہم اس مصنوعی زندگی سے عاجز آ چکے ہیں۔"

بیگم نے کہا۔" بکتی ہے چڑیل۔ عاجز آ چکی ہے اب جب مرد باہر آ جائیں گے اور پکڑ پکڑ کر عورتوں کو گھروں میں ٹھونسیں گے اس وقت ان چرخہ کو پتہ چلے گا کہ عاجز آنا کس کو کہتے ہیں ذرا پہنچے دو مردوں کو ایوان خواتین میں اور نکلنے دو گھروں کے باہر سے پھر دیکھنا تماشا کہ یہ مرد کیسے کیسے نتھنوں چنے چبواتے ہیں۔

جمال بہن نے کہا۔" خیر یہ باتیں ہماری آپ کی زندگی میں مشکل سے ہونے پائیں گی۔ مردوں کو عملی دنیا میں قدم رکھنے کی صلاحیت حاصل کرنے کے لیے ابھی ایک عمر چاہیے نہ ابھی ان کی تعلیمی حالت اچھی ہے نہ ان کی بیرونی دنیا کا کوئی تجربہ نہ کوئی اندازہ ابھی تو پردہ اٹھے گا۔ پھر مدتوں میں گھروں سے نکلنے کے قابل ہو سکیں گے اور جو نکلیں گے وہ اس قابل نہ ہوں گے کہ ان کو تربیت دی جائے۔ بڈھے طوطے بھی کہیں پڑھا کرتے ہیں البتہ آئندہ نسل ایسی ضرور ہوگی جو اس قابل کہی جا سکے کہ اس کے سپرد کچھ ذمہ داریاں کر دی جائیں۔

بیگم نے کہا۔" اچھا اگر یہ قانون اٹھ گیا پردے کا تو کیا تم بھائی صاحب کو نکالو گی باہر۔"

جمال بہن نے کہا" کیوں کیا ہوا۔ تمہاری قسم ہاتھ میں ہاتھ ڈال کر اپنے مردوے کے ساتھ ٹہلا کروں گی جھومر باغ اور ٹیگہ پارک میں۔"

بیگم نے جل کر کہا۔" بے غیرت ہیں آپ اور کم بخت جب تیرے مردوے کو غیر عورتیں گھورا کریں گی اور دیکھا کریں گی للچائی ہوئی نظریں' اس وقت کیا کرے گی تو۔"

جمال بہن نے کہا۔" کروں گی کیا خوش ہوں گی کہ جیسا مردوا میرا ویسا کسی کا نہیں۔"

بیگم نے کہا۔" اور جو کسی اور عورت نے موہ لیا اسے تو؟"

جمال بہن نے کہا۔" تو کیا ایک آدھ ہفتہ اپنی قسمت کو رو پیٹ لوں گی اور پھر کوئی گھبرو جوان اپنے لیے ڈھونڈھ لوں گی۔"

بیگم نے عاجز آ کر کہا۔" خدا بچائے تجھ ایسی بے غیرت سے شرم تو نہیں آتی یہ باتیں کرتے' میں تو اپنے میاں جی سے کہوں گی کہ

کان کھول کر سن لو گھر کے باہر قدم نکالا اور توڑا میں نے تمہارا پیر۔''

جمال بہن نے کہا''جی اور کیا' گویا آپ کے توڑے ان کا پیر ٹوٹ بھی جائے گا۔ الٹی آپ ہی کی کلائی موچ کھا جائے گی۔''

بیگم نے کہا:''اچھا چاہے تم دیکھ لینا۔ خیر چھوڑو اس ذکر کو اب اٹھو بھی یہاں سے پولنگ کا وقت آ گیا ہے میں جا رہی ہوں زیب النساء اسکوائر' وہاں کے پولنگ اسٹیشن پر اندیشہ ہے کہ ہنگامہ نہ ہو جائے۔ یہ دونوں باتیں کرتی ہوئے باہر نکل گئیں۔ صدیق بھائی تو ان کی باتوں پر بغیر کچھ سوچے سمجھے ہنس رہے تھے۔ مگر ہم سنجیدگی کے ساتھ غور کر رہے تھے کہ نازکستان آتے ہی بیگم تو ایسی معلوم ہوتی ہیں گویا پشتوں سے اسی سرزمین کی رہنے سہنے والی ہیں۔ مردوں کی مخالف یہاں کی شدید سے شدید عورت زیادہ سے زیادہ اتنا ہی کر سکتی تھی۔ جتنا بیگم کر رہی تھیں اور ہم کو بیگم کی ان باتوں پر غصہ آ رہا تھا کیا کہیں مگر کیا کرتے مجبور تھے۔ بے بس تھے مرد تھے۔ ان دونوں کے جانے کے بعد ہم دونوں پھر کوٹھے پر پہنچ گئے۔ الیکشن کا زور بہ دستور جاری تھا۔ بلکہ جوش وخروش کچھ اور بھی بڑھ گیا۔ اس وقت خلیق النساء کے کیمپ میں واقعی تل دھرنے کی جگہ نہ تھی۔ تانگوں پر تانگے اور لاریوں پر لاریاں ووٹرانیوں سے بھری چلی آ رہی تھیں اختر زمانی بیگم کے کیمپ میں بھی ہجوم تو خیر بہت تھا مگر وہ بات نہ تھی۔ ان کے کیمپ پر جو جھنڈا لہرا رہا تھا اس پر برقعہ کی تصویر تھی اور خلیق النساء کے کیمپ پر مردراجسٹ پارٹی کا قومی نشان یعنی جھنڈے پر مونچھ بنی ہوئی تھی اور جھنڈا لہرا رہا تھا۔ دراصل اس وقت الیکشن تو قریب قریب ختم ہو چکا تھا۔ مگر چوں کہ یہی پولنگ اسٹیشن' سنٹرل پولنگ اسٹیشن تھا لہٰذا باقی تمام پولنگ اسٹیشنوں سے چار بجتے ہی پرچیوں کے بکس یہیں آ گئے اور رائے شماری شروع ہو گئی اب گویا سارا شہر سمٹ کر یہیں آ گیا تھا اور نتیجہ کے اعلان کا انتظار تھا کہ یکایک تھوڑی دیر کے بعد سارا پولنگ اسٹیشن ''خلیق النساء زندہ باد'' مردراجسٹ زندہ باد۔ مردراج زندہ باد۔'' کے نعروں سے گونج اٹھا اور دیکھتے ہی دیکھتے اختر زمانی بیگم کے کیمپ میں قبرستان کا سا سناٹا چھا گیا۔ ایک خلقت تھی۔ جو نعرے بلند کرتی' خوش ہوتی۔ اچھلتی کودتی خلیق النساء کے کیمپ میں نظر آ رہی تھی۔ ہم نے دیکھا کہ تھوڑی ہی دیر میں ایک متین اور سنجیدہ قسم کی خاتون کو بہت سی عورتیں ہاروں اور پھولوں میں لادے ہوئے اپنے حلقہ میں لیے پولنگ اسٹیشن میں پہنچ گئیں۔ یہاں ان کو دیکھتے ہی ''خلیق النساء زندہ باد کے نعرے پھر لگائے گئے اور آخر خلیق النساء بیگم نے ایک اونچی سی جگہ کھڑے ہو کر پہلے تو ہاتھ جوڑ کر لاکھوں عورتوں کے مجمع کو سلام کیا پھر کسی نے ایک مائیکروفون ان کے سامنے لا کر رکھ دیا اور وہ بولنے لگیں:

آپ مجھ کو مبارک باد نہ دیجئے بلکہ میں آپ کو مبارک باد دیتی ہوں کہ آپ حکومت کی تمام ریشہ دوانیوں کے باوجود روپیہ کی بارش کے مقابلہ میں اپنے افلاس کو لے کر محض خلوص اور محض جوش قومی کے بل بوتے پر کامیاب ہو گئیں۔ یہ کامیابی میری نہیں بلکہ آپ کی

ہے۔آپ نے اپنی نمائندگی کا جو بار میرے ناتوان دوش پر رکھا ہے دعا کیجئے کہ میں اس کی متحمل ہوسکوں اور آپ کی خدمت اس مونچھ دار جھنڈے کے زیر سایہ انجام دے سکوں۔ہم حق دار کوحق دلانے کے لیے اٹھے ہیں۔عورت کا فرض اس کو یاد دلاتا ہے زندگی کو تماشا نہیں بلکہ زندگی کے رنگ میں دیکھنا ہے۔خدا ہم کو کامیاب کرے۔

اس مختصر تقریر کے بعد ایک جلوس سا ترتیب دیا گیا ایک تخت پر ایک کرسی بچھائی گئی۔جس پر خلیق النساء ہاروں میں لدی ہوئی تھیں اور جلوس ایک سمندر کی طرح موجیں لے رہا تھا۔

مہرو تر اکم بخت وہی سب جگنی کا شوہر' وہی ہمارا جیتا جاگتا اضطراب اور ہمارا سلگتا ہوا جہنم واقعی ہمارے لیے ایک عذاب بنا ہوا تھا۔ہم نے اس کو آج تک دیکھا بھی نہ تھا مگر وہ عجیب عجیب شکلوں کے ساتھ ہمارے خواب میں آتا۔ہمارے تصور میں بسا ہوا تھا اور ہم کسی وقت بھی اس کے روح فرسا خیال سے اپنے کو محفوظ نہ پاتے تھے۔اس دن رات کی جلن نے آخر کار ہم کو گھلانا شروع کر دیا۔ بھوک ہماری غائب ہوگئی نیند ہماری رخصت ہوگئی۔اطمینان ہمارا گیا اور اب تو بات بات پر شکوک اور شبہات ہم کو گھیر لیا کرتے تھے۔یہ آج بیگم نے بالوں میں پھول کیوں لگایا ہے گھر سے تو بغیر پھول لگائے گئی تھیں ہو نہ ہو یہ پھول اس کم بخت نے اپنے ہاتھوں سے ان کے بالوں میں لگایا ہوگا۔ہم نے پھول کو غور سے دیکھا۔سرخ رنگ کا پھول یکا یک اپنی شکل بدلنے لگا۔واقعی وہ تو پھول تھا ہی نہیں ایک شگفتہ سے مرد کا ہنستا ہوا چہرہ مونچھیں لہراتی ہوئی پھول کی طرح کھلا ہوا چہرہ کیوں نہ کھلتا بیگم کے سر چڑھا ہوا تھا۔موت بن کر سر چڑھا تھا۔جنس رہا تھا۔یعنی ہم کو چڑا رہا تھا۔جیسے کوئی کسی چیز پر مخالفانہ قبضہ کر کے فاتحانہ ہنسی ہنسے بے شک وہ فاتح تھا۔اس نے بیگم کے دل پر قبضہ کر رکھا تھا وہ بیگم کو''سرکار'' کہہ کر مخاطب کر سکتا تھا۔اس نے بیگم کو شیشہ میں اتار رکھا تھا۔بس ہم ان ہی خیالات میں گم ہو کر رہ گئے اور اس وقت چونکے جب بیگم نے بچی کو آواز دی''شوکیہ''

میری ننھی منی گڑیا دوڑتی ہوئی آئی اور اماں کی گود میں اچک کر پہنچ گئی۔اس نے جاتے ہی پوچھا۔''امی کیا لائیں ہمارے لیے؟''

اور بیگم نے سر سے وہی پھول نکالتے ہوئے کہا۔''یہ دیکھو کیسا اچھا پھول ہے جیسی پھول پھول سی تم ویسا ہی یہ پھول کیسی اچھی خوشبو ہے اس کی اور کیسا پیارا پیارا ہے۔''

شوکیہ نے وہ پھول لیا جو ابھی ہم کو انسانی چہرہ نظر آ رہا تھا جو سوال ہم کو کرنا تھا وہ شوکیہ نے کر لیا۔''یہ پھول کہاں سے ملا؟''

بیگم نے کہا۔''کوتوالی کی مالن نے مجھ کو دیا تھا۔میں نے اپنی بچی کے لیے بالوں میں لگا لیا تھا کہ جب گھر جاؤں گی تو اپنی گڑیا کو دوں گی۔''

لیجئے یہ شک بھی دور ہو گیا کہ مہروترا نے پھول لگایا ہوگا۔ اسی طرح کے سینکڑوں شک بات بات پر پیدا ہوتے تھے اور پھر خود بہ خود دور ہو جایا کرتے تھے۔ مگر مہروترا والا شک تو روز بہ روز یقین بن رہا تھا۔ بیگم کی آمد ورفت ان کے یہاں جاری تھی اکثر رات کا کھانا بھی وہیں ہوتا تھا اور ہماری زبان صدیق بھائی اور جمال بھن نے بند کر رکھی تھی کہ جب تک ان کی تحقیقات مکمل نہ ہو جائے۔ اس وقت تک ہم کوئی بات بھی زبان سے نہ نکالیں۔ مگر ہمارا غم اب کوئی راز نہ رہا تھا ہر ایک کو معلوم تھا کہ ہم کس آگ میں جل رہے ہیں آخر ایک روز موقعہ دیکھ کر خدا بخش نے ڈرتے ڈرتے کہا۔ ''حضور اگر برا نہ مانیں تو میں ایک بات کہوں۔''

ہم ڈلی کاٹ رہے تھے اپنی دھن میں بیٹھے ہوئے اس کے اس طرح کہنے پر اپنے خیالات کا سلسلہ توڑ کر کہا ''کیا بات ہے؟''

خدا بخش نے کہا ''حضور کے غم کو میں سمجھتا ہوں مگر اس بات میں غفلت بھی ٹھیک نہیں ہے۔ اس طرف سے پورے داؤں چلے جا رہے ہیں اور آپ چپ بیٹھے ہیں کیا آپ اس وقت چونکئے گا جب پانی سر سے اونچا ہو جائے اور وہ کم بخت مہروترا اپنا پورا قبضہ جمالے خدا نہ کرے بیگم صاحب۔''

ہم حیران تھے کہ اس کو مہروترا کا نام کیوں کر معلوم ہو گیا مگر ہم نے اپنی حیرت کو چھپاتے ہوئے کہا ''تو پھر آخر میں کیا کروں اور میں مرد ذات آخر کر ہی کیا سکتا ہوں۔''

خدا بخش نے کہا۔ ''حضور چاہے مانیں یا نہ مانیں اس کم بخت مہروترا نے بیگم صاحبہ کو الو کا کشتہ ضرور کھلا دیا ہے۔''

ہم نے کہا ''خیر خیر یہ سب جہالت کی باتیں ہیں۔ میں ان باتوں کا قائل نہیں۔''

خدا بخش نے آنکھیں نکال کر بڑے دعویٰ کے ساتھ کہا۔ ''حضور آپ مانیں یا نہ مانیں مگر میں تو آزمائی ہوئی بات بتاتا ہوں۔ یہاں ان ٹونکوں کا بڑا زور ہے بکریا والی مسجد میں ایک ملانی جی رہتی ہیں کیا بات ہے ان کی ایسا عملی علمی پڑھتی ہیں کہ پھر اس کی کاٹ نہ ہو سکے خود میرے لڑکے کی بیوی نے ایک اور مرد کے پنجے میں پھنس کر لڑکے کو چھوڑ رکھا تھا۔ نہ روٹی کپڑا دیتی تھی نہ اس کی بیماری آزادی سے اسے کوئی مطلب رہا تھا۔ دن رات وہ تھی اور اس کا نیا مرد آخر میں ان ملانی کی خدمت میں حاضر ہوا اور رو رو کر میں نے پورا حال سنا دیا۔ ملانی جی نے اپنے عمل کے زور سے مجھے بتایا کہ تمہاری بہو کو قابو میں لانے کے لیے تمہارے لڑکے کے سوتانے نے بڑا زبردست عمل پڑھوایا ہے الو کا کشتہ اس کو کھلایا گیا ہے اور اب وہ سولہ آنے اس مرد کے قبضہ میں ہے آخر میں نے بڑی خوشامد کی تو ملانی جی کا دل پسیج گیا اور انہوں نے بتایا کہ میں چالیس روز کا ایک چلہ کھینچوں گی۔ یہ چلہ دریا کے کنارے کھینچا گیا اور رات کو ٹھیک بارہ بجے دریا کے اندر کھڑی ہو کر وہ عمل پڑھتی تھیں آخر چالیس روز کے بعد چلہ ختم کر کے انہوں نے مجھے ایک تعویذ دیا کہ اسے بندر کی

کھوپڑی میں رکھ کر کسی طرح اس مرد کے مکان کی چھت پر اچھال دو جو تمہارے لڑکے کی بیوی کو پھنسائے ہوئے ہے حضور میں نے ایسا ہی کیا اب میں آپ سے کیا کہوں کہ کیسا اثر ہوا ہے اس کا' دوسرے ہی دن وہ میرے لڑکے سے آ کر مل گئی۔ ہزاروں خوشامدیں اس کی کیں اور جب سے آج تک پھر اس طرف کا رخ بھی نہیں کیا۔''

ہم نے غور سے یہ داستان سن کر کہا۔'' تو پھر ان ہی ملانی جی کی مدد سے تم نے اپنی بیوی پر قبضہ کیوں نہ کر لیا؟''

خدا بخش نے کہا'' حضور وہاں تو قصہ ہی دوسرا ہے وہ پھنسی تھوڑی ہیں وہ تو نکاح کر چکی ہیں اور جس ایک مرد کو انہوں نے ڈال لیا ہے اس کی مجھے پروا بھی نہیں جب وہ میرے علاوہ کسی اور مرد سے شادی کر چکیں تو اب میری بلا سے ہزار مرد رکھیں تو بھی مجھے کیا۔''

ہم نے کہا'' خیر اس مرد کو جانے دو جسے ڈال لیا ہے مگر اس پر عمل کیوں نہیں کراتے جسے تمہاری بیوی نے نکاح کر کے شوہر بنا رکھا ہے۔''

خدا بخش نے کہا۔ حضور اس پر عمل کا اثر نہیں ہو سکتا اور نہ ملانی جی عمل پڑھنے پر تیار ہوں گی۔ ان کی شرط تو یہ ہے کہ عمل اس کے خلاف پڑھیں گی جو ناجائز طور پر پھنسا ہوا ہو شادی شدہ مرد کے خلاف عمل نہیں پڑھ سکتیں اسی لیے تو میں کہہ رہا ہوں کہ مہرو تراوالا قصہ ابھی قابو کی چیز ہے ابھی اس پر اور بیگم صاحبہ پر عمل کا اثر ہو سکتا ہے۔''

ہر چند کہ ہم ان باتوں کے دل سے قائل نہ تھے مگر ڈوبتے کو تنکے کا سہارا بہت ہوتا ہے ہم نے سوچا کہ آخر اس میں حرج ہی کیا ہے کیا عجب ہے کہ اسی کا کچھ اثر ہو۔ مگر اب سوال یہ تھا کہ بیگم کی اجازت کے بغیر ہم گھر سے باہر کیسے نکلیں۔ یہ تو ٹھیک ہے کہ برقعہ میں جاتے دو قدم پر وہ بکریا والی مسجد تھی۔ مگر پھر بھی جب سے پردے میں بیٹھے تھے آج تک ان کی اجازت کے بغیر گھر سے باہر کبھی نہ نکلے تھے لہٰذا ہم نے غور کرنے کے بعد کہا۔'' مگر میں جاؤں گا کیسے ملانی جی کے پاس بکریا والی مسجد تک بغیر بیگم سے پوچھے۔''

خدا بخش نے کہا'' تو ان کو خبر کیسے ہوگی آپ تو یہاں سے صدیق میاں کے یہاں جانے کے بہانے ڈولی پر روانہ ہو جایئے میں برقعہ پہن کر ساتھ ہو لوں گا۔ قریب تو ہے وہ مسجد۔''

ہم نے کہا'' نہ بابا یہ غلط ہے میں اس قسم کی چوری نہیں کر سکتا اور نہ ایسی بات آئندہ مجھ سے کہنا ان کو خبر ہو یا نہ ہو مگر میرے دل سے یہ کیسے ہو سکے گا کہ میں ان کے اعتماد پر بٹہ لگا دوں۔

خدا بخش نے غور کرنے کے بعد کہا'' اچھا یوں سہی میں ملانی جی کو یہاں لے آتا ہوں۔''

ہم نے کہا'' ہاں یہ ممکن ہے کہ میں پردے میں رہوں گا اور بات بھی خود نہ کروں گا غیر عورت سے۔''

خدا بخش نے کہا" ارے حضور ان سے پردہ کیا وہ تو بڑی پہنچی ہوئی اللہ والی ہے۔"

ہم نے کانوں پر ہاتھ رکھ کر کہا۔" کچھ بھی سہی مگر ہیں تو عورت نامحرم غیر عورت۔ نہ میں سامنے آؤں گا نہ اپنی آواز ان کو سناؤں گا۔"

خدا بخش نے کہا" اچھی بات ہے میں خود آپ کی طرف سے جو کچھ آپ کہیں گے کہتا جاؤں گا تو بلالوں ان کو ایسے میں بیگم صاحبہ بھی دن بھر کے لیے گئی ہوئی ہیں۔"

ہم نے کہہ دیا۔" بلالو بھائی یہ بھی کر کے دیکھ لیں۔"

تھوڑی ہی دیر میں خدا بخش نے آ کر کہا" سرکار وہ ملانی جی تشریف لے آئی ہیں آپ اندر ہو جائیے تو بلالوں اندر۔"

ہم دوڑ کر کمرے میں چلے گئے اور خدا بخش نے بھی برقعہ کا نقاب چہرہ پر ڈال کر ملانی جی کو اندر بلا لیا۔ ملانی جی سفید کپڑے پہنے ہاتھ میں لمبی سی تسبیح لیے پوپلے منہ میں پان دبائے تشریف لائیں خدا بخش نے ان کو کرسی دی تو فرمایا۔ نعوذ باللہ۔ استغفر اللہ میں اس کفار کی چیز پر نہیں بیٹھ سکتی۔ یہ تخت غالباً طاہر ہوگا' میں اس پر بیٹھتی ہوں۔ اور یہ کہہ کر الا اللہ کا نعرہ بلند کیا اور تخت پر تشریف فرما ہو گئیں۔ خدا بخش نے ان کے قریب ہی زمین پر بیٹھ کر برقعہ کے اندر ہی سے مہرو ترا اور بیگم کا تمام قصہ نہایت تفصیل کے ساتھ ان کو سنا دیا اور وہ تسبیح پھیرتی جاتی تھیں اور تمام قصہ بھی سن رہی تھیں آخر تمام قصہ سن کر فرمایا۔

" سب کچھ اس کے اختیار میں ہے وہ جو چاہے کرے مگر چوں کہ شرعاً بھی یہ بات غلط ہو رہی ہے لہٰذا میں عمل پڑھ دوں گی۔"

خدا بخش نے کہا۔" ملانی جی بس ایسا عمل پڑھیے کہ اس کم بخت مہرو ترا کو ایڑیاں رگڑوا دیجئے۔ جیسا اس نے ہمارے سرکار کو پریشان کیا ہے خدا کرے آپ کا عمل اس کو بھی چین سے نہ بیٹھنے دے۔"

ملانی جی نے فرمایا۔" بری بات ہے تم کو تو اپنے مالک کے لیے اپنی مالکہ کی محبت واپس چاہیے ہے۔ وہ انشاء اللہ واپس مل جائے گی۔ تم مہرو ترا کو تکلیف پہنچانے کا خیال دل سے نکال دو اس طرح نیت میں کھوٹ پیدا ہو جاتی ہے۔ ہاں تو تم نے تمام اخراجات بتا دیئے ہیں اپنے مالک کو۔"

خدا بخش نے کہا۔" جی نہیں اب آپ ہی فرما دیں۔"

ملانی جی نے کہا۔" میں کیا بتا دوں کیا کچھ مجھ کو لینا ہے؟ چالیس روز تک مجھے روزانہ دریا کے کنارے جانا ہوگا اور آدھی رات کے بعد واپسی ہوا کرے گی لہٰذا چالیس روز تک یکہ کا کرایہ آمد و رفت چالیس روپیہ لیتی ہے' میری یکہ والی۔ وہاں میں روزانہ سوا سیر دودھ

پڑھ پڑھ کر پھنکتی ہوں اور اس کی قیمت کا اندازہ کرلو اور اس خاص معاملہ میں چوں کہ فریق مخالف مسلمان نہیں بلکہ ہندو ہے لہٰذا مجھے کچھ روپیہ دریا میں بھی ڈالنا ہوگا تا کہ اگر ادھر سے کچھ جادو ہوا ہو تو اس کا اثر بھی جاتا رہے۔ ان تمام باتوں میں تقریباً سوا سو روپیہ خرچ ہوگا۔ اور بعد میں تمہارے مالک کو جو توفیق ہو مجھے بھجوا دیں۔ میں غریب عورتوں میں تقسیم کردوں گی اپنی خاص نگرانی میں۔

ہم نے خدا بخش کو اشارہ سے بلا کر کہا" ہٹاؤ بھی اس جھگڑے کو میں روپیہ کے خیال سے نہیں کہہ رہا ہوں بلکہ کچھ ایسا محسوس ہو رہا ہے گویا اپنی قسمت کے خلاف مقدمہ دائر کیا جا رہا ہے۔"

خدا بخش نے کہا۔" حضور آپ میرے کہنے سے عمل پڑھوا کر تو دیکھیں آخر اس میں حرج ہی کیا ہے میرے لڑکے کے لیے جو عمل پڑھا تھا اس میں کوئی چار او پر پچاس روپے لگے تھے۔ میں نے اپنی غریبی کے باوجود کہیں نہ کہیں سے انتظام کر دیا تھا۔ اس قصہ میں وہ کہتی ہیں کہ دریا میں بھی کچھ روپیہ ڈالنا ہے دوسرے حضور کے لیے خدا نہ کرے کوئی دقت تو ہے نہیں آپ تو بس روپیہ دے دیجئے۔ پھر آپ سے کوئی مطلب نہیں پھر فتح ہی فتح ہے۔"

ہم نے پھر کچھ غور کرنا شروع کر دیا کہ اتنے میں ملانی جی نے خدا بخش کو پکار کر کہا۔" میاں خدا بخش اپنے مالک سے کہہ دو کہ روپیہ کا معاملہ تو یہ ہے کہ جتنا گڑ ڈالیں گے اتنا ہی میٹھا پائیں گے میں تو ان کی بیگم کو آج ہی بلا سکتی ہوں۔ مگر میں جانتی ہوں کہ اس کے لیے ہزار ڈیڑھ ہزار کی رقم ایک دم نکالی نہ جا سکے گی لہٰذا میں نے یہ کم سے کم رقم بتا دی ہے اب اس میں کسی کمی کی گنجائش نہیں اور نہ مجھے اس میں سے کچھ لینا ہے۔"

خدا بخش نے کہا۔" ارے بھلا آپ کیا لیں گی۔ اسی طرح لیتی ہوتیں تو آج روپیہ رکھنے کی جگہ نہ ہوتی۔"

ہم نے خدا بخش سے کہا۔" اچھا میرا صندوقچہ اٹھا لاؤ۔"

خدا بخش دوڑ کر صندوقچہ اٹھا لایا اور ہم نے یہ بلا ٹالنے کے لیے ایک سو پچیس روپے نکال کر خدا بخش کے ہاتھ میں گن دیئے کہ لو ملانی جی کو دے کر رخصت کردو کہیں بیگم نہ آجائیں جو اور مصیبت آئے۔"

خدا بخش نے وہ روپیہ ملانی جی کے حوالے کر دیا جس کا اچھی طرح گن کر ملانی جی نے فرمایا" اب میں انشاء اللہ آج تمام انتظام مکمل کر کے کل سے عمل شروع کردوں گی مگر اس عرصہ میں تمہارے مالک گوشت' انڈا' مچھلی' پیاز اور لہسن بالکل نہ کھائیں اور ممکن ہے کہ ان کو کچھ ڈراؤنے خواب دکھائی دیں۔ لہٰذا یہ تعویذ ان کے تکیہ میں رکھ دو اور ان سے کہہ دو کہ رات کو سونے کے وقت تین مرتبہ یہ کہہ لیا کریں بھاگ سڑی دیوانہ آیا بھاگ سڑی دیوانہ آیا۔ بھاگ سڑی دیوانہ آیا۔"

خدابخش نے یہ عمل بھی یاد کرلیا اور ملانی جی سے کہا کہ میں خود یہ پڑھ کر دم کردیا کروں گا۔ ملانی جی نے اس پر کوئی زور نہ دیا کہ یہ عمل خود ہم ہی کو پڑھنا چاہیے بلکہ ہدایت فرمائی کہ کوئی بھی پڑھ کر پھونک دیا کرے بس اتنا ہی کافی ہے۔''

ملانی جی تو ادھر روانہ ہوگئیں اور ادھر ہم عجیب گوموکے عالم میں مبتلا ہوگئے۔ دماغ کہتا تھا کہ یہ کیا ضعیف الاعتقادی ہے اور دل کہتا تھا کہ

تو چہ دانی کہ دریں گرد سوارے باشد

عورتوں کے دل پر سوت کے سلسلہ میں کیا گزرتی ہوگی۔ اس کا کچھ نہ کچھ اندازہ ہم کو بھی اپنی ناقابل بیان تکلیف سے ہورہا تھا۔ کسی کام میں دل نہ لگتا تھا۔ ہر وقت جیسے ایک الجھن سی تھی۔ دن رات گویا انگاروں پر لوٹا کرتے تھے۔ جی چاہتا تھا کہ ہم کو پر پرواز مل جائیں اور ہم اس ملک سے پھر اپنے اسی ہندوستان کی طرف اڑ جائیں جہاں سے بے زار ہوکر یہاں آ پھنسے تھے مگر یہاں کی زمین ہندوستان کی زمین سے زیادہ سخت تھی اور یہاں کا آسمان ہندوستان کے آسمان سے بھی زیادہ دور۔۔۔۔۔۔۔ آخر خدا خدا کر کے جمال بہن نے اپنی تحقیقات کا نتیجہ سنانے کے لیے قدم رنجہ فرمایا اور ہم اپنی قسمت کا فیصلہ سننے کے لیے تیار ہوگئے۔ صدیق بھائی نے آتے ہی کہا ''میں ان کو اندر ہی بلائے لیتا ہوں' تم خود تمام حالات سن لینا۔'' ہم پردے میں ہٹ گئے تو صدیق بھائی نے جمال بہن کو اندر بلالیا۔ انہوں نے آتے ہی کہا۔ ''تسلیم عرض کرتی ہوں بھائی صاحب۔''

اب ہم بھی آواز کا پردہ جمال بہن سے نہ کرتے تھے لہٰذا ہم نے کہا۔ ''آداب عرض بہن! کہیے کیا سراغ لگایا آپ نے میری سارقہ کا۔''

جمال بہن نے کہا ''صاحب عجیب حالات ہیں وہاں کے میں نے بڑی چالاکیوں سے صحیح حالات معلوم کرنے کی کوشش کی مگر اب تک عالم یہ ہے کہ نہ میں آپ کے شک کو غلط کہہ سکتی ہوں۔ نہ میں یہ کہہ سکتی ہوں کہ سعیدہ نے واقعی مہرو ترا کے جال میں پھنس کر آپ سے بے وفائی کی ہے۔''

ہم نے کہا ''یہ کیا بات ہوئی بہن۔ آپ میرا دل رکھنے کے لیے کوئی بات چھپانے کی کوشش نہ کیجیے اس لیے کہ میں تو اس سلسلہ میں ہر بری سے بری خبر سننے کے لیے بھی تیار ہوں میرے دل پر جس قدر اثر ہونا چاہیے وہ تو ہو ہی چکا ہے اب اس سے زیادہ اثر کیا ہو گا۔''

جمال بہن نے کہا ''نہیں نہیں میں کوئی بات چھپا نہیں رہی ہوں بلکہ یہ واقعہ ہے جو عرض کر رہی ہوں۔ وہاں کا حال یہ ہے کہ

مہروترا کی بیوی صاحبہ کو تو دن رات ہوش ہی نہیں رہتا۔ بس وہ کچہری تو نہ جانے کیوں کر چلی جاتی ہیں۔ وہاں سے آئیں غسل کیا۔ کپڑے بدلے اور کلب چلی گئیں۔ اب کلب میں وہ ہیں اور شراب یہاں تک کہ تقریباً روز رات کو کبھی ایک بجے کبھی دو بجے کلب کی ایک آدھ میڈم ان کو کوٹھی پہنچاتی ہے اور وہ نشہ میں چور بستر پر ڈال دی جاتی ہیں۔ تن بدن کا ہوش نہیں ہوتا۔ ان کو تمام رات اسی طرح پی کر اگل کر' ناچ کر' کود کر بسر کرتی ہیں اور صبح اس وقت بیدار ہوتی ہیں جب خمار کی کیفیت ہوتی ہے' غسل کرتی ہیں اور کچہری پہنچ جاتی ہیں شراب نے کم بخت کو نہ گھر کا رکھا ہے نہ باہر کا نہ اس کو اپنے میاں کا ہوش ہے نہ کسی اور کا۔ ادھر ان کے شوہر صاحب کا یہ حال ہے کہ وہ اپنا دل ادھر ادھر بہلانا چاہتے ہیں۔ آدمی ہیں منچلے دوسرے بیوی ان کے لیے غیر متعلق ہو کر رہ گئی ہیں لہٰذا وہ بھی اپنا سجا گرم رکھتے ہیں اس میں شک نہیں کہ سعیدہ سے ان کو بے حد لگاؤ ہے مگر میں آپ سے سچ کہتی ہوں کہ اب تک سعیدہ نے شاید ان کی حوصلہ افزائی نہیں کی ہے۔''

ہم نے کہا۔'' کیا باتیں کرتی ہیں آپ بہن یہ حوصلہ افزائی نہیں' تو اور کیا ہے کہ ان کے تحائف قبول کرتی ہیں۔ ان کے خطوط وصول کرتی ہیں ان کے یہاں آتی جاتی رہتی ہیں۔ یہ سب حوصلہ افزائی نہیں تو اور کیا ہے۔''

جمال بہن نے کہا۔'' یہ سب کچھ تو ہے مگر میرے پاس اس بات کا دستاویز ثبوت موجود ہے کہ سعیدہ ان کو اس رنگ میں دیکھنا نہیں چاہتیں جس رنگ میں وہ اپنے کو سعیدہ کو پیش کر رہے ہیں۔ دیکھئے سعیدہ کا ایک خط میں نے راستہ ہی سے اڑا لیا۔''

صدیق بھائی نے جمال بہن سے وہ خط لے کر ہم کو دیا اور ہم نے پڑھنا شروع کیا:'' اچھے دیور جی نمستے میں تین چار روز سے کیوں غائب ہوں میں نے آپ کے تین پرچوں کا جواب کیوں نہیں دیا۔ اس کا شاید مجھ سے زیادہ آپ خود جانتے ہوں گے آپ کی پتنی سرلا میری سہیلی ہے۔ ایسی سہیلی جس کو بہن کا درجہ حاصل ہے اور اس رشتہ سے آپ صرف میرے دیور ہو سکتے ہیں۔ اس سے زیادہ اور کچھ نہیں میں نے کئی بار آپ کو زبانی اور تحریری سمجھایا ہے اور آج پھر یہ بات بتانے کی کوشش کرتی ہوں کہ میرے نزدیک انسانیت کا سب سے بڑا گناہ یہی ہے کہ کسی کے اعتماد کو ٹٹی بنا کر اس کی آڑ میں شکار کھیلا جائے دوسرے آپ کو یہ معلوم ہے کہ میں شادی شدہ ہوں میں خود بھی کسی کے اعتماد کی امینہ ہوں۔

ممکن ہے کہ آپ کے لیے امانت میں خیانت کوئی بری بات نہ ہو مگر میں اس گناہ کے تصور سے بھی کانپ جاتی ہوں۔ میرا بے زبان شوہر میری محبت اور میری وفا کا امیدوار اس لیے نہیں ہے کہ میں دوسروں کے شوہروں پر محبت کے خزانے لٹاتی پھروں اور اس کی امانت میں خیانت کروں۔ آپ نے جو کچھ میری قدر دانی فرمائی ہے' اس کی شکر گزار ہوں۔ کاش یہ تمام توجہ اور تمام قدر دانی بے لوث

ہوتی مگر آپ نے مجھ کو دوگونہ عذاب کی راہ دکھائی ہے ایک طرف تو میں اپنی سہیلی سرلا کی عزت لوٹوں۔ دوسری طرف اپنے شوہر کی امانت میں خیانت کروں۔ میں نے اس سلسلہ میں اپنا جائزہ لیا۔ تمام اعتبارات کو سامنے سے ہٹا کر دیکھا۔ مگر کسی حیثیت سے بھی میں آپ کے ان جذبات کی پذیرائی کرنے کے لیے تیار نہیں ہوں۔ آپ نے اس روز میرا ہاتھ پکڑ کر مجھ سے پیمان وفا کا مطالبہ کیا اور خود وفا کی قسم کھائی۔ مگر آپ کو یہ سوچنا چاہیے تھا کہ دو بے وفا عہد وفا کر ہی نہیں سکتے۔ آپ کی بے وفائی مسلم ہے کہ آپ سرلا سے بے وفائی کر رہے ہیں اور اگر میں بھی اپنے شوہر سے بے وفائی کر کے آپ سے عہد وفا کروں تو وفا کے نام پر تین حرف۔

میں آپ کو پسند کرتی ہوں۔ آپ کی ذہانت اور طباعی کی دلدادہ ہوں آپ کی صحبت میں اپنے تمام آلام و افکار کو بھول جاتی ہوں بے شک میں نے یہ بھی کہا ہے کہ سرلا بدنصیب ہے۔ جو اس مجسم شراب کو چھوڑ کر اس شراب میں مست ہے جس کا نشہ چڑھتا اور اترتا رہتا ہے۔ مگر اس کے معنی یہ تو نہیں ہو سکتے کہ میں نے آپ کو اپنے لیے پسند کر لیا تھا۔ بلکہ میں تو آپ کی نگاہوں کا مفہوم بھی عرصہ تک نہ سمجھ سکی آپ نے جب مجھ کو سمجھایا تو میں کانپ اٹھی اور اب میں حیران ہوں کہ آپ کو آخر کس طرح سمجھاؤں۔ آپ مجھ کو عزیز ہیں اور بہت عزیز ہیں آپ کو چھوڑنا نہیں چاہتی مگر یہ بھی چاہتی ہوں کہ آپ مجھے چھوڑنے پر مجبور نہ کریں مجھے امید ہے کہ آج آپ مجھ سے یہ وعدہ کرنے میں میری خاطر اپنے دل پر پتھر رکھ لیں گے کہ آئندہ آپ ہمیشہ مجھ کو بہن سمجھ کر ملیں گے۔ ورنہ میں اپنے دل پر پتھر رکھ کر آپ کا خیال چھوڑنے کی کوشش کروں گی۔ جانتی ہوں کہ مشکل سے کامیابی ہوگی۔ مگر موت سے بچنے کے لیے پرہیز کے طور پر اچھی سے اچھی چیز بھی مریضہ کو چھوڑنا پڑتی ہے۔۔۔۔۔۔فقط

آپ کی مخلصہ/سعیدہ"

اس خط کو پڑھ کر ہماری آنکھیں کھل گئیں۔ معلوم یہ ہوا کہ جیسے سوکھے دھانوں پانی پڑ گیا۔ میری سعیدہ میری نظروں میں اسی قدر بلند ہوگئی جس قدر اس کو ہونا چاہیے تھا۔ مجھے کیا معلوم تھا کہ میری پیاری بیوی ایسی حور صفت ہے دل ہی دل میں ہم نے اپنے اوپر ملامتیں کیں کہ ایسی حور صفت بیوی کے متعلق اس قسم کے خیالات ہمارے ذہن میں تھے' مگر کہیں ایسا تو نہیں ہے کہ جمال بہن نے ہمارا دل رکھنے کے لیے یہ خط خود تصنیف کر دیا ہو مگر خط سعیدہ کا تھا۔ وہی کھڑے کھڑے حروف وہی دائرے وہی کشش اور اگر یہ خط واقعی سعیدہ ہی کا ہے تو ایسے مفید مطلب خط کو جمال بہن نے راستہ ہی سے کیوں اڑوا لیا۔ مہر و تراک جانے کیوں نہ دیا کہیں ایسا تو نہیں ہے کہ اس معاملہ میں جمال بہن بھی سعیدہ کی راز دار ہوں اور سعیدہ سے کہہ کر یہ خط لکھوایا ہو کہ ہم کو بھی اطمینان ہو جائے اور سعیدہ کے لیے راستہ بھی صاف رہے واقعی ان عورتوں کا کیا اعتبار کیا خبر کہ خود جمال بہن کا کوئی ایسا ہی قصہ ہو جس کی راز دار بیگم ہوں۔

لہٰذا بیگم کی رازداری اب ان کا فرض ہے اور اگر یہ کوئی بات نہیں ہے تو جمال بہن کے چہرے پر آخر فکر اور پریشانی کیوں ہے ایسے خط کے بعد تو ان کا چہرہ نہایت شگفتہ ہونا چاہیے تھا۔ ہم ان ہی متضاد خیالات میں غرق تھے کہ صدیق بھائی نے کہا۔ ''اس خط کو دیکھ کر اطمینان ہو گیا۔ مرے جاتے تھے۔ بے چارے جورو کے لیے۔''

ہم نے رسمی طور پر مسکرا کر کہا۔ ''میری سمجھ میں تو کچھ آتا نہیں اگر تم اس کا اطمینان بخش ہو تو مجھے بھی اطمینان ہو جائے گا۔''

جمال بہن نے کہا۔ ''سنئے صاحب صاف بات یہ ہے کہ خود مجھے اس خط کے باوجود اطمینان نہیں ہے۔ اس خط سے صرف اسی قدر پتہ چلتا ہے کہ سعیدہ نے ایمان داری کے ساتھ بچنے کی پوری کوشش کی ہے مگر اس خط کی تاریخ دیکھئے 14 / چتون اور آج ہے ابرو کی 27- گویا 14 / چتون/ 14 مژگاں۔ 14 زمرد اس۔ 14 ابرو گویا تین مہینہ تیرہ دن کی یہ بات ہے اور جب سے اب تک کے حالات کچھ بہت زیادہ اس خط کی تائید میں نہیں ہیں۔

ہم نے کہا۔ ''یہ خط مہرو تا تک آپ نے پہنچنے ہی نہ دیا۔ آپ کہتی ہیں کہ راستہ ہی سے اٹھوا لیا تھا۔''

جمال بہن نے کہا ''جی نہیں ایسی کچی گولیاں بہت کم کھیلتی ہوں یہ خط میں نے پہلے راستہ ہی سے اڑا کر اچھی طرح پڑھا اور حالاں کہ میرا دل چاہا کہ میں اسے آپ کو دکھا دوں مگر اس سے زیادہ ضروری یہ معلوم ہوا کہ مہروترا تک جلد سے جلد یہ خط پہنچ جائے۔ چنانچہ میں بجنسہ ان تک یہ خط پہنچوا بھی دیا اور جس ذریعہ سے پہنچوایا تھا۔ اسی ذریعہ سے پھر اسے غائب کروایا۔ تا کہ آپ کو دکھا دوں۔''

ہم نے کہا ''اچھا تو وہ حالات کیا ہیں جن کے متعلق آپ یہ کہہ رہی تھیں کہ وہ اس خط کی تائید میں نہیں ہیں۔''

جمال بہن نے کہا'' وہ حالات یہ ہیں کہ جب ایک مرد کے متعلق یہ معلوم ہو چکا کہ وہ ایسا آپے سے باہر ہے کہ اپنی بیوی کی ناک کٹانے کو بھی تیار ہے جس نے مردانہ شرم و حیا کو طاق پر رکھ کر خود محبت کی بھیک مانگی ہو بلکہ محبت کیوں کہئے جس نے خود عورت کو ہوس رانی دی ہو اس سے آخر پھر ملنے کی ضرورت ہی کیا تھی مگر وہ روز جاتی ہیں۔ عام طور پر رات کا کھانا وہیں ہوتا ہے جب سرلا ہوتی ہیں کلب میں بند کمرے میں صرف مہروترا ہوتا ہے اور یہ ہوتی ہیں۔ یہ رنگ کچھ مناسب تو نہیں کہے جا سکتے۔''

صدیق بھائی نے کہا ''ممکن ہے کہ اس خط کے بعد اس نے بھی اپنی اصلاح کر لی ہو اور اب دونوں واقعی بھائی بہن کی سی محبت سے ملتے ہوں۔''

جمال بہن نے کہا'' خیر ملتے ہوں یا نہ ملتے ہوں مگر آپ کسی کو اس طرح کی بہن بنا کر مل سکتے ہیں۔''

صدیق بھائی نے کچھ شرما کر کہا" خدانہ کرے ملوں میں۔"

جمال بہن نے قائل کرتے ہوئے کہا۔" کیوں آخر کیوں اگر یہ کوئی بری بات نہیں ہے تو پھر اس" خدانہ کرے" کے کیا معنی ہوئے۔"

صدیق بھائی نے کہا" تو پھر کیا یہ خط جھوٹا تھا۔"

جمال بہن نے کہا" نہیں خط بالکل سچا تھا اس کے ایک ایک لفظ سے سچائی برس رہی ہے مگر آخر کب تک؟ کیا یہ ممکن ہے کہ ان کی راست بازی پر اس کی گمراہی غالب آگئی ہو گناہ سے بچنے کے لیے بڑے دل گردے کی ضرورت ہے اور میں یہ بھی نہیں کہہ سکتی کہ واقعی یہ ملاقاتیں مجرمانہ ہی ہیں بہت ممکن ہے کہ دونوں میں نہایت پاکبازانہ ربط ہو مگر میں تو قرینہ کو کہتی ہوں کہ دیکھنے والیاں نام دھرتی ہیں عام طور پر اب یہ مشہور ہو رہا ہے کہ کوتوالی صاحب کے اور مہرو ترا کے درمیان کچھ دال میں کالا ضرور ہے بد اچھا بدنام برا میں تو دراصل ایسے مرد کی صحبت ہی غلط سمجھتی ہوں جو اس قدر بدحواس ہو چکا ہو۔"

ہم نے۔" تو پھر آپ نے خاک تحقیقات کی ہے کہ یہ بھی ممکن ہے اور وہ بھی ممکن ہے اگر آپ کو واقعی کچھ معلوم ہو چکا ہے تو مجھے بتا دیجئے میری طرف سے آپ بالکل بے فکر رہیے۔ میں نے اپنا دل پتھر کا کر لیا ہے۔

جمال بہن نے کہا" میری تحقیقات دراصل ابھی ختم نہیں ہوئی ہے۔ مگر بہت جلد مجھ کو اصل واقعات معلوم ہو جائیں گے اس لیے کہ میں نے اپنے یہاں کا ملازم اللہ دیا سب ججنی صاحب کے یہاں رکھوا دیا ہے ذرا اس کا رخ بڑھنے دیجئے پھر وہ تمام خبریں روز کی روز مجھے پہنچاتا رہے گا۔ فی الحال آپ اطمینان سے بیٹھئے اور اپنے دل کو سمجھانے کے لیے اس خط کو بہت سمجھئے کم سے کم آپ کو یہ اطمینان تو ہونا ہی چاہیے کہ آپ کی بیگم نے مدافعت میں کوئی کمی نہیں کی ہے۔"

جمال بہن اسی طرح سمجھا بجھا کر ہم کو عجیب شش و پنج میں مبتلا کر کے چلی گئیں اور ہم برابر یہی سوچتے رہے کہ واقعی اگر خط سچا ہے تو پھر اس میل جول کے کیا معنی اور پھر خود ہی یہ سوچتے کہ جو عورت ایسا زبردست خط لکھے گی وہ لرزش کا شکار کیوں کر ہو سکتی ہے۔

ایوان خواتین نے آخر کار کثرت رائے سے اپنی صدر فخر النساء بیگم کے مقابلہ میں مرد راجسٹ پارٹی کی اکثریت کے زیر اثر موہنی داسی جی صاحبہ کو صدر منتخب کر لیا۔ انتخابات میں ہر جگہ مرد راجسٹ پارٹی کامیاب ہوئی صرف 1/2 دوسری پارٹیوں کی ممبرانیاں منتخب ہو سکیں۔ خود فخر النساء بیگم بھی اس لیے کامیاب ہو گئی تھیں کہ ان کے مقابلہ کے لیے مرد راجسٹ پارٹی نے کسی کو کھڑا نہ کیا تھا۔ بہرحال اب ایوان مرد راجسٹ پارٹی کا تھا اپوزیشن انجمن تحفظ ذکور کا تھا ضرور مگر نہایت کمزور نہ ہونے کے برابر۔ لہٰذا یہ

طے تھا کہ مرد راجسٹ جو چاہیں گے وہ ہو کر رہے گا جس دن ایوان پر مونچھ والا جھنڈا لہرانے کی رسم آصفیہ بیگم نے ادا کی ہے اسی روز سے سارے ملک کی ہوا بدل گئی تھی جو پہلے مجرمہ اور ملزمہ تھیں وہ اب برسر اقتدار تھیں اور نازکستان ہر انقلاب کے لیے اب بالکل تیار تھا چنانچہ یہی ہوا کہ جس وقت خلیق النساء پردہ کے خلاف مسودہ قانون لے کر اٹھی ہیں۔ اپوزیشن نے لاکھ لاکھ شور بلند کیا۔ سینکڑوں ترمیمیں پیش کی گئیں۔ واک آوٹ ہوئے مگر آخر کار 437 کی موافقت اور 213 کی مخالفت سے یہ قانون اس شکل میں منظور ہو گیا کہ

''نازکستان کے تمام مردوں پر قانوناً پردہ کرنے کی جو پابندی عائد تھی' وہ اٹھائی جاتی ہے اور اب پردہ کرنا اس کی ذاتی خواہش و مرضی پر منحصر کیا جاتا ہے۔ حکومت کو اس سے کوئی سروکار نہ ہوگا کہ مرد پردہ کر رہے ہیں یا بے پردہ پھر رہے ہیں۔ نہ قانوناً ان کو بے پردہ ہونے پر مجبور کیا جاتا ہے نہ قانون ان کو پردہ کرنے کے لیے مجبور کرتا ہے ضابطہ فوج داری کے قوانین 132 الف۔ بے تے اور قوانین قابل دست اندازی پولیس 117 رج۔ و۔ ر۔ جن کے ماتحت پردہ ترک کرنے والے مردوں کو 100 سے 500 روپیہ تک جرمانہ یا تین ماہ سے ایک سال تک کی قید بامشقت یا دونوں کی سزا ہو سکتی تھی' آج سے قطعاً منسوخ سمجھے جائیں گے۔''

اس قانون کی منظوری کے بعد مرد راجسٹ اخبارات نے بڑے بڑے افتتاحیہ مقالات لکھے۔ خلیق النساء کی دھوم مچائی اور مخالف اخبارات نے سیاہ جدولوں میں اس خبر کو چھاپ کر ماتم کیے ملک بھر میں جلسے ہوئے۔ بہر حال سب ہی تو تائید میں تھیں نہیں کہ عام جشن منایا جاتا کہیں مخالفت ہوئی اور کہیں تائید مگر اس وقت عام فضا یہ تھی کہ قانونی پابندی تو خیر اٹھ گئی ہے مگر عام طور پر مردوں کی طرف سے یہ کہا جا رہا تھا کہ وہ خود اپنی گھٹی میں ملی ہوئی پردہ کی عادت کو مشکل ہی سے چھوڑیں گے۔ مگر پھر بھی بہت سے گھرانوں کے مردوں نے برقعہ اتار پھینکا اور اپنی اپنی عورتوں کے ساتھ نکل کھڑے ہوئے۔ باہر سینما ہاؤسز میں بھی اب عورتوں کے درمیان بے پردہ مرد نظر آنے لگے مگر بہت ہی کم اکا دکا البتہ ہماری پیش گوئی بالکل سچ نکلی کہ راد ھا نگر میں جس مرد نے سب سے پہلے پردہ ترک کیا وہ مہر و تر اتھا اس کم بخت کو تو بہانہ ملنا چاہیے تھا۔ پردہ چھوڑنے کا ایک روز صدیق بھائی نے ہم سے بھی کہا:

''کیوں نکلتے ہو پردے کے باہر؟''

ہم نے کہا۔''ہم تو نکلا ہی کرتے تھے باہر ہمارے لیے یہ بے پردگی نہیں بلکہ پردہ نئی چیز ہے البتہ تم اپنی کہو۔''

صدیق بھائی نے کہا۔''بھائی سچ پوچھو تو مجھ سے باہر نکلا ہی نہیں جا سکتا مجھے تو گھر کے باہر نکال کر دیکھ لو تو میں اکڑا ہوا کھڑا رہوں گا مگر جہاں کوئی عورت سامنے آئی یا تو میں بیٹھ جاؤں گا گڑ بڑا کر یا گر پڑوں گا۔ سمجھ میں نہیں آتا کہ مردوں سے نکلا کیسے جائے گا گھر کے

باہر۔"

ہم نے کہا" آخر نکلنے والے نکلے ہی گھر کے باہر مہرو ترا کو دیکھ لو نا۔"

صدیق بھائی نے برا مان کر کہا۔" اس کم بخت کا کیا ہے آبرو باختہ اسے مرد کون کہتا ہے۔ ہزار بے شرم مری ہوں گی تو یہ ایک مرد پیدا ہوا ہو گا اس کم بخت نے تو گھی کے چراغ جلائے ہوں گے بلی کے بھاگوں چھینکا ٹوٹا۔" ہم نے کہا۔" سنا ہے کہ اب تو تمہاری بہن صاحبہ کے ساتھ سینما بھی تشریف لے جاتے ہیں بے پردہ۔"

صدیق بھائی نے کہا۔" کون مہرو ترا جاتا ہے سعیدہ بہن کے ساتھ؟"

ہم نے کہا۔" ہاں ہاں کل ہی تو مجھ کو اطلاع ملی ہے۔ میں تو یہ کہتا ہوں کہ اب گویا کھلم کھلا سیر سپاٹے بھی ہونے لگے۔"

صدیق بھائی نے کہا۔" مگر ایک بات ہے کہ اللہ دیا نے جو رپورٹ پہنچائی ہے اس سے تو یہ معلوم ہوتا ہے کہ سعیدہ بہن کو مہرو ترا بڑے ادب سے بہن جی کہتا ہے اور وہ بھائی صاحب کہتی ہیں۔ اس کے علاوہ اللہ دیا نے یہ بھی بتایا ہے کہ کبھی ان دونوں کو اکیلے دوکیلے اندھیرے اجالے بھی کسی قابل اعتراض حالت میں نہیں دیکھا گیا۔ مگر اب تک ہماری بیگم صاحبہ کو اطمینان نہیں ہے وہ برابر اللہ دیا کو یہی تاکید کر رہی ہیں کہ تم نگرانی میں غفلت نہ کرنا۔"

ہم نے کہا۔" کچھ سمجھ میں نہیں آتا' کیا قصہ ہے اللہ دیا کا یہ بیان۔ وہ خط اور بیگم کی فطرت کا جو کچھ اندازہ خود مجھ کو ہے ان تمام باتوں سے ہر شک ختم ہو جاتا ہے مگر بہ قول جمال بہن کے پھر آخر اس کم بخت سے ملنے کی ضرورت ہی کیا ہے اور یہ کون سی نیک نامی کی بات ہے کہ اس بدنام مرد کے ساتھ یوں کھلم کھلا پھرا جائے۔

ہم یہ بات کر ہی رہے تھے کہ بیگم نے ڈیوڑھی پر آواز دی اور صدیق بھائی ایک چھپا کے ساتھ کمرے میں گھس گئے۔ ہم نے بیگم کو بلا لیا۔ بیگم نے آتے ہی کہا" یعنی اب بھی بھائی صاحب پردہ کرتے ہیں گویا میں ان کے لگے ہوئے لعل ہی تو اکھاڑ لوں گی۔ بے پردگی کا قانون تک منظور ہو چکا ہے اور ان کا پردہ ہے کہ کسی طرح ختم ہی نہیں ہوتا۔"

صدیق بھائی نے اندر ہی سے کہا۔" بہن آپ مجھے دیکھ کر کیا کریں گی آپ کی نگاہیں سینکنے کے لیے اب تو بہت سے مرد بالکل باہر نکل آئے ہوں گے۔" بیگم نے کہا۔" کچھ نہ پوچھئے کیا حال ہے۔ میں تو ہر وقت اپنی برخاستگی کے حکم کا انتظار کر رہی ہوں۔"

صدیق بھائی نے گھبرا کر کہا۔" وہ کیوں؟"

بیگم نے کہا" مردراجسٹ حکومت بھلا مجھ کو رہنے دی گی۔ خلیق النساء کا بس چلے تو کچی چبا جائے مجھے' مردر جسٹوں سے جیلیں

میں نے بھریں ڈنڈے بازیاں میں نے کیں۔ گولیاں میں نے چلائیں۔ میں تو ان کی آنکھوں میں خار کی طرح کھٹک رہی ہوں۔

صدیق بھائی نے کہا۔"خیر خدا نہ کرے۔ایسا ہو مگر مرد راجسٹ بدلے آخر کس کس سے لیں گی۔آپ نے کوئی اپنی مرضی سے تو یہ سب کچھ کیا نہیں۔حکومت جو حکم دیتی تھی وہ آپ کرتی تھیں دوسرے خلیق النساء کا آج بیان آپ نے اخبارات میں نہیں پڑھا۔"

بیگم نے کہا۔"نہیں میں نے اخبار نہیں پڑھا......."

ہم نے کہا" یہ کیا ہے"

بیگم نے کہا۔" سناؤ تو ذرا پڑھ کر' کیا فرماتی ہیں۔"

ہم نے اخبار پڑھنا شروع کیا۔

خلیق النساء بیگم ایم اے کے' کا بصیرت افروز بیان:

"مجھ تک یہ اطلاعات پہنچائی گئی ہیں اور قرینہ سے یہ خبر درست معلوم ہوتی ہیں کہ ملک میں جہاں مرد راجسٹ پارٹی کے برسر اقتدار آنے پر مسرت کی ایک لہر دوڑ گئی ہے وہاں ایک طبقہ ایسا بھی ہے جو ان اندیشوں میں مبتلا ہے کہ شاید مرد راجسٹ اب ان سے ان زیادتیوں اور ان مظالم کے بدلے گن گن کر لے گی جو حکومت کے اشارے پر حکومت کی ایجنٹوں نے مرد راجسٹ پارٹی پر کئے ہیں۔مرد راجسٹوں کو تذلیل کے ساتھ جیلوں میں بھرا گیا ہے۔چورنیوں اور قزاقنیوں کا سا سلوک ملک اور قوم کی خادماؤں کے ساتھ کیا گیا ہے۔ان کا اخلاقی مجرمات کے ساتھ رکھا گیا۔ان کو زدوکوب کیا گیا۔ان پر گولیاں برسائیں گئیں اور ان کو ہر قسم کا مالی نقصان بھی اس طرح پہنچایا گیا کہ ان کی زمینیں ضبط ہوئیں۔ان کے کھیتوں میں آگ لگائی گئی۔مختصر یہ کہ ان کو طرح طرح سے آزمایا گیا مگر وہ ایک آہنی چٹان کی طرح اپنے مقصد پر ڈٹی رہیں۔یہ سب کچھ سہی مگر یہ اندیشہ کہ اب مرد راجسٹ جماعت ان مظالم کے بدلے ان سب سے لے گی۔جن کے ہاتھوں یہ مظالم ہوئے تو یہ غلط ہے اور ایک باطل اندیشہ کے سوا کچھ اور نہیں ہم کو معلوم ہے کہ یہ سب تو ایک مشین کے کل پرزے ہیں جن کو چلانے والی جس طرح چلائی گی اسی طرح وہ چلیں گے۔مجھے سارے ملک کا حال تو وثوق سے نہیں معلوم مگر رادھانگر کا ذاتی تجربہ ہے جس وقت خانم بہادرنی سعیدہ خاتون مرد راجسٹ پارٹی پر گولی چلانے آئیں وہ سب سے پہلے میرے پاس آئی تھیں اور مجھ سے نجی طور پر کہہ دیا تھا کہ مجھے گولی چلا کر مجمع کو منتشر کرنے کے احکامات مل چکے ہیں اگر آپ مجمع کو پر سکون طریقہ پر منتشر کرا دیں تو میں اپنی مرضی کے خلاف گولی چلانے سے بچ جاؤں گی۔مگر میں نے ان سے کہہ دیا تھا کہ آپ کو جو حکم ملا ہے اسے پورا کیجئے۔میں اس مجمع کو جو شیرنیوں کا مجمع ہے بزدلی کی تعلیم نہیں دے سکتی رادھانگر میں گولی چلی اور خانم بہادرنی سعیدہ

خاتون کی قیادت میں چلی مگر میں مگر جانتی ہوں کہ اس کی ذمہ داری ان پر نہیں ہے۔ اسی طرح میں تمام ذمہ دار افسرانیوں کو یقین دلاتی ہوں کہ ان کے طرزِ عمل ان کے ذاتی نہ تھے اور اسی لیے ہم ان سے ذاتی طور پر کوئی انتقام لینے کا خیال بھی نہیں رکھتے۔ جس حکومت اور جس نظام کے اشارے پر یہ سب کچھ ہو رہا تھا وہ حکومت اور وہ نظام ہم نے کچل کر پاش پاش کر دیا۔ اب ہم وہی مثالیں پیش نہ کریں گی۔ جن کی خود ہم کو اصلاح مقصود بھی اور ہے۔"

بیگم نے خوش ہو کر کہا۔"واقعی اس جماعت کو برسرِاقتدار آنا بھی چاہیے تھا۔ بڑی قربانیاں پیش کی ہیں۔

ہم نے کہا۔"خوش ہو گئیں نا اس کے ایک ہی بیان پر اور ابھی برخاستگی کے حکم کا انتظار ہو رہا تھا۔"

بیگم نے کہا"خیر وہ انتظار تو مجھے رہے گا۔ اس لیے کہ یہ بیان' یہ تحریریں اور یہ تقریریں سب ہاتھی کے وہ دانت ہوتے ہیں جو ہاتھی دکھاتا ہے۔ چبانے والے دانتوں سے خدا بچائے۔"

صدیق بھائی نے کہا"خیر یہ سیاسی چال سہی تو بھی اب آپ کا نام خاص طور پر لے کر میں تو یہ سمجھتا ہوں کہ وہ ایسی ہی گدھی ہوگی جو آپ کو نقصان پہنچائے۔"

ہم نے کہا۔"اور آپ خود بھی تو بڑی چالاک ہیں۔ آخر یہ کیا سوجھی تھی کہ گولی چلانے گئیں اور پہلے ان سے مشورہ کر لیا۔"

بیگم نے کہا۔"واقعی میرا دل کچھ دھپر دھپر کر رہا تھا اور گولی چلانے کے خیال سے رونگٹے کھڑے ہوئے جاتے تھے۔ ایک بوتل پوری بید مشک کی پی لی تھی میں نے گولی چلوانے کے بعد' جب کہیں حواس درست ہوئے میں نے تو واقعی خلیق النساء کے آگے ہاتھ تک جوڑے کہ اتنی بے گناہ خواتین کا خون میری گردن پر نہ لایئے ان کو منتشر کر دیجیے' مگر وہ کسی طرح نہ مانیں تو آخر میں کرتی بھی تو کیا کرتی۔"

صدیق بھائی نے کہا۔"بہرحال خلیق النساء کے اس بیان سے یہی معلوم ہوتا ہے کہ وہ آپ سے خوش ہیں۔"

بیگم نے منہ بنا کر کہا"جی ہاں مگر اس کا مطلب یہ بھی ہو سکتا ہے کہ چوں کہ وہ مجھ کو کوئی نقصان پہچانے والی ہیں لہٰذا اپنے لیے اس بیان سے راستہ صاف کیا خیر دیکھا جائے گا۔ اس وقت تو بھوک کی شدت ہے۔ جب پیٹ بھر جائے گا تو کچھ سوجھے گی۔" ہم نے جلدی سے اٹھ کر بیگم کے لیے کھانے کی میز سجا دی۔

شوکیہ کو ماشاءاللہ چھٹا ختم ہو کر ساتواں سال شروع ہو رہا تھا کہ ایک روز بیگم نے ہم سے کہا شوکیہ کی کن چھیدن کر دو ہم اس کا معمولی سی بات سمجھ کر چپ ہو رہے مگر پھر دوسرے دن بیگم نے یہی ذکر چھیڑا کہ میں نے تم سے چھپا چھپا کر علاوہ اس روپیہ کے جو

تمہارے علم میں ہیں شوکیہ کے لیے پانچ ہزار روپیہ جمع کیا ہے اور میں سوچتی ہو کہ اب فوراً شوکیہ کی کن چھیدن کر دی جائے۔ اب تو ہم کو بے شک تعجب ہوا کہ کن چھیدن بھی کوئی ایسی تقریب ہے جس پر پانچ ہزار روپیہ صرف کیا جائے بیگم نے ہم کو بتایا کہ نازکستان میں شادی کے بعد جو تقریب سب سے زیادہ دھوم سے منائی جاتی ہے وہ کن چھیدن ہی ہے غریب سے غریب عورت اپنی بچیوں کے کن چھیدن پر جی کھول کر صرف کرتی ہیں اور یہاں اس تقریب کو بہت ہی اہمیت حاصل ہے لڑکوں کا ختنہ یہاں جس قدر چپ چپاتے اور خاموشی سے ہوتا ہے اتنا ہی دھوم دھڑ کا لڑکی کے کن چھیدن میں کیا جاتا ہے بیگم نے مشورہ دیا کہ تم اپنے صدیق بھائی سے پوچھ کر تمام سامان ٹھیک کرالو تو میں کوئی تاریخ مقرر کر دوں۔

ہم نے دوسرے دن صدیق بھائی کو بلالیا اور ان سے مشورہ کر کے ضروری سامان کی ایک فہرست مرتب کر کے بیگم کے سامنے پیش کر دی وہ ٹھہریں کوتوالنی چٹکی بجاتے تمام سامان مکمل ہو گیا۔ اور آخر طے یہ پایا کہ پندرہ ماہ موباف کو یہ تقریب کر دی جائے چنانچہ دعوت نامے چھپے زنانہ اور مردانہ دعوتوں کے انتظام ہوئے۔ پرجا کے جوڑوں کی تیاریاں شروع ہو گئیں اور آخر دیکھتے ہی دیکھتے وہ تقریب کا دن بھی آ پہنچا۔ باہر زنانہ میں کوتوالی کے تمام عملہ نے کوتوالی کو دلہن کی طرح سجا دیا۔ اندر مردوں کے لیے بہت ہی معقول انتظام صدیق بھائی نے کر دیا۔ باور چنیاں لگا دی گئیں کام پر شوکیہ کو دلہن بنا دیا گیا اور اب ہم اور صدیق بھائی گھر میں اور بیگم اور جمال بہن باہر زنانے میں مہمانوں کا استقبال کرنے لگے۔ باہر تمام حکامانیاں جمع ہو رہی تھیں آخر ایک موٹر پر سفید سادہ سی ساری پہنے ہوئے خلیق النساء بیگم بھی اتریں بیگم نے بڑھ کر ان کا استقبال کیا اور ان کو لا کر صدر میں بٹھا کر شوکیہ کو ان کی گود میں بٹھا دیا۔ پہلے سے طے یہی تھا کہ سوئی پر بسم اللہ وہی پھونکیں گی۔ یہاں کا دستور یہ تھا کہ کن چھیدن کے موقعہ پر کوئی بزرگ پہلے سوئی پر بسم اللہ پڑھ کر پھونکتی تھیں۔ اس کے بعد نائن یا لیڈی ڈاکٹر جو کوئی بھی ہو وہ کان چھید دیا کرتی تھی۔ پھر تحفے تحائف جن میں زیادہ تر کانوں کے زیور ہوتے تھے دیئے جاتے تھے۔ چنانچہ سب جمع ہو چکیں تو بیگم نے کہا میں ذرا اندر پوچھ لوں شاید کوئی خاص رسم ہوتی ہو میں تو یہاں کی رسموں سے واقف نہیں ہوں۔ یہ کہہ کر وہ ڈیوڑھی میں آئیں اور ہم کو بلا کر پوچھا کہ اب چھدوا دیئے جائیں کان؟''

ہم نے کہا۔''صدیق بھائی کہہ رہے ہیں کہ لڑکی کو قبلہ رخ بٹھا کر چھدوائے جائیں کان اور لیڈی ڈاکٹرنی پر تلواروں کا سایہ کر لیا جائے۔'' جب بیگم جانے لگیں تو ہم نے بلا کر کہا''اور ہاں وہ سوئی اس سے لے لیجئے گا۔ اسی کی نوک سے بعد میں ڈورے کاٹے جائیں گے۔''

بیگم۔''توبہ ہے۔'' کہتی ہوئی باہر چلی گئی اور شوکیہ کو خلیق النساء بیگم کی گود میں قبلہ رخ یعنی بالکل مردانے کے سامنے بٹھا دیا گیا۔

خدانخواستہ (مزاحیہ ناول) 94 شوکت تھانوی

اس کے بعد شہر کی سول سرجن مس ایڈلفس نے ایک سوئی میں دھاگہ پرو کر پہلے تو اسے اسپرٹ سے صاف کیا۔ اس کے بعد خلیق النساء بیگم کو دے دیا۔ خلیق النساء بیگم نے بسم اللہ پڑھ کر پھونکی سول سرجنی پر تکواروں کا سایہ کیا گیا اور اس نے شوکیہ کے دونوں در نہایت صفائی سے چھید دیئے۔ شوکیہ نے واقعی کمال کر دیا ذرا جو روئی ہو بس ذرا ناک تو چڑھائی تھی۔ اس کے علاوہ تو یہ معلوم ہو گویا کچھ ہوا ہی نہیں ہے۔ کن چھیدن کے بعد ہی وہاں تو زنانہ محفل میں شوکیہ کے سامنے تحائف آنا شروع ہو گئے۔ خود خلیق النساء بیگم نے ہیرے کی جڑاؤ دو بالیاں دیں۔ کسی نے بندے دیئے، کسی نے جھمکے، کسی نے کرن پھول، کسی نے محض روپے، جمال بہن نے پتے بالیوں کا سیٹ دیا۔

اس کے بعد وہاں عورتیں کھانے پر جانے لگیں اور یہاں مردانے میں ایک خاص قصہ پیش آیا کہ خدا بخش نے ہمارے کان میں آ کر کہا "سرکار یہی مہروتر ا جو ضامن عباس صاحب سے باتیں کر رہا ہے۔" ہم ابھی متوجہ بھی نہ ہوئے تھے کہ ضامن عباس صاحب نے ہم کو آواز دے کر کہا اپنے ایک نئے بہنوئی سے تو ملو مہروترا صاحب سرلاجی سب ججنی کے شوہر۔" ہم نے بادل ناخواستہ سلام کر لیا تو اب وہ ہمارے سر کہ ہم پانچ سو روپے کے نوٹ لے کر شوکیہ کو باہر بھیج دیں۔ ہم نے پہلے تو بہت ٹالا۔ آخر صدیق بھائی کو بلا کر کہا۔ "صدیق بھائی آپ سے ملئے آپ ہی ہیں مہروترا صاحب اور مہروترا صاحب آپ ہیں صدیق صاحب جمال آرا بیگم ڈپٹی کلکٹرنی کے شوہر، صدیق بھائی آپ یہ روپے دے رہے ہیں کہ میں شوکیہ کو بھجوا دوں اب آپ ہی ان کو سمجھایئے کہ میں نے کسی مرد کا کوئی تحفہ اب تک نہیں لیا ہے اور اگر لیتا تو سب سے پہلے صدیق بھائی کا تحفہ لیتا۔"

مہروترا صاحب نے کہا "وہ کیسے صدیق صاحب اگر آپ کے بھائی ہیں تو سعیدہ بہن میری بہن ہیں۔ آپ کو معلوم نہیں کہ سعیدہ مجھ کو حقیقی بھائی کے برابر سمجھتی ہیں اور میں بھی ان کو سگی بہن سمجھتا ہوں۔ شوکیہ میری بھانجی ہے اور مجھ کو حق ہے کہ اسے جو چاہوں دوں۔ آپ کو اس سلسلہ میں بولنے کا کوئی حق نہیں ہے۔"

صدیق بھائی نے کہا "تعجب ہے کہ آپ سے اور سعیدہ سے اس قدر مراسم کہ رشتہ تک قائم ہو چکا ہے اور ہم لوگ اب تک اس سلسلہ میں بالکل ناواقف، اگر آپ کے ایسے ہی مراسم ہوتے تو سعیدہ بہن کبھی تو آپ کا ذکر بھی کرتیں۔"

مہروترا صاحب نے کہا "یہ قصور میرا تو نہیں ہے کہ اس کی سزا آپ مجھ کو دیں میرے بیان کی صداقت کا اندازہ کرنا ہو تو خود بہن سعیدہ کو بلا کر پوچھ لیجئے اور پھر یہ بھی ان ہی سے پوچھئے کہ وہ مردوں کا ایک مرد سے پردہ کیوں کراتی رہیں۔ بہر صورت کچھ بھی ہو یہ چند روپے میں اپنی بچی کو بھیج رہا ہوں۔ اس سے آپ کو کوئی مطلب نہیں ہے۔"

صدیق بھائی نے کہا۔" یہ تو کیجئے تاکہ میں سعیدہ بہن کو باہر سے بلوائے دیتا ہوں آپ ان ہی کو دے دیجئے۔"

مہروترا صاحب نے کہا" اچھی بات ہے مجھے اس میں کوئی عذر نہیں ان کی مجال نہیں ہے کو وہ انکار کر سکیں۔"

صدیق بھائی نے باہر سے بیگم کو بلوا بھیجا اور جب وہ ڈیوڑھی میں آ گئیں تو ہم اور صدیق بھائی مہروترا صاحب کو لے کر ڈیوڑھی تک آئے صدیق بھائی تو اسی طرف رہ گئے۔ہم نے آگے بڑھ کر کہا۔

" مہروترا صاحب ہیں یہ آپ شوکیہ کو پانچ سو روپیہ دینا چاہتے ہیں۔"

بیگم نے کہا۔" کیوں بھائی جان یہ کیا حرکت' میں آپ کو نہ منع کرتی ہوں نہ منع کرنے کا حق رکھتی ہوں مگر اتنی سی بچی اتنے بہت سے روپے لے کر کیا کرے گی۔دو چار روپے بہت ہیں۔"

مہروترا صاحب نے کہا" اچھا اب آپ بھی غیروں کی طرح مجھ سے تکلف کر رہی ہیں ایک تو آپ کی یہی زیادتی کہ آپ نے مجھ کو عین وقت پر بتایا کہ کل ہے کن چھیدن تاکہ میں کانوں کا کوئی زیور نہ بنوا سکوں اور مجھے شرمندہ ہونا پڑے۔دوسرے اب اس وقت بھی مداخلت کر رہی ہیں اس کا مطلب تو یہ ہوا کہ آپ واقعی مجھ کو بھائی نہیں سمجھتیں۔"

بیگم نے کہا۔" بھائی نہ سمجھتی تو ضرور یہ رقم لے لیتی۔میری بلا سے آپ کا نقصان ہوتا مگر چوں کہ بھائی سمجھتی ہوں' اسی لیے کفایت شعاری کی تعلیم دے رہی ہوں اور خود آپ کا نقصان نہیں چاہتی۔حالاں کہ میرا نقصان ہو رہا ہے۔"

مہروترا صاحب نے کہا" خیر اب باتیں تو بنائیے نہیں یہ روپیہ لیجئے چپکے سے ابھی آپ کو ایک دوسری جواب دہی بھی کرنا ہے۔ میرے بہنوئی اور صدیق دونوں کو حیرت ہے کہ میں آپ کا بھائی ہوں۔مگر یہ دونوں مجھے جانتے تک نہیں اب آپ خود سچ بتایئے کہ میں نے کتنی مرتبہ آپ سے کہا کہ مجھے میرے بہنوئی سے ملا دیجئے' مگر آپ ہمیشہ ٹال گئیں۔"

بیگم نے کہا" بات یہ ہے کہ آپ ٹھہرے اس رشتہ سے ان کے سسرالی رشتہ دار اور رشتہ دار بھی کون سا' لے یہ آپ سے مل کر کیا خوش ہوتے۔یہ تو جلنے کے رشتے ہیں سالے اور سسرے کی جلن تو مشہور ہے ناز کستان میں جیسے ان کے ہندوستان میں ساس نند کی دشمنی مشہور ہے۔دوسرے شروع شروع میں آپ نے مجھ سے عشق ایسا فرمایا تھا کہ میرا دل چور ہو کر رہ گیا تھا اور سچی بات تو یہ ہے کہ بہت دنوں تک مجھے یقین نہ آ سکا کہ آپ نے بہن بھائی کا جو رشتہ قائم کیا ہے وہ کس حد تک مستحکم ہے کہیں ایسا تو نہیں ہے کہ یہ بھی جناب کے عشق کا ایک کرشمہ ہو۔اب جب یقین آ گیا کہ نہیں ہم واقعی بھائی بہن ہیں تو دیکھ لیجئے میں نے آپ کو ملا دیا۔"

بیگم کے اس صاف بیان پر مہروترا کا ایک رنگ آ رہا تھا اور ایک جا رہا تھا مگر وہ گھبرایا ہوا بالکل نہ تھا۔آخر اس نے ہم کو مخاطب

کرتے ہوئے کہا۔ ''دراصل یہ میری بہن بھی ہیں اور ایک قسم کی دیوی بھی جنہوں نے مجھے بہت سے پاپوں سے بچا کر نرکھ سے بچایا اور سورگ کی راہ دکھائی۔ مزاتو دیکھئے کہ میں ان پر عاشق تھا۔'' یہ کہہ کر مہروترا ہنستے ہنستے لوٹ گیا اور بیگم بھی مسکراتی رہیں۔ اس وقت ہمارے چہرے پر بھی یقیناً شگفتگی پیدا ہوگئی ہوگی اس لیے کہ دل کا غبار ایک دم چھٹ گیا تھا اور اب ہم کو واقعی دل سے یقین ہو گیا تھا کہ بیگم کے جس رومان کے سلسلہ میں ہم اندر ہی اندر جلے جاتے تھے' گھلے جاتے تھے' اس کی اصل حقیقت اب کھل چکی تھی مگر اس سلسلہ میں مزید اطمینان تو بیگم سے تفصیلی بات کرنے کے بعد حاصل ہوسکتا تھا پھر بھی ایک بوجھ سر سے اتر گیا تھا' ایک ٹھنڈک سی دل میں محسوس ہونے لگتی تھی۔

بیگم نے روپیہ لیتے ہوئے کہا۔ ''اچھا بھائی صاحب آپ نہیں مانتے تو میں آپ کا دل دکھانا بھی نہیں چاہتی۔ اب آپ جایئے اپنے سابق رقیب اور حال بہنوئی کے ساتھ تاکہ میں باہر جا کر دیکھوں کہ کچھ گڑبڑ تو نہیں ہے۔'' ہم مہروترا صاحب کو لے کر گھر میں آ گئے اور ان کو ایک جگہ بٹھا کر صدیق بھائی کے ساتھ انتظامات میں مصروف ہو گئے۔ صدیق بھائی کو بھی اب اطمینان تھا اور انہوں نے تو یہاں تک کہا کہ ''اب ایک دم سے دل کو یقین آ گیا کہ جو سچی بات ہوتی ہے اس کے لیے کسی ثبوت یا کسی دلیل کی ضرورت نہیں ہوا کرتی۔ دل فوراً اس کو قبول کرتا ہے۔''

ہم نے بھی کہا کہ ''ہاں اب میرے دل پر بھی کچھ بوجھ نہیں ہے اور معلوم ہوتا ہے جیسے قسمت پر سے بادل چھٹ گئے۔''

باہر زنانے میں کھانے کے بعد محفل رقص و سرود گرم ہوگئی اندر ڈوم گاتے بجاتے رہے اور آخر آدھی رات تک یہی سب ہنگامے ہوتے رہے آدھی رات تک مہمان رخصت ہوتے رہے جب سب جا چکے تو مہروترا صاحب نے اجازت چاہی تو ہم نے ان کو یہ کہہ کر روک لیا کہ آپ بھی مہمان ہیں جو جانا چاہتے ہیں۔ صبح چلے جایئے گا۔

مہروترا صاحب نے کہا۔ ''بھائی صاحب میں ضرور ٹھہر جاتا مگر آپ کو معلوم نہیں میرے گھر کا نقشہ' اس وقت تشریف لائی ہوں گی آپ کی بھاوج صاحبہ۔''

پابہ دستے دگرے دست بہ دستے دگرے

شراب کے نشہ میں چور اب میں جا کر ان کو ڈھنگ سے لٹاؤں گا اور رات بھر ان کی نگرانی رکھوں گا کہ کچھ توڑ پھوڑ نہ کریں اپنے کو کوئی نقصان نہ پہنچائیں ورنہ ان کا کیا ہے نہ جانے اپنے کو کہاں پھینک دیں۔ ایک روز ذرا میری آنکھ لگ گئی تھی تو سگریٹ سے سارے بستر میں آگ لگالی تھی میں کیا بتاؤں آپ سے کہ میری جان کس عذاب میں ہے نہ کہیں آنے کا رہا ہوں نہ کہیں جانے کا

خصوصاً رات کو گھر سے باہر رہ ہی نہیں سکتا۔"

عذر ان کا معقول تھا لہٰذا ہم نے ان کو رخصت کر دیا اور ان کے جانے کے بعد خود بھی تھکے ہارے پڑ کر سو رہے۔ صبح اٹھ کر جب ضروریات سے فارغ ہو چکے اور بیگم بھی ناشتہ وغیرہ کر چکیں تو ہم نے ان سے پوچھا۔

"کیوں سرکار یہ کیا قصہ تھا مہر وترا والا؟"

بیگم نے ہنس کر کہا "قصہ" کہہ رہے ہو اس کو حادثہ کہو' سانحہ کہو' خدا نے بڑی عنایت کہ کہ سنبھل گیا ورنہ تو وہ تمہاری بیوی کو لے اڑا ہوتا۔"

ہم نے کہا۔ "خیر میری بیوی ایسی ننھی نادان نہیں ہے کہ کوئی اسے لے اڑے مگر آپ نے آخر ان سے مجھ کو اب تک ملایا کیوں نہ تھا؟"

بیگم نے کہا" مجھے اس شخص پر کوئی اطمینان نہیں تھا اور اب بھی میں اس کو اس قابل نہیں سمجھتی کہ شریف گھرانوں کے بیٹوں داماد وں سے اس کو ملنے دیا جائے۔ اس میں شک نہیں کہ اب اس کی بہت بڑی حد تک اصلاح ہو چکی ہے اور بظاہر نہایت بھلے مانسوں کی سی زندگی بسر کر رہا ہے مگر سرلا نے ایسی آزادی دے رکھی ہے اسے کہ جو کچھ بھی نہ کر گزرے تعجب ہے۔"

ہم نے کہا۔ "تو کیا واقعی ان کو آپ سے عشق تھا؟"

بیگم نے ہنس کر کہا" ایسا ویسا عشق' میرے ساتھ بھاگنے تک کو تیار تھا۔ خودکشی کیے لیتا تھا' جان دیئے دیتا تھا' عجیب حال بنا رکھا تھا اس نے اپنا۔"

ہم نے کہا۔ "مگر آپ نے کبھی اس کا کوئی تذکرہ کیوں نہیں کیا۔"

بیگم نے کہا۔ "تذکرہ کر کے میں اپنے سر مصیبت لیتی تم کو یقین تھوڑا آتا کہ میں اس کی اصلاح کرنا چاہتی ہوں تم تو بس سطحی طور پر جلاپے میں مبتلا ہو کر رہ جاتے۔ طرح طرح کے شک کرتے۔ میرا اس سے ملنا جلنا بند کرانا چاہتے اور تم کو خود مجھ پر بھروسہ نہ رہتا۔ مردوں کے لیے تو موم کا بنا ہوا رقیب ہی جل مرنے کو کافی ہے۔ میں تو اب بھی اطلاع نہ کرتی وہ تو کہو کہ خود تم کو معلوم ہو گیا' اس لیے کہ اس تقریب میں مہر وترا کو بلانا بھی ضروری تھا۔"

ہم نے کہا۔ "تو کیا آپ یہ سمجھتی ہیں کہ مجھے کچھ معلوم نہیں تھا۔ مجھے ایک ایک بات معلوم تھی۔ میں نے اس کے خط آپ کے نام اور آپ کے خط اس کے نام دیکھے تھے۔ اس کے تحائف میری نظر سے گزرے۔ اس کے ساتھ آپ کب سینما گئیں' اس کا مجھے علم

تھا۔"

بیگم نے کہا۔"سینما گئی! صرف ایک مرتبہ اور بھی سرکاری مجبوری سے۔ موجودہ حکومت کا ایک حکم نکلا تھا کہ جو مرد پردہ ترک کر رہے ہیں ان کے ساتھ منظر عام پر سرکاری حاکمات کو جانا چاہیے تاکہ عوام کو یہ اندازہ ہو سکے کہ ان کا بے پردہ رہنا کوئی خلاف قانون بات نہیں ہے۔ مہرو ترا کے لیے پاس حکم آیا تھا کہ وہ پردہ ترک کر چکے ہیں۔ آپ ان کے ساتھ کسی مجمع عام میں جائیں تاکہ دیکھنے والیوں کو اندازہ ہو سکے کہ پولیس کی ایک ذمہ دار افسر نی ایک بے پردہ مرد کو گرفتار نہیں کر رہی ہے بلکہ اس کے ساتھ گھوم پھر رہی ہے۔"

ہم نے کہا۔"خیر کچھ بھی ہو بہر حال مجھے اس کی بھی اطلاع تھی۔"

بیگم نے کہا۔"اچھا' تو تم نے مجھ سے کبھی کہا کیوں نہیں۔"

ہم نے کہا۔"کیا کرتے' کہہ کر تھوڑا بہت جو حجاب باقی تھا کہ تم مجھ سے چھپا کر ان سے مل رہی تھیں' کیا وہ بھی میں اٹھا دیتا تاکہ تم کھلم کھلا ان سے ملتی رہو۔"

بیگم نے پیار سے ایک طمانچہ مار کر کہا"ارے بڑا اچلتا ہوا ہے میرا میاں بے وقوف کہیں کا گویا میں ایسے پیارے پیارے میاں کو چھوڑ کر کسی اور کو بھی اپنا بنا سکتی تھی۔ اچھا اب تو اطمینان ہو گیا۔"

ہم نے کہا۔"ہاں اب مجھے اطمینان ہے۔"

بیگم نے باہر جاتے ہوئے کہا۔"اچھا اب میں باہر جا رہی ہوں۔ آج دو تین بیگمات میرے ساتھ چائے پئیں گی۔ ذرا انتظام ٹھیک رکھنا کیک اور سنبوسے میں منگائے لیتی ہوں۔"

یہ کہہ کر ادھر تو بیگم باہر روانہ ہوئیں اور ادھر خدا بخش دروازے کی آڑ سے برآمد ہو کر بولے۔

"دیکھ لیا حضور آپ نے ملانی جی کے عمل کا اثر بھی' عمل ختم بھی نہیں ہوا ہے کہ نتیجہ نکل آیا۔"

ہم نے کہا۔"اچھا خیر وہ عمل ہی کا نتیجہ سہی مگر تمہاری کیا حرکت ہے کہ تم چھپ چھپا کر ہم لوگوں کی باتیں سنا کرتے ہو میں اس کو پسند نہیں کرتا۔"

خدا بخش نے کہا۔"حضور غلطی تو ہوئی مگر چوں کہ میرا دل لگا ہوا تھا اس مہرو ترا والے قصے میں لہٰذا میں نے اس پر غور بھی نہ کیا میں یہ نہ مناسب بات کر رہا ہوں اور یہ ذکر سن کر دروازے کی آڑ میں کھڑا ہو گیا۔ معافی چاہتا ہوں۔ مگر حضور کو بھی اب تو ملانی جی کے عمل کا قائل ہونا چاہیے۔ میں نے تو آج تک ملانی جی کے عمل کو بے اثر دیکھا نہیں ہے۔"

ہم نے کہا۔"ملانی جی کے عمل کا تو میں اس وقت قائل ہوتا جب دراصل کچھ قصہ بھی ہوتا۔مگر یہاں تو کوئی قصہ تھا ہی نہیں اک سرے سے۔"

خدا بخش نے کہا۔"سرکار مطلب تو یہ ہے کہ آپ کی بے قرار دل کو قرار آگیا۔یہی عمل کا اثر ہے۔"

ہم نے کہا۔"اچھا بھائی اچھا یہی سہی۔اب تم ذرا کام میں لگ جاؤ۔بیگم کی کچھ سہیلیاں چائے پر آرہی ہیں کچھ پکوان کا انتظام کر لو۔"

مردوں کی بے پردگی کے نتائج آخر سامنے آنے لگے۔کل ہی خاتون پکچر پیلس میں چند مردوں کے درمیان پیٹ ہوگئی اور پولیس نے جو مداخلت کی تو دونوں طرف کے مردوں نے کانسٹیبلنیوں کو اٹھا اٹھا کر ایک طرف اچھال دیا اور جو عورتیں بیچ میں پڑیں ان میں سے بھی کسی کی کلائی مروڑی' کسی کو دھکا دے کر گرا دیا۔قصہ یہ بیان کیا جاتا ہے کہ کسی عورت کے پاس ایک مرد تھا جس کی تلاش میں اس عورت کا شوہر رہتا تھا۔مگر وہ چوں کہ پردے میں تھا لہٰذا اب تک اسے نہ ڈھونڈھ سکا تھا۔مگر اب بے پردگی کے قانون سے فائدہ اٹھا کر اس نے پردہ اٹھا دیا اور ایک روز کسی بازار میں اس مرد کو دیکھ کر دہیں اس سے ایک گلاس پانی چاہا مگر وہ مرد بھاگ گیا اور لڑائی کی نوبت نہ آسکی۔کل اتفاق سے سینما میں دونوں کی مڈبھیڑ ہوگئی اور پھر جو ہنگامہ ہوا ہے تو اچھے خاصے بلوے کی نوبت آگئی۔اس مرد کی طرف بھی کچھ مرد اور کچھ عورتیں تھیں اور ادھر سے بھی کچھ مرد اور کچھ عورتیں تھیں۔دونوں فریقوں میں باقاعدہ جنگ ہوئی اور زخمی ہوئی پولیس والیاں بلکہ ایک پولیس کانسٹیبلنی تو اس قدر زخمی ہوئی کہ بے چاری ہسپتال میں پہنچتے ہی مرگئی۔بیگم کو جب اطلاع ہوئی تو وہ بھی موقع پر پہنچیں مگر اس وقت تک ہنگامہ کرنے والے بھاگ چکے تھے اور صرف زخمی پولیس والیاں پڑی ہوئی سسک رہی تھیں۔اس ہنگامے کے سارے شہر میں چرچے تھے۔بلکہ آج انجمن تحفظ حجابات مرداں کی طرف سے ایک جلسہ بھی تھا۔حکومت وقت کے خلاف عدم اعتماد کا ووٹ پاس کرانے کے لیے اور سارے شہر میں واقعی بہت جوش پھیلا ہوا تھا کہ ان درندوں کو گھروں سے نکال کر اچھا خاصا امن تباہ کیا گیا ہے اور اب اس قسم کے واقعات روزمرہ ہوتے رہیں گے جن کی کوئی روک تھام پولیس سے اس لیے نہ ہو سکے گی کہ عورتوں کی پولیس مردوں کو قابو میں لانے سے قاصر ہے۔بیگم خود بھی پریشان تھیں۔اس لیے کہ آج شہر میں عام ہڑتال منائی گئی تھی اور اندیشہ تھا کہ کہیں جلسہ میں بے پردہ مرد پہنچ کر پھر کوئی ہنگامہ کی صورت پیدا نہ کریں۔لہٰذا مسلح پولیس کا پورا انتظام تھا اور بیگم ان کو ہدایتیں دے رہی تھیں کہ خلیق النساء بیگم خود کوتوالی تشریف لائیں اور بیگم کو علیحدہ لے جا کر کہا:

"انجمن تحفظ حجابات مرداں کے جلسہ کو امن وسکون کے ساتھ ہونا چاہیے۔میں یہ نہیں چاہتی کہ جس طرح پچھلی حکومت نے

ہمارے جلسوں کو پولیس کے زور سے ناکام بنانے کی کوشش کی ہے ویسا ہی ہم بھی کریں۔ میں کل ہی ایوان خواتین کے سیشن میں شرکت کے لیے جارہی ہوں۔ اس مرتبہ وہاں اس ہنگامہ کے پیش نظر تحریک التوا ضرور پیش ہوگی۔ سنا ہے صاحبزادی پور، دختر آباد اور لونڈیا نگری میں بھی اس قسم کے ہنگامے ہوئے ہیں۔ ہر انقلاب کے بعد اس قسم کے تماشے تو ہوا ہی کرتے ہیں۔ بہرحال آپ اس کا پورا خیال رکھیے گا کہ جلسہ میں کچھ گڑبڑ نہ ہو۔''

بیگم نے ان سے وعدہ کرلیا کہ جلسہ نہایت امن کے ساتھ ہوجائے گا اور ان کے رخصت ہونے کے بعد اپنے انتظامات میں مصروف ہوگئیں یہ جلسہ کوتوالی کے سامنے والے اسی میدان میں ہونے والا تھا' جس میں پولنگ اسٹیشن بنایا گیا تھا۔ دن ہی سے ہر طرف لاؤڈ اسپیکر لگا دیئے تھے اور اونچے سے پلیٹ فارم پر انجمن تحفظ حجابات مردمان کا پرچم جس پر برقعہ کی تصویر تھی لہرا رہا تھا۔ آخر سہ پہر ہوتے ہوتے ہزاروں عورتیں اس میدان میں جمع ہوگئیں۔ مگر شکر ہے کہ کوئی مرد یہاں نظر نہ آتا تھا حالاں کہ اندیشہ تھا کہ کہیں بے پردہ مرد بھی اس جلسے میں نہ چلے آئیں اور متصادم ہونے کی کوشش نہ کریں۔ آخر ٹھیک چار بجے نعرے بلند ہونا شروع ہوگئے اور ہم دوڑ کر کوٹھے پر پہنچ گئے کہ ذرا سیر ہی کریں جلسہ کی۔ ہمارے پہنچنے کے بعد لاؤڈ اسپیکر سے آواز گونجی:

''میں تجویز کرتی ہوں کہ اس جلسہ کی صدارت محترمہ اختر زمانی بیگم صاحبہ قبول فرمائیں۔''

اور سارا مجمع اختر زمانی بیگم زندہ باد کے نعروں سے گونج اٹھا۔

اختر زمانی بیگم جارجٹ کی نہایت خوب صورت ساری باندھے جوڑے میں پھول لپیٹے کرسی صدارت پر تشریف لائیں اور فوراً جلسہ کی کارروائی اپنی ہی پر جوش تقریر سے شروع کردی۔ اس میں شک نہیں بہت ہی پر جوش مقررہ ہے یہ ظالمہ بڑی دبنگ تقریر کی اور حد یہ ہے کہ تقریر کرتے کرتے یہاں تک کہہ گئی کہ:

کہاں ہیں آج مردوں کے عشق میں سب سے بڑی دیوانی بی خلیق النساء اب آئیں اور سنبھالیں اپنے ان مردوں کو جن کو شوق دیدار میں پردہ کے باہر تو نکلوا لیا ہے مگر اب ان کے محبوب ان کی حکومت کے سنبھالے نہیں سنبھلتے ان کے قاتلوں نے قتل عام مچا رکھا ہے ہماری جماعت نے اسی دن کے لیے مردوں کا پردہ اٹھانے کی مخالفت کی تھی اور آج تک ہم مردوں کا پردہ اٹھانے کی مخالفت کر رہے ہیں مگر اس سرپھری برسر اقتدار مرد راجست جماعت نے اپنی ہوس رانی کے پیچھے سارے ملک کی تباہی مول لی ہے تو اب یہی حکومت اس تمام کشت و خون کی ذمہ دار ہوگی۔ جس نے پردے کے قانون کو مسترد کرکے مردوں کے برقعے چاک کیے ہیں ابھی کیا ہے ابھی تو دیکھ لیجیے گا کہ یہ مرد خود اس حکومت کی اینٹ سے اینٹ بجا دیں گے اور کسی کے سنبھالے نہ سنبھلیں گے اور مرد راجست

پگلیوں کو اس وقت ہوش آئے گا جب مردوں کا پورا قبضہ ہو چکے گا اور نازکستان مردستان بن چکے گا۔ میں حکومت کو چیلنج دیتی ہوں کہ وہ آج بھی قانون پردہ منسوخ کرنے کے سلسلہ میں مجھ سے نہیں بلکہ کسی جاہل سے جاہل انجمن تحفظ حجابات مرداں کی رضا کارنی سے بحث کر کے پردہ کے خلاف کسی استدلال میں کامیاب ہو جائے تو میں پہلی عورت ہوں جو اپنے یہاں کے مردوں کو منظر عام پر لے آئے۔ مگر مجھے معلوم ہے کہ پردہ کے خلاف استدلال سے جیتا ہی نہیں جا سکتا۔ البتہ بے اصولی کو اگر اصول بنا لیا جائے تو بات ہی دوسری ہے۔

اس تقریر کے بعد ایک آدھ تقریر اور ہوئی۔ آخر میں ایک لعنتی تجویز منظور ہوئی۔ جس میں موجودہ حکومت کے خلاف لعنتی الفاظ کی بھر مار تھی۔ یہ تجویز تالیوں کی گونج میں منظور ہو گئی اور شکر ہے کہ جلسہ امن وسکون کے ساتھ ختم ہو گیا۔

دوسرے دن کے اخبارات میں جلسہ کی پوری روئداد کے ساتھ مقالات بھی تھے اور بڑی بڑی رہنماؤں کے بیانات بھی تھے۔ مگر روزنامہ ''سہیلی'' نے اپنے مقالہ افتتاحیہ میں یہ اشارہ کیا تھا کہ جس جماعت نے اتنی بڑی ذمہ داری لے کر مردوں کو پردہ کے باہر نکلوایا ہے وہی اس انتشار کے سلسلہ میں بھی اپنی ایک مستقل اسکیم رکھتی ہے اور ہم کو امید ہے کہ اس اسکیم کے سامنے آنے تک ہم خواہ مخواہ حکومت کی طرف سے بدظنی پیدا نہ ہونے دیں گے۔''

چنانچہ تیسرے ہی دن اس اسکیم کی خبر بھی آ گئی۔ بیگم نے اخبار لا کر ہم کو دیتے ہوئے کہا ''دیکھ لو تم' میں نے جو کہا تھا کہ اب بغیر مردوں کو ذمہ داریاں دیئے ہوئے کام نہیں چل سکتا وہی ہوا۔ ایوان خواتین نے منظور کیا ہے کہ مردوں کو انتظامی امور میں برابر کا حصہ دیا جائے اور وہ فی الحال عورتوں کی نگرانی میں کام سیکھیں۔ اس کے بعد مردوں کے تمام معاملات ان ہی مرد حکام کے سپرد کر دیئے جائیں۔ اس کے علاوہ یہ بھی منظور ہوا ہے کہ اعلیٰ قسم کے مردوں کو نازکستان سے باہر بھیجا جائے تاکہ وہ بیرون نازکستان جا کر دوسرے ممالک میں نظم ونسق کی ٹریننگ حاصل کریں اور پھر نازکستان آ کر یہاں کا انتظام سنبھال لیں۔''

ہم نے کہا۔ ''پھر اب کیا ہوگا؟''

بیگم نے کہا۔ ''اگر میرے ساتھ کسی مرد کو کوتوال بھی لگا دیا گیا تو میں لمبی چھٹی لے لوں گی۔ میری چھٹی باقی بھی ہے اور کام کرتے کرتے تھک بھی گئی ہوں۔ مگر یہ سوچتی ہوں کہ کیا کروں گی چھٹی لے کر مگر ایسی صورت میں چھٹی لینا ہی پڑے گی۔ میں اس دوعملی میں نہ رہ سکوں گی۔''

ہم نے کہا۔ ''میرے خیال میں تو آپ یہ کیجئے کہ خلیق النساء بیگم سے مشورہ کیے بغیر آپ کچھ نہ کیجئے وہ برسر اقتدار ابھی ہیں اور

آپ پر بے حد مہربان بھی۔ اس لیے آپ اپنا معاملہ ان ہی کے سپرد کر دیجئے۔''

بیگم خیر اس وقت تو ٹال گئیں مگر دوسرے دن وہ ایک لمبا سا لفافہ لیے ہوئے ہمارے پاس آئیں اور ہنستے ہوئے کہا۔

''میں نے کہا سنتے ہو لو یہ تمہارے نام ایوان خواتین کا مراسلہ آیا ہے۔''

ہم نے تعجب سے کہا ''ہمارے نام! لو بھلا مجھ کو سرکاری مراسلے سے کیا مطلب:''

بیگم نے کہا۔ ''دیکھو تو سہی' واقعی تمہارے ہی نام ہے لو پڑھو۔''

واقعی یہ تو ہمارے ہی نام تھا۔ ہم نے اور بیگم نے خاموشی سے پڑھنا شروع کیا:

☆☆☆

''محترم شوہر صاحب خانم بہادر نی سعیدہ خاتون صاحبہ کو تو النی راد ھا گر تسلیم!

حکومت نازکستان کو مردوں کا پردہ اٹھا دینے کے بعد سے اپنے نظم ونسق کے لیے مرد حکام کی ضرورت شدت سے محسوس ہو رہی ہے اور اس سلسلہ میں حکومت نے طے کیا ہے کہ اہل قسم کے مردوں کا سرکاری مصارف پر بیرون نازکستان بھیج کر خاص خاص محکموں کی ٹریننگ دی جائے تاکہ وہ واپس آ کر ملک کے لیے مفید خدمات انجام دے سکیں۔ سرکاری کاغذات کے جائزہ سے معلوم ہوا ہے کہ آپ کا تعلق ہندوستان سے ہے اور آپ یہاں کی معاشرت اختیار کرنے سے پہلے خود اپنے ملک میں بے پردہ تھے۔ آپ کی تعلیمی حالت بھی بہتر ہے اور آپ میں اس کی کافی صلاحیت ہے کہ آپ ذمہ دارانہ فرائض انجام دے سکیں گے۔ لہٰذا حکومت نے آپ کا انتخاب کیا ہے کہ آپ جلد تر ہندوستان جا کر پولیس کی ٹریننگ حاصل کریں اور پھر نازکستان واپس آ کر مردانہ پولیس کی عنان اپنے ہاتھ میں لیں۔ اس سلسلہ میں قوانین نازکستان کے ماتحت آپ کے لیے انکار کی گوئی گنجائش نہیں ہے لہٰذا آپ بہ واپسی مطلع کریں کہ آپ کب روانہ ہو سکیں گے۔

(دستخط) موہنی داسی صاحبہ

صدر مجلس ایوان خواتین''

☆☆☆

ہم اور بیگم دونوں اس مراسلہ کو پڑھ کر سنانے میں آ گئے۔ ہمارے لیے یہ دور دراز کا سفر کوئی آسان بات نہ تھی۔ شوکیہ کو کم سے کم تین سال کے لیے چھوڑنا ہم گوارا نہ کر سکتے تھے اس کو ساتھ لے جاتے بھی بن پڑتا تھا بیگم پریشان ہوں گی۔ آخر ہم نے سوچتے

سوچتے ہوئے کہا:

''سنئے تو سہی۔ آپ خود بھی تو چھٹی لینا چاہتی تھی۔''

بیگم نے کہا۔''اچھا تو پھر؟''

ہم نے کہا۔''اس طرح سب ہی چل سکتے ہیں۔ میں آپ اور شوکیہ۔''

بیگم نے کہا۔''میں تو ایک دوسری سوچ رہی ہوں کہ کیا واقعی اب تمہارا پردہ بھی مجھ کو اٹھانا پڑے گا۔ ٹریننگ حاصل کر کے جب تم آؤ گے تو پردے میں کیسے رہ سکو گے۔''

ہم نے کہا۔''جب کی بات جب کے ساتھ ہے پہلے تو چلنے یا نہ چلنے کا فیصلہ کرنا ہے۔''

بیگم نے کہا۔''فیصلہ ہی اب کیا ہوسکتا ہے۔ یہ تو حکم ہے آپ کو تو جانا ہی پڑے گا۔''

ہم نے کہا۔''اور میں بغیر تمہارے جا ہی نہیں سکتا۔ یہ کان کھول کر سن لو۔''

بیگم تو نہ جانے کیا سوچ رہی تھیں۔ مگر ہم صرف یہ سوچ رہے تھے کہ اسی بہانے سے ہندوستان تک پہنچنے کا موقع مل رہا ہے اگر سب کو لے کر چلے گئے تو پھر نجات ہی نجات ہے۔

یوں تو تقریباً دس دن سے ہمارے یہاں سامان سفر درست ہورہا تھا۔ مگر آج خاص طور پر بڑی ہلچل تھی۔ باہر جمال بھن اور گھر میں صدیق بھائی اور مہرو ترادرست کرنے میں مصروف تھے۔ بیگم برابر دس روز سے دعوتیں کھا رہی تھیں۔ ایک آدھ ہماری بھی دعوت ہوئی کل رات ہی خلیق النساء بیگم نے بیگم کی دعوت کی تھی اور ان کے شوہر زائد علی خان صاحب نے ہم کو بھی بلوایا۔ دراصل بیگم کو چھٹی پر ہمارے ساتھ جانے کی اجازت ہی خلیق النساء بیگم کی کوشش سے ملی تھی ورنہ یہاں یہ سوال بہت آسانی سے پیدا ہوسکتا تھا کہ کہیں ہم دونوں معہ بچی کے اسی بہانے ہندوستان جا کر ہندوستان ہی کے نہ ہو رہیں۔ آج کوتوالی کے عملہ نے بیگم کو بہت بڑا ایٹ ہوم دیا تھا۔ ادھر یہ تقریبات ادھر ہم کو یہ فکر کہ سامان میں کوئی چیز نہ رہ جائے۔ آج شام ہی کی گاڑی سے ہم کو بیگم آباد روانہ ہو کر دوسرے دن علیہا حضرت موہنی داسی کے سامنے پیش ہونا تھا اور اسی شام کو ہمارا جہاز ساحل بیگم آباد سے لنگر اٹھانے والا تھا یہ جہاز خاص طور پر ہمارے ہی لیے منگوایا گیا ورنہ جہاز کا یہ راستہ نہ تھا۔ اس کو عدن سے سیدھا بمبئی جانا تھا مگر یہاں سے خاص مراسلہ گیا کہ جہاز اس طرف سے ہوتا ہوا جائے۔ بہرصورت اب ہم کو کسی نہ کسی طرح آج ہی رات کو یہاں سے روانہ ہو کر کل بیگم آباد پہنچنا تھا۔ سامان تو سب درست ہی ہو چکا تھا۔ مگر کوئی نہ کوئی چیز جو برابر یاد آتی چلی جاتی تھی مثلاً یہاں کا خاص تحفہ تھا وہ پتھر جس پر خود بخود تصویر اتر آتی ہے۔ یہاں

خرما مشہور تھا۔ امرود کے برابر کا خرما اور ایسا لذیز کہ ہندوستان والے آم کا مزا بھول جائیں۔ عین وقت پر یہ دونوں چیزیں یاد آئیں اور فوراً مہیا کی گئیں۔

صدیق بھائی کا برا حال تھا۔ روتے روتے آنکھیں سوج گئیں تھیں ہم ان کے سامنے جانے کی جرات مشکل سے کر پاتے تھے۔ آنکھیں چار ہوتے ہی خود ہمارا بھی عجیب حال ہو جاتا تھا۔ باہر یہ حال جمال بہن کا تھا۔ ایٹ ہوم سنا ہے کہ تقریر کرتے کرتے وہ بے ہوش ہو گئیں اور بے مشکل تمام ان کو ہوش آیا۔ حد یہ ہے کہ خلیق النساء ایسی مضبوط خاتون بھی رو دیں۔ حالاں کو سب کو یہ معلوم تھا کہ ہم لوگ عارضی طور پر چند دن کے لیے جا رہے ہیں مگر یہاں تعلقات اس حد تک قائم ہو چکے تھے کہ وطن سے جس وقت ہمارا بے کس سفینہ روانہ ہوا ہے کہ ہم کو الوداع کہنے والا کوئی نہ تھا اور اس غربت میں یہ غیر اپنوں سے زیادہ یگانگت کے ثبوت ارادی طور پر نہیں بلکہ بے ساختگی میں دے رہے تھے۔

شام کو ہم اسٹیشن روانہ ہوئے۔ اسٹیشن پر کہیں تل دھرنے کی جگہ نہ تھی۔ معلوم ہوتا تھا کہ سارا شہر اُمڈ کر آ گیا۔ بیگم کے پہنچتے ہی ان پر ہاروں اور پھولوں کی بارش شروع ہو گئی اور تھوڑی ہی دیر میں پھولوں میں بالکل چھپ کر رہ گئیں۔ بار بار ان کے گلے سے ہار اتارے جاتے تھے اور پھر اتنے ہی ہو جاتے تھے ہم برقعہ میں تھے اور ہم کو اس فرسٹ کلاس میں پہنچا دیا گیا جو ہمارے لیے سرکاری طور پر ریزرو تھا' ہم کو پہنچانے صدیق بھائی' مہر وترا اور خلیق النساء بیگم کے شوہر زائد علی خان صاحب آئے تھے۔ صدیق بھائی اور جمال بہن تو خیر بیگم آباد تک ساتھ جا رہی تھیں۔ باقی سب یہیں تک آئے تھے آخر ٹرین نے سیٹی دی اور بیگم نے ڈبہ میں قدم رکھ کر رو رو کر عورتوں سے ہاتھ ملانا شروع کر دیے مگر کہاں تک ہزاروں عورتیں تو تھیں آخر سب کو وہیں سے خدا حافظ کہا اور ٹرین روانہ ہو گئی۔

بیگم آباد کے اسٹیشن پر بھی بیگم کی بہت سی سہیلیاں ان کو لینے آئی تھی طے یہی پایا کہ تمام سامان تو اسی وقت جہاز پر پہنچا دیا جائے اور بیگم خود علیا حضرت موہنی داسی کی پیشی میں چلی جائیں۔ ہم لوگوں نے بھی مناسب یہی سمجھا کہ جہاز ہی پر قیام کریں دن بھر بیگم کی دوست جو بیگم آباد کی ڈپٹی کمشنرنی تھیں' اس بات پر مصر بھی رہیں کہ کھانا ان کے یہاں چل کر کھایا جائے مگر طے یہی پایا کہ اس میں جھگڑا ہے کھانا جہاز ہی پر پہنچا دیا جائے۔ چنانچہ بیگم تو اسٹیشن کے ویٹنگ روم ہی میں علیا حضرت کے پاس جانے کی تیاریاں کرنے لگیں اور ہم لوگ جمال بہن کے ساتھ جہاز میں آ گئے جس میں ہمارے لیے دو فرسٹ کلاس محفوظ تھے۔ اس جہاز کے باقی تمام مسافروں کو سخت ممانعت تھی کہ وہ ساحل پر قدم نہ رکھیں۔ اس لیے نہیں کہ وہ بے پردہ تھے بلکہ اس لیے کہ وہ یہاں کی معاشرت سے واقف نہ تھے اور ممکن تھا کہ ان سے کسی کو یا کسی سے ان کو کوئی شکایت پیدا ہو جاتی یہاں کی کچھ سوداگرنیاں جہاز ہی پر اپنا مال بیچنے

گئیں تو معلوم یہ ہوا کہ ان کو اکثر مسافروں نے چھیڑا اور ان کو سخت تعجب ہوا کہ یہ مرد کیسے بے شرم ہیں جو غیر عورتوں سے پردہ تو خیر کرتے ہی نہیں مگر ان کو چھیڑتے بھی ہیں۔ بہر حال ہم لوگ جس وقت پہنچے اس وقت ہم کو تماشہ کی طرح سب مسافر دیکھ رہے تھے اور ہمارے برقعوں پر ہنس رہے تھے مگر جمال بہن نے کپتان سے اس سلسلہ میں شکایت کی یہ مسافر حالانکہ مرد ہیں اور مردوں کا مردوں سے پردہ کوئی معنی نہیں رکھتا۔ مگر یہ ہمارے مردوں کو اس طرح تماشہ بنائے رہیں گے تو مناسب نہیں ہے۔ کپتان نے مسافروں کو وہاں سے ہٹا دیا اور پھر تو ہم چین سے بیٹھ سکے شوکیہ کسی طرح جمال بہن کو نہیں چھوڑ رہی تھی وہ بھی اسے کلیجہ سے لگائے لگائے پھر رہی تھی اس کا تمام بازو امام ضامنوں سے لدا ہوا تھا اور ننھے ننھے گجرے اس کے گلے میں پڑے ہوئے تھے وہ ایک ایک چیز حیرت سے دیکھ رہی تھی کہ آخر یہ تماشہ کیا ہے اور یہ ہو کیا رہا ہے۔ تھوڑی تھوڑی دیر کے بعد جمال بہن اس کو گلے سے لگا کر رونا شروع کر دیتی تھیں اور صدیق بھائی کے سر پر تو رومال تک بندھ چکا تھا۔ سر میں درد کر لیا تھا بندہ خدا نے روتے روتے' اور اگر بخار ہو گیا ہو تو کوئی تعجب کی بات نہ تھی۔

آخر تین بجے کے قریب بیگم بھی علیا حضرت کے ہاں باریاب ہو کر اور اپنی تمام سہیلیوں سے مل ملا کر تشریف لائیں۔ ان کے ساتھ ایک زرکار خوان پوش لیے ہوئے ایک سرکاری سنتری تھی۔ بیگم نے آتے ہی کہا۔ ''لیجئے صاحب علیا حضرت نے یہ تحائف آپ کے لیے بھیجے ہیں اور شوکیہ کو یہ دس ہزار کی تھیلی عنایت فرمائی ہے اس کے علاوہ مجھے ایک جڑاؤ تلوار دی ہے۔''

جمال بہن نے کہا۔ ''بڑی خوش نصیب ہو تم یہ تلوار کا عطیہ یہاں سوائے وزیرنیوں کے اور کسی کو نہیں دیا جاتا۔''

بیگم نے کہا۔ جی ہاں اسی حیثیت سے یہ تلوار ملی ہے مجھے وزارت پولیس کا پروانہ بھی عطا کیا گیا ہے۔''

جمال بہن نے خوشی سے اچھل کر کہا۔ ''تجھے خدا کی قسم' دیکھو تو سہی۔''

اور جب بیگم نے ان کو وہ پروانہ دکھایا ہے تو وہ دوڑ کر بیگم سے لپٹ گئیں اور بھرائی ہوئی آواز میں بولیں۔ ''یہ ہوئی ہے ایک بات کوتوالنی کے بعد ابھی تم کو تین گریڈ اور طے کرنا تھے اس کے بعد کہیں یہ نوبت آ سکتی تھی۔ مگر بات تو یہ ہے کہ خلیق النساء بیگم نے تمہارے لیے بڑا کام کیا ہے۔

بیگم نے کہا۔ ''خلیق النساء بیگم کے متعلق اگر مجھے یہ معلوم ہوتا تو میں ان کو اس زمانہ میں کچھ اور ٹھوک پیٹ لیتی۔ یہ سب کرامت صرف ایک ہی ڈنڈے کی ہے جو جلسہ منتشر کرنے کے وقت میں نے ان کی پشت مبارک پر رسید کیا تھا۔ بہر حال اس میں شک نہیں کہ نازکستان نے مجھ کو خرید لیا۔

ہم اپنا یہ ناول یہیں تک لکھنے پائے تھے اور ارادہ تھا کہ اب جہاز کا لنگر اٹھوا دیں گے کہ بیگم نے شانے کی طرف سے جھانک کر کہا۔ ''خدا کرے ایسا ہی ہو جائے۔''

ہم نے قلم روک کر کہا۔ ''خدانخواستہ''

بیگم نے کہا۔ '' آہاہا، لیجئے اس کا نام بھی مل گیا۔ اس ناول کا نام رکھئے۔ ''خدا کرے'' یا ''اے کاش''

ہم نے کہا۔ ''جی نہیں اس سے زیادہ برمحل نام آپ نے اور آپ کی گفتگو نے ہم کو دے دیا ہے۔

بیگم نے کہا۔ ''وہ کیا؟''

ہم نے کہا۔ ''خدانخواستہ!''

◆◆◆